바다로 향하는 물고기들

바다로
향하는
물고기들

시마모토 리오 장편소설

김난주 옮김

해냄

차례

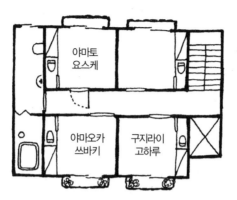

2층

야마토
요스케

야마오카
쓰바키

구지라이
고하루

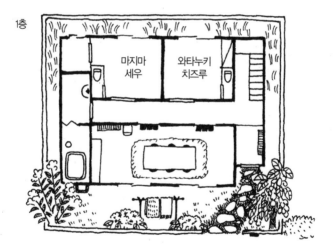

1층

마지마
세우

와타누키
치즈루

일러두기
옮긴이 주는 괄호 안에 '옮긴이'를 함께 넣어 표기하였습니다.

청소년을 위한 길잡이

어스름해져가는 교실에, 짙은 남색 더플코트에 빨간 목도리를 두른 사쿠라이 마키가 서 있었다. 그녀는 야마토 요스케를 올려다보고는, 그 부드러운 털실의 집합체에 두 손을 대면서 긴장한 듯이 숨을 내쉬었다.

야마토는 낙서투성이 책상과 의자를 내려다보았다가 다시 얼굴을 들고서 마음을 굳힌 듯 입을 열었다.

"마키, 내가 도쿄에 있는 제1지망 대학에 붙으면 나랑 사귀자."

사쿠라이 마키는 커다란 눈망울이 튕겨나갈 듯 눈을 번쩍 떴다. 창문으로 비치는 저녁 햇살에 가득 물든 눈망울이 야마토 눈에는 젖어 있는 것처럼 보이기까지 했다.

"마키, 너 예전에 머리 좋은 사람이 좋다고 했잖아. 나, 꼭 합격할 거야."

막 사귀기 시작한 사이처럼 야마토는 친밀감과 열의를 담아 앞으로 한 걸음 나아갔다. 먼지가 날리는 바닥에 늘어진 두 그림자가 소리 없이 겹쳐졌다.

그다음 순간, 사쿠라이가 정색한 표정으로 대답했다.

"아니, 당연히 그럴 순 없지."

야마토는 앞으로 내디딘 발을 순간적으로 다시 당기고는 부끄러움을 감추기 위한 미소를 머금고, 마치 그녀가 무슨 오해라도 하고 있다고 말하고 싶은 듯이 "응?" 하고만 여유 있게 되물었다.

"가령 도쿄에 있는 대학에 합격했다고 해도 그렇지, 나 그래서 해도 된다고 여길 만큼 너를 좋아하지 않아. 그 마음은 정말 고맙지만."

사쿠라이는 그렇게 말하고 어깨를 으쓱했다.

"아, 그런 말이 아니라…… 음, 그러니까. 하느냐 마느냐 그런 얘기가 아니라, 나는 우리가 졸업한 후에도 신뢰할 수 있는 인간관계를."

"너, 지난주에 역 앞에 있는 쓰타야에서 성인 비디오를 열 개나 빌리고 연체까지 하고는, 그걸 못 갚아서 다쿠만에게 돈을 빌렸다던데? 대체 아드레날린을 얼마나 방출하고 있는 거니. 자기가 무슨 운동선수라도 되는 줄 아나."

상처받을 걸 두려워한 야마토는 이 상황을 그녀의 착각

으로 넘겨보려 했지만, 사쿠라이는 점점 더 정나미가 떨어진다는 듯이 눈썹을 찡그렸다.

"아니, 그런 건 그냥 생리 현상일 뿐이지…… 아, 그래도 그렇게까지 말할 거면, 오늘 내가 불러냈을 때 왜 기다린다고 했어? 그렇게 싫으면 그때 OK했다는 게 이상하지 않냐?"

"그야, 슈이치 대신 네가 불러냈을 가능성도 없지 않으니까 그랬지. 뻔한 거 아니니? 알바에 늦으면서까지 기다렸는데. 치, 괜히 나만 손해 봤네. 갈게."

사쿠라이는 그렇게 말하고는, 책상에 놓인 가방을 들었다. 가방에 달린 토끼와 판다 키홀더가 합창하듯 다 같이 달그락거렸다.

야마토는 그 순간, 이렇게 캐릭터 상품을 주렁주렁 달고 다니는 여자는 기본적으로 좀 멍청하지, 하고 생각했다. 그는 지금껏 품어왔던 환상이 선연한 저녁노을보다 덧없이 사라지는 것을 느꼈다.

사쿠라이는 교실 문을 열면서, 동시에 야마토를 돌아보았다.

"나를 절대 성욕의 대상으로 보지 마. 우리 반 여자애들에게 전부 까발릴 거니까."

그러고는 치맛자락을 펄럭이며 나가버렸다.

생채기 하나 없이 하얀 뒤 허벅지와 사춘기 소녀치고는 날씬하게 뻗은 다리, 그리고 도톰한 분홍색 입술에서 터져

나온 자극적인 단어에, 그의 저물어가던 태양이 자전을 무시하고 다시 떠오르기 시작했다.

자기반성이라는 개념이 없는 그는, 혼자 남은 교실에서 팔짱을 끼면서 생각했다.

"역시 아직 실현되지 않은 일을 놓고 말하니까 설득력이 떨어지는군."

그리고 야마토는 모의고사 성적만 봐서는 붙을까 말까 한 대학에 합격하겠다는 투지를 새로이 불태우게 되었다.

몇 달 후 어느 날.

아침부터 솜사탕 같은 눈이 소복소복 내려 제설차가 오가는 오후, 집배원이 야마토 집의 우편함에 합격 통지서를 넣었다.

그걸 손에 든 그가 헐레벌떡 사쿠라이 마키의 집을 찾아가 사귀자고 들이대다가, 이번에는 구둣발에 걸어차이다시피 거절당한 것은 말할 필요도 없다.

눈을 흠뻑 뒤집어쓴 야마토 요스케는 그길로 고등학교에 갔다.

써늘한 복도 유리창은 부옇게 김이 서려 있고, 내쉬는 숨도 하얬다. 그런데도 그는 행복했다. 왜냐, 도쿄에 있는 대학에는 사쿠라이 마키보다 귀엽고 세련된 여학생이 많을 테니까.

그런 생각을 하면서 교직원실에 합격 사실을 알리고 나자, 선생님이 친구의 합격 소식을 알려주었다.

그는 교직원실에서 나와 계단을 뛰어 올라갔다.

야마토가 여학생을 밀쳐 넘어뜨릴 듯한 기세로 생물실 문을 열었을 때, 그 친구는 책상에 턱을 괴고 야키소바 빵을 먹으면서 텔레비전을 보고 있었다.

"미도리카와 슈이치!"

이름을 부르자 미도리카와는 입에 넣은 빵을 천천히 삼키고서야 겨우 돌아보았다.

"슈이치. 나, 입시 전쟁이 끝날 때까지 몇 번이나 나 자신을 잃어버릴 뻔했는데, 그럴 때마다 엄한 말로 다그쳐줘서 정말 고마워."

"흐음, 너에게 잃어버릴 자신이란 게 있었나. 아무튼 축하한다."

전에 생물부 부장이었던 미도리카와는 그렇게 말하고는 텔레비전 채널을 돌렸다.

"그런 독설도 전에는 가끔 화가 났지만, 그 덕분에 현재 상황에 만족하지 않고 공부할 수 있었지. 게다가 그 슈뢰딩거의 고양이 이야기는 역시 최고였어."

미도리카와는 눈썹을 찡그리고는, 무슨 말을 하는 건지 정말 모르겠다는 표정으로 "뭐?" 하고 되물었다.

"이렇게 좁은 시골 동네에서도 나는 지금까지 별것 없는 인생을 보냈어. 그런데 그게 반대였어. 관측해보지 않고는 상자 속 고양이가 죽었는지 살았는지 결정할 수 없는 것처럼, 상자 속 내 능력 역시 아직 관측되지 않은 상태였던 거지. 결국, 과정보다 결과 아니겠어."

저런 착각을 하고 있으면서 대학에 붙다니. 미도리카와는 속으로 그렇게 생각하면서 바닥에 떨어진 빵 부스러기를 실내화 신은 발로 쓱쓱 밀어냈다.

사실 '슈뢰딩거의 고양이'는 정반대 의미를 지닌 이야기다. 그러나 지금 와서 야마토에게 설명해봤자 알아듣지 못할 것은 뻔할 뻔 자다.

미도리카와가 귀찮아하며 자리에서 일어섰을 때, 야마토가 갑자기 마치 내리는 비를 지금 알아봤다는 듯이 말했다.

"아 참, 너도 도쿄에 있는 대학에 합격했다면서? 조금 전에 혼다 선생님한테 들었어. 나, 좀 섭섭하다. 어디에다 원서 내는지도 말 안 했잖아."

"그야 뭐. 어차피 여기서 그 대학 가려는 놈도 없을 테고. 필요 없지 않나 해서."

"그래서 결국, 어디 붙은 건데? 오, 혹시 나랑 같은 대학 아니냐. 누구든 떨어지면 민망하니까 말 않고 있었던 건 아니고?"

평소 경솔하게 자의식을 드러내는 건 꼴불견이라는 신념

하에 살고 있는 미도리카와였지만, 계속 귀찮게 구는 야마
토가 그의 자제심을 무너뜨리고 말았다.

"그래서, 어딘데?"

"W대 교육학부."

이 세상에는 자기보다 뛰어난 자를 보면 자신감을 잃는
사람과 그 뛰어난 자와 함께 있는 자신도 엄청난 사람이라
는 착각에 빠지는 사람이 있다.

"우아, 대단하다. 사실은 나, 3학년 되고부터 우리 반에서
가장 얘기가 잘 통하는 친구가 너라고 생각했어. 역시 그렇
다니까. 앞으로도 우리 같이 분발하자!"

야마토 요스케는 100퍼센트 후자였다.

"하숙?"

야마토 요스케가 낫토를 뒤섞다 말고 되물었다.

"그래. 너, 어차피 자취는 안 할 거잖아."

엄마는 그렇게 단언하고는, 낫토에 설탕을 솔솔 뿌렸다.

"아, 그러고 보니까 요스케, 도쿄에서는 낫토에 설탕을 뿌
리지 않는다더라."

"난 하숙하는 거 싫어. 밤에도 늦게 들어가면 안 되고, 여
러 가지로 귀찮은 일이 많을 텐데."

그러자 엄마는 전해 듣기만 한 얘기를 할 때의 무책임한
미소를 띠었다.

"걱정 마. 오가와 씨의 먼 친척 딸이 하는 곳이고, 아침저녁도 다 준대. 게다가 4~5년 전에 대대적으로 리모델링을 해서 실내가 아주 몰라 보게 깔끔해졌다더라."

야마토는 완전히 의기소침해진 상태에서 젓가락을 내밀었다. 이 북쪽의 대지에서 자라 조려도 살이 잘 부서지지 않는 고기 감자조림의 감자를 집어 먹은 다음, 역시 포기할 수 없어 말했다.

"아무래도 난, 허름한 원룸이라도 좋으니까 혼자 생활하는 편이……."

"너, 공부도 제대로 하지 않으면서 여학생이나 끌어들일 속셈이잖아."

엄마는 체크무늬 식탁보 위에 밥공기를 내려놓고는 또 그렇게 단언했다.

"그래서 뭐?"

"그런 속셈을 고스란히 드러내면서, 여름이 지났는데도 여친 하나 안 생기면 남자들끼리 방에서 술판 벌여 주인에게 잔소리 듣고, 그러다 고향 친구들에게 전화 걸어서 싫은 소리나 들을 텐데. 아무튼 하숙 얘기는 오가와 씨가 우리 사정을 배려해서 꺼낸 얘기니까 그렇게 알아. 월세도 싸지, 학교에서 가깝지, 먹을 걱정 안 해도 되지. 더할 나위 없잖아."

야마토는 한마디 반박도 못 하고, 질겨서 잘 씹히지 않는 고기를 입 안에서 이리저리 굴리고 있는 수밖에 없었다. 그리고 교통비가 든다는 이유로 사전에 하숙집을 구경 한 번 못한 채, 종이 상자에 꾹꾹 눌러 담은 짐을 상경 이틀 전에 도쿄로 보내게 되었다.

"얼마나 좋은 주인이니. 상경 당일에는 이래저래 바쁘니까 짐을 먼저 보내라는 말도 해주고. 그리고 엄마가 통화해 봤는데, 의외로 목소리가 아직 젊더라. 너, 괜히 껄떡대면 안 된다."

현관 앞에서 택배 기사에게 돈을 건네면서, 엄마가 진지하게 말했다.

위아래가 붙은 파란 작업복을 입은 택배 기사는 안됐다는 듯이 쓴웃음을 짓고는 "그럼" 하면서 모자를 벗으며 사근사근 인사하고 짐과 함께 사라졌다.

비행기가 지상에 닿는 순간에는 반드시 통통 튄다.

야마토는 농구공이 된 기분으로 창밖을 보았다. 좌석 벨트를 푸는 소리가 일제히 울려 퍼진다. 허리가 아픈 것 같아 양팔을 쫙 벌렸더니, 뻐근함이 순식간에 사라졌다. 신치토세 공항에서 하네다 공항은 먼 거리가 아니다.

시나가와 역에 도착했는데, 사람도 많고 너무 복잡해서 어질어질했다. 지금까지 살아온 동안 도쿄에 몇 번 와보지 않았으니 그럴 만도 하다.

개찰구에서 빠져나오는 순간, 사방팔방에서 사람들의 물

결이 밀려와 야마토는 서서히 방향 감각을 잃어갔다. 역 구내 여기저기에서 회오리바람이 부는 듯한 느낌이었다. 그런데도 그는 체질적인 느긋함을 살려 바쁜 역무원을 붙들고 몇 번이나 묻고 물어, 그럭저럭 이케부쿠로에 도착했다.

파란 스포츠 가방을 껴안고 개찰구에서 나온 그는 마치 롤플레잉 게임을 하듯, 이제 마지막 남은 적만 해치우면 된다는 설레는 심정으로 플랫폼 계단을 뛰어 올라갔다.

그는 전철을 타고서야 겨우 비어 있는 자리에 앉을 수 있었다. 비행기 안에서 잠을 못 잔 탓에 옆 손잡이에 머리를 기대고는 그대로 잠에 빠졌다.

눈을 떴을 때, 전철이 들어본 적 없는 이름의 역에 도착해 있었다.

야마토가 스포츠 가방을 들고 후다닥 플랫폼에 내렸을 때, 마침 세일러복을 입은 여학생들이 손뼉을 치며 까르르 웃고 있었다. 자신을 보고 웃었나 싶은 수치스러움에 그는 등을 잔뜩 구부리고, 네리마라는 역 이름을 확인했다. 이케부쿠로와 네리마 사이에 있는 역에 내려야 하는데 자다가 지나친 걸 깨닫고 바로 반대쪽 플랫폼에 들어온 전철을 탔다.

건물과 아파트가 즐비한 역 주변 풍경에 왠지 시야가 좁아진 듯이 느껴지고, 파란 하늘마저 약간 칙칙해 보였다. 비

둘기와 까마귀가 어지럽게 얽힌 전선을 총총 뛰듯이 옮겨 다닌다.

눈에 보이는 것은 많은데 봐야 할 건 어째 많지 않다고 생각한 순간, 전철이 푹 꺼지더니 시야가 가려졌다. 혼란스러운 그를 태운 전철은 그대로 지하를 질주했다.

다음 역은 고다케무카이하라입니다, 하는 안내 방송이 울려서 조금 전에 본 노선도와는 다른 역을 향하고 있다는 사실을 깨달은 야마토는 패닉에 빠졌다.

그는 옆에 앉은 중년 부인에게 쭈뼛쭈뼛 말을 걸었다.

"저…… 이 전철, 에코다에 안 가나요?"

그녀는 이상하다는 듯 인상을 찌푸리더니, 그리 친절하지 않은 말투로 바로 대답했다.

"에코다? 갈 리 없잖아."

"조금 전에 이케부쿠로에서 타고 오다가, 다시 반대편 전철을 탔는데요."

"네리마에서 오다케무카이하라 쪽과 이케부쿠로 쪽으로 갈라진다고. 그쪽으로 가려면 돌아가야지."

JR은 끔찍하다.

야마토는 하숙집에 영원히 도착하지 못하는 게 아닌가 싶었다. 세이부 이케부쿠로 선이 JR이 아니란 건 먼 훗날에야 깨달을 것이다.

간신히 바꿔 탄 전철이 에코다 역에 도착했을 때, 그는 세계일주 여행이라도 끝낸 듯한 기분이었다.

역 계단을 내려오자, 뭐가 깨지는 듯한 소리가 울렸다. 건널목 앞에 섰을 때에야, 드디어 도쿄에 왔다는 실감이 들끓었다.

채소 가게와 선술집과 카페와 파친코 가게들로 복작복작하면서도 왠지 친근감이 솟는 거리. 투명하고 파란 하늘에서 쏟아지는, 손에 쥐면 사라질 듯 부연 햇살이 동네 전체를 뒤덮고 있다.

야마토는 눈을 찡그리고 걷기 시작했다.

오가는 사람들이 많은 상점가. 허름한 카페의 작은 창문에서 흘러나오는 드립 커피의 향. 어두컴컴한 구석 자리에서 열심히 악보를 읽고 있는 아리따운 음대생이 눈앞에 떠올랐다. 손가락이 부러지겠다시피 가녀리다.

이번에는 그의 콧구멍에 고소한 빵 냄새가 흘러들었다. 유리창 너머에 설탕을 듬뿍 뿌린 팥 도넛이 진열되어 있다. 고등학교 근처에 있는 빵가게에서 곧잘 사 먹었던 기억이 떠올랐다. 어깨에 멘 스포츠 가방이 조금 무거워졌다.

대각선상에 있는 편의점에서 커다란 봉투를 든 여대생 둘이 나왔다. 꽃무늬 원피스를 입은 쪽의 갈색 파마머리에 정신이 팔렸다가, 스쳐 지나고 나서 돌아보았다. 여대생들은 그의 시선을 미처 느끼지 못한 채 웃으면서 건널목을 건너갔다.

야마토는 마음속으로 "오늘 맡은 냄새 중에 가장 좋군" 하고 중얼거렸다.

주택가로 들어서자 약간 좁아진 길에 커다란 그림자가 늘어져 있고 벚꽃이 소복하게 떨어져 있었다. 퍼뜩 놀라 올려다보니, 아름드리 벚나무가 서 있었다.

봄바람에 벚꽃이 휘날렸다.

파릇파릇한 나무 울타리 사이에 난 길로 들어서서 몇 십 걸음 걷자, 드디어 찾는 하숙집이 나타났다.

어엿한 2층짜리 목조 건물이었다. 건물을 빙 두른 벽돌담에 '마와타 장'이라는 문패가 붙어 있었다. 문에 손바닥만 한 지붕이 달려 있고, 바닥에는 회색 돌이 박혀 있었다. 마당에 세운 빨랫줄에는 시트와 목욕 수건 등의 큼지막한 빨래가 걸려 있다.

방의 창문들은 대부분 활짝 열려 있고, 2층 베란다에는 화분이 놓여 있거나 티셔츠와 치마가 널려 있어, 각 방에 사는 사람을 상상할 수 있었다.

안도한 것도 잠시, 야마토의 내면에서 긴장감이 들끓었다. 스포츠 가방을 이렇게 어깨에서 가슴으로 비스듬히 메는 거 촌스러운가, 하는 생각에 허둥지둥 어깨에서 가방을 내렸다가 다시 메려고 했을 때, 어느 방문이 열리는 소리가 나고 가벼운 발소리가 다가왔다.

그녀가 현관에서 나온 순간, 야마토는 깜짝 놀라 반사적으로 스포츠 가방을 발치에 내던졌다.

"어머, 손님이세요?"

새하얀 와이셔츠에 짙은 초록색 넥타이를 매고, 체크무늬 주름치마를 입은 여고생이 그렇게 물었다.

야마토는 직립 부동의 자세로 선 채 말을 잃었다.

"누구를 만나러 오셨는데요? 아, 주인 언니라면 조금 전까지 식당에."

그녀가 그렇게 말하고 건물 쪽으로 고개를 돌렸을 때, 조그만 어깨에서 긴 머리칼이 흘러내렸다.

피부가 하얀 여자는 많이 봐서 익숙한데, 눈썹 바로 위까지 내려오는 가지런한 앞머리와 보푸라기 하나 일지 않은 남색 하이 삭스, 무릎이 살짝 보이는 알맞은 길이의 치마 등, 구석구석 눈이 부실 정도의 청결감과 적당한 세련됨에다 서글서글하면서도 예쁜 눈에서는 고등학생이라기보다 중학생 같은 천진함이 느껴졌다.

"아아, 저."

그 순간, 야마토의 머릿속에 세 가지 선택지가 떠올랐다.

"네?"

주인 좀 불러주세요.

"왜 그러는데요?"

이름을 가르쳐주세요.

지금 혹시 남친이?

"무슨 일인지?"

"남자와 사귄 적 있나요?"

아직 여자를 모르는 야마토는 제4의 선택지를 이끌어내고 말았다.

"없어요."

기가 죽을 만큼 바로 대답했다.

그 순간 조금 전의 가벼운 발소리와는 전혀 다른, 건반을 마구 두드리듯 우당탕탕 계단을 뛰어 내려오는 소리가 들렸다.

"야에코, 너, 지갑 두고 갔어."

그렇게 말하면서 뛰어나온 사람은, 남색 셔츠에 청바지를 입은 여자 어른이었다.

"아, 미안. 그런데 쓰바키 언니, 내가 아직 여기 있는 거 어떻게 알았어?"

그녀는 그렇게 말하고는 두 손을 내밀며 지갑을 받아들었다. 그 모습을 본 야마토는 한 손으로 받지 않는 공손함도 좋군, 하면서 전면적인 긍정의 바다에 한쪽 발을 쑥 밀어 넣었다.

"네 목소리가 2층까지 들리던데 뭐. 그런데, 이 사람은?"

살피는 듯한 시선이 불쑥 그를 향했다.

다소 날카로운 눈초리가 예민한 인상을 주었지만, 콧대가 매끈하고 높아 미인이라고 할 수도 있겠다. 셔츠의 옷깃 사이로 소스라칠 만큼 도드라진 쇄골이 보였다.

둘이 어딘가 모르게 분위기가 비슷해서, 야마토는 혹시 자매인가 하고 생각했다.

"아, 오늘 새로 들어오는 학생이구나. 이름이 아마."

"야마토 요스케입니다."

"만나서 반가워요. 나는 야마오카 쓰바키라고 해. 짐은 어제 도착했으니까, 바로 안내할게. 야에코, 또 보자."

"응. 집에 가면 문자 할게요."

야에코라 불린 여학생은 그렇게 대답하고 웃었다. 입술 사이로 앞뒤로 약간 어긋난 앞니 두 개와 또렷한 덧니도 보였다. 갑자기 애교 있는 얼굴로 변한 것에 그는 또 친근감을 느꼈다. 그녀는 고개를 살짝 숙이고는 역으로 향하는 길을 뛰어갔다.

그냥 놀러 온 건가 보네……. 야마토는 약간 실망한 기분으로 그렇게 생각했다.

"요스케 씨, 같이 가요."

그런 그의 기분을 꿰뚫어보고 뚝 잘라내듯 쓰바키는 분명하게 말했다.

계단을 올라 2층으로 가자, 복도 양쪽으로 문이 두 개씩 나란히 있었다. 복도 끝에도 거기에만 새로 단 듯한 문이 있다.

"저 끝이 욕실이야. 1층에도 있으니까, 어느 쪽이든 빈 데를 사용하면 되고. 리모델링할 때 새로 설치했는지 2층 욕실이 더 깨끗하고 편하지만."

"아, 그렇군요."

야마토는 약간 당황하면서 대꾸했다. 등을 보이고 선 쓰바키의 목덜미와 욕실이라는 단어가 상상력을 자극한 탓이다.

"여기 두 번째 문이, 네 방."

그녀는 당연하다는 듯이 손잡이를 잡고 문을 당겼다.

커다란 창문이 하나 있을 뿐, 그저 휑한 방이었다. 매끈하게 가공된 마루가 아니라 그냥 널마루에 가까운 바닥에는 종이 상자 몇 개가 쌓여 있다. 낯익은 조립식 침대와 매트리스가 벽에 세워져 있고, 책상은 구석으로 밀쳐져 있었다.

벽지만 유난히 새하얬지, 나머지 바닥과 기둥은 지난 세월이 느껴지는 생채기를 품고 있었다. 형광등 끈이 늘어진 채 정지해 있다. 창문으로 비치는 햇살은 엷게 노을이 져가고 있었다.

"저 왼쪽에 있는 문이 화장실."

그 말을 듣고 문을 열어보니, 의외로 깔끔한 서양식 변기가 동그마니 놓여 있었다. 벽지는 엷은 하늘색과 흰색 줄무늬였다.

"신기하게 양식이네요."

"주인 취향이야."

"네? 쓰바키 씨가 주인 아닌가요?"

놀란 야마토가 문을 닫으면서 되묻자, 쓰바키는 어이없다는 듯이 눈살을 찌푸렸다.

"너, 주인 이름도 모르니?"

"아니, 그게 친척이나 부부가 같이 하는 경우도 있지 않나 해서."

"그렇다면, 성이 다르다는 게 더 이상하잖아."

"그렇죠."

야마토가 조금도 사려 깊지 못하다는 걸 알아챈 쓰바키는 하던 얘기를 재빨리 끝내려 했다.

"장 보러 나갔으니까 아마 조금 있으면 돌아올 거야. 정리는 나중에 하고 차나 마실까. 저녁 먹고 나면 다들 도와줄 수 있을 텐데, 그때 같이 하는 게 어때?"

사쿠라이 마키의 폭언이 북쪽 지방의 눈처럼 아직 덜 녹아 남아 있는 야마토로서는 동의하기 어려운 제안이었다.

"아닙니다. 정리는 혼자서 할 수 있으니까 괜찮아요."

"훔친 여자 속옷이라도 나오면 내쫓겠지만, 책이나 비디오 정도는 신경 쓰지 않아도 돼."

"……"

"이제 식당을 안내해줄게."

쓰바키는 그렇게 말하며 몸을 돌렸다.

1층도 2층과 거의 비슷한 구조였다. 곧바른 복도, 그 끝에 욕실, 딱 한 군데 다른 것은 복도 오른쪽에는 문이 두 개 있는데, 왼쪽에는 문이 없는 대신 물고기 무늬 포렴이 걸려 있다는 점이었다.

포렴을 들추고 안으로 들어간 야마토는 약간 놀라 눈이 휘둥그레졌다.

"건물 외관과는 분위기가 영 다르군요."

"원래는 방이 두 개였는데, 하숙을 시작할 때 벽을 튼 것 같아."

널찍한 식당 한가운데에 중량감이 느껴지는 거대한 갈색 테이블이 놓여 있었다. 표면의 나뭇결에 누군가가 흘린 듯한 음식 얼룩이 남아 있었지만 눈에 띄는 정도는 아니고, 압도될 정도의 묵직한 존재감이 색 바랜 벽지와 해묵은 기둥과 잘 어우러졌다.

테이블 너머에는 커다란 퇴창이 있고, 기우는 햇살이 비치는 마당이 보였다. 조금 전에 본 빨래와 무성한 잡초가 소리 없이 흔들리고 있다.

하얀 타일 벽의 부엌 선반에는 각종 조미료와 식기가 빼곡하게 놓여 있고, 조리 도구는 그 선반 아래 걸려 있다. 수건 몇 장과 행주도 싱크대와 선반 손잡이 등 여기저기에 걸려 있었다.

그렇게 뭐가 많은데도 어수선하지 않고 엄마가 매일 청소하는 고향 집의 부엌보다 오히려 정연해 보이는 것은 왜일까? 그런 생각을 하고 있는데, 쓰바키가 주전자를 가스레인지에 올려놓으면서 말했다.

"공동으로 사용하는 부엌치고는 꽤 깔끔하지?"

조금은 자랑스러워하는 말투라서, 야마토는 주위를 돌아보며 "정말 그렇네요" 하고 솔직하게 동의했다.

"전에는 주인이 사들여서 이것저것 갖췄는데, 너무 뒤죽박죽이어서 얼마 전에 내가 자잘한 것들을 싹 바꿨거든. 거의 파란색과 하얀색으로 통일해서."

아닌 게 아니라 지금 그녀가 내려다보고 있는 법랑 주전자와 조리대에 놓여 있는 행주, 테이블 위의 런천 매트 모두 하얀색이나 파란색이었다. 바닥에 깔린 러그만 엷은 크림색이다. 그 배색의 청결함이 복작복작함을 싹 가리고 있었다.

쓰바키가 찻주전자와 컵 두 개를 들고 테이블로 돌아왔다. 야마토도 의자에 앉았다. 처음 앉는 의자의 감촉. 조금 딱딱해서 엉덩이가 허둥거린다.

"고향이 홋카이도라고 했나?"

쓰바키가 김이 오르는 차를 따르면서, 친구 같은 투로 물었다. 야마토는 안심하며 '첫인상보다는 소탈한 여자군' 하고 생각했다.

"네. 치토세입니다."

"어때? 도쿄에 와보니까."

"상당히 따뜻하네요. 올 들어 벚꽃을 처음 봤어요."

쓰바키는 컵을 내밀면서 살짝 웃었다.

"벌써 지기 시작했지만, 얼마 전에 주인이랑 모두 같이 꽃놀이하러 갔었어."

"아까 그 여고생은, 여기 살지 않나 보죠?"

"그 아이는 집이 있으니까. 학교는 여기서 가깝지만."

"동생인가요?"

"그런 말, 자주 들어."

쓰바키는 옆에 있는 꿀 병을 끌어당기고는 왼손으로 뚜껑을 열었다.

"쓰바키 씨는 왼손잡이인가요?"

"아, 응."

그녀는 그 질문이 의외라는 듯이 눈을 깜박거리며 고개를 끄덕였다.

"나도 왼손잡이였거든요. 오래전에 부모님이 교정하라고 해서 고쳤지만, 지금도 양손을 다 쓸 수 있어요. 왼손잡이 중에는 천재가 많다고 하잖아요."

그 말에 쓰바키는 어이없다는 표정으로 야마토를 쳐다보았다.

"주위에 너그러운 사람들이 많았나 보다. 너, 행복한 사람이네."

그러고는 웃었다. 야마토는 왜 그렇게 자신을 칭찬하는지 이해할 수 없었다.

홍차에서 희미하게 버찌 향이 났다. 정말 멀리까지 왔다고 절실하게 실감하면서 차를 마시고 있는데, 마룻바닥이 삐걱거리더니 한 걸음 한 걸음 또박또박 걷는 발소리가 다가왔다.

굵은 손가락이 포렴을 들추고, 앞으로 약간 굽은 커다란 그림자가 식당 안으로 들어왔다.

"어서 와. 이 친구, 오늘부터 204호실에 살게 된 야마토 요스케."

야마토는 허둥지둥 인사하고서 슬며시 얼굴을 들었다.

큰 키 뒤로 늘어진 커다란 그림자.

"안녕하세요, 야마토 요스케입니다."

갓 구워낸 식빵처럼 토실토실한 볼, 짧은 머리. 무늬 없는 모스그린색 라운드넥 니트. 허벅지가 답답하다 싶게 꽉 끼는 회색 면바지.

굴곡이 별로 없는 얼굴 속에서, 조그맣지만 나름 동그랗고 귀여운 눈이 깜박거렸다.

"음, 저."

"구지라이 고하루예요. 여자입니다."

그녀는 간단하게 잘라 말했다.

"아, 아니, 그런 뜻이 아니라."

"괜찮아요. 처음 뵙네요."

그녀는 담담하게 말하면서 머리를 숙이고는, 쓰바키를 향해 "괜찮으면 저도 차를 마실 수 있을까요?" 하고 공손하게 부탁했다.

"아, 그래. 고하루는 지금 2학년이니까, 야마토보다 한 살 위겠네?"

의자에서 일어나며 쓰바키가 물었다.

"그렇죠. 작년 여름이 끝날 무렵에 여기 왔고."

"저, 혹시 이 하숙집에는 여자밖에 없나요?"

야마토가 둘을 번갈아 보면서 물었다.

"아아, 뭐 그렇다고 할 수도 있으려나."

"세우 씨가 있잖아요."

구지라이가 선반에서 머그잔을 꺼내면서 지적했다. 긴 꼬리를 말고 있는 검정고양이가 그려진 잔이었다.

"그 사람을 있다고 할 수 있나. 거의 방에만 틀어박혀 지내는데."

"그래도 식사는 같이 하잖아요."

"저, 고하루 씨도 지방에서 왔습니까?"

야마토는 미지근해진 차를 마시면서 물었다.

구지라이가 그와 비스듬히 마주 보는 의자에 앉으면서 대답했다.

"나, 원래는 집이 에비스에 있었는데, 아버지가 사업에 실패하는 바람에 집이 넘어가서 할아버지와 할머니가 사시는 고베로 이사를 갔어. 그래서 대학에 입학한 나만 여기에 남게 된 거야."

구지라이는 거기까지 말하고는, 야마토가 눈 하나 깜박거리지 않고 얘기에 집중하고 있다는 것을 알았다.

그녀는 오동통한 왼손으로 머그잔을 들고서, 어른스러운 말투로 그렇게 신경 쓰지 않아도 된다고 말하려 했는데.

"굉장하네요."

그 한마디에 어리둥절해지고 말았다.

"응?"

"그게, 드라마 같아서요. 게다가 원래 집이 에비스에 있었다는 게 진짜 멋져요. 완전 도시 사람이잖아요."

"고, 고마워. 이 머그잔, 근처에 있는 잡화점에서 산 건데, 필요하면 소개해줄게. 다들, 전용 컵을 갖고 있으니까."

"네, 꼭 소개해주세요."

구지라이는 약간 퉁명스럽게 "그래, 다음에" 하고 대답하고는 컵을 든 채 자리에서 일어났다.

식당의 포럼을 들추고 나가는 그녀의 뒷모습을 보면서 야마토는 저렇게까지 덩치 큰 여자는 오랜만에 본다고 생각했다.

"아, 치즈루 씨 돌아왔다."

벽 너머에서 자전거 타이어가 밀리는 소리가 나더니 이어서 현관문이 열리는 소리가 났다.

쓰바키와 야마토가 현관으로 나갔을 때, 그녀는 몸을 숙이고 구두끈을 풀고 있는 중이었다.

잘록한 발목. 검고 풍성한 머리에 가려 얼굴은 보이지 않았다. 짙은 보라색 셔츠 원피스 밖으로 튀어나온 손등은 벌써 가뭇가뭇 햇볕에 타 있다.

"어서 오세요. 역시 내가 집을 지키고 있길 잘했지. 이 친구, 조금 전에 도착했어요."

쓰바키의 말에, 그녀는 현관에 내려놓은 에코백을 들어 올리면서 얼굴을 들고 싱긋 웃었다.

"고마워. 야마토 요스케 씨, 처음 만나네. 주인인 와타누키 치즈루야."

옆으로 길쭉한 눈에 얇고 넓은 입술. 화사함이나 화려함은 없지만 '동양적'이라는 단어가 떠오르게 생긴 여자였다.

"이렇게 먼 데까지 잘 왔어. 오늘 저녁에는 입실 축하도 할 겸 스키야키를 준비하려고 하는데. 요스케 씨, 좋아해?"

"네, 아주 좋아합니다. 파와 쑥갓은 별로지만, 골라서 먹을 수 있으니까."

"그럼 안 돼. 영양을 골고루 섭취해야지. 어머님과 약속도 했는데."

야마토는 움찔 놀라 "아니요, 저" 하고는 말을 우물거리고 말았다. 안 돼, 라는 말에서 묘하게 달콤한 여운이 느껴졌기 때문이었다.

"치즈루 씨, 나는 방에 가서 메일 체크 좀 하고, 그다음에 저녁 준비하는 거 도울게요."

"응, 부탁할게. 요스케 씨는 짐 정리를 해야 하니까, 저녁 때 봐요."

"아, 부엌 어디에 뭐가 있는지 알고 싶으니까. 저도 좀 거들겠습니다."

와타누키는 눈을 깜박이더니 어린 시절부터 소중하게 여기는 보물을 꺼내놓는 것처럼 자애로움이 담긴 말투로 대답했다.

"요스케 씨도 왼손잡이네."

쓰바키가 국자로 스키야키 냄비에서 두부와 소고기를 떠서 야마토 그릇에 담아주었다.

"고맙습니다."

살짝 머리를 숙이자, 쓰바키는 "천만에" 하고 서글서글하게 말하고는 웃었다.

야마토는 입 안 가득 야들야들한 고기를 오물거리면서, 혹시 쓰바키 씨가 젊은 남자를 좋아하나, 여친도 만들기 전에 이런 상황은 좀 곤란한데, 하고 생각했다.

"쓰바키 씨, 남동생을 살뜰히 보살피는 누나 같네요."

그렇게 말한 구지라이의 그릇에는 표고버섯과 쑥갓 등 칼로리가 적은 채소만 담겨 있었다. 나 때문에 그러지 않아도 된다고 말하려는데 쓰바키가 칼같이 대답했다.

"그러게. 이 정도로 어리면 남자로 보이지도 않지."

와타누키 씨도 뜨거운 표고버섯을 호호 불면서 말을 덧붙였다.

"쓰바키 씨는 남자 싫어하는데 뭐."

야마토는 초등학생 때, 줄넘기를 하면서 삼단뛰기에 실패해 종아리에 지렁이처럼 부푼 줄이 좍좍 생겼던 일이 떠올랐다.

그런데, 하고 그는 테이블을 돌아보았다. 그 옆에는 쓰바키가 앉아 있고, 맞은편에는 구지라이, 그 옆에는 주인인 와타누키 씨가 있다. 그리고 제일 구석 자리에 사람은 없는데 그릇과 젓가락이 세팅되어 있었다.

"저, 이 하숙집에 사는 사람이 또 있습니까?"

"참, 그러고 보니까 치즈루 씨, 세우 씨 안 불러도 돼요?"

구지라이가 이제야 생각났다는 듯이 물었다.

쓰바키는 별다른 반응을 보이지 않고 말없이 젓가락질만 하고 있다. 알고는 있지만 당연히 모르는 척하고 있다는 태도다.

"그 사람, 지금 한창 그리고 있는 중인가 봐. 일단 말은 해 놨는데."

"그 사람이라면, 저 외에도 남자가 있는 거네요. 그런다는 말은, 혹시 만화가입니까?"

그 질문을, 와타누키 씨가 단호하게 부정했다.

"세우 씨는, 화가예요."

"아, 그렇군요. 혹시 근처에 있는 미대 학생인가요? 아니면, 졸업생이거나."

"아니요. 그 사람은, 나의 내연의 남편입니다."

내연의 남편.

그 생경한 단어에 야마토가 또 '우아, 굉장하다' 하고 말하려는 찰나, 쓰바키가 가로막으며 이렇게 깨우쳤다.

"너 착각이 좀 심한 것 같다, 조심하는 게 좋겠어."

정작 와타누키는 더 이상 아무 설명도 덧붙이지 않았다.

식사가 끝나고, 모두 같이 뒷정리를 했다. 그 후 쓰바키는 정말 짐 정리를 거들러 혼자 야마토 방을 찾았다.

야마토는 종이 상자의 테이프를 벗겨내면서, 붙박이 선반에 왼손으로 책을 정리하는 쓰바키를 향해 물었다.

"혹시 이 하숙집에 사는 사람 모두가 왼손잡이인가요?"

"너, 의외로 눈썰미가 있다."

쓰바키가 조금 놀란 듯이 말했다.

"딱히 필수 조건은 아니야. 하지만 부엌 용품이나 도구들이 기본적으로 왼손잡이용이라, 오른손잡이는 불편할지도 모르겠네."

"치즈루 씨도 왼손잡이인가요?"

"아니, 그 사람은 오른손잡이. 그러니까 일종의 페티시즘 같은 거지."

"아하."

이런 식의 대화에 익숙하지 않은 야마토는 솔직하게 고개를 갸우뚱거리면서, 또 한 가지 궁금했던 것을 물었다.

"그런데 이 하숙집 월세가 엄청 싸잖아요. 그래서 코딱지만 한 곳에 여러 명이 한데 엉켜 사는 줄 알았는데, 의외로 멀쩡한 곳이라서 놀랐습니다."

"원래 어머니가 하던 하숙집을 물려받았다고 하니까, 용돈 벌이 같은 거 아니겠어? 치즈루 씨는 본업도 따로 있고."

"본업요?"

쓰바키가 쓱 일어나 방에서 나가버렸다.

돌아온 그녀는 기노쿠니야 서점의 커버를 씌운 책 한 권을 손에 들고 있었다.

"이거, 빌려줄게. 기껏 한 지붕 아래 살게 되었는데, 어떤 사람인지는 아는 게 좋겠지."

상자가 어느 정도 비어 야마토가 이제 혼자서도 할 수 있으니 괜찮다고 하자, 쓰바키는 관자놀이를 긁적거리면서 "그럼 수고해" 하고는 자기 방으로 돌아갔다.

정리가 끝나고 2층 욕실에서 목욕까지 한 야마토는 수건을 목에 두른 채 막 조립한 침대에 벌렁 누웠다.

낯선 천장이 시야에 펼쳐졌다. 조금 으슬으슬해서 이불을 가슴까지 끌어올리고, 쓰바키가 빌려준 책을 천천히 펼쳤다. 첫 페이지는 주인공이 소녀 시절을 회상하는 내용인 듯한데, 풍경 묘사가 지루하게 이어질 뿐이라 솔직히 별 흥미가 일지 않았다.

줄거리나 알 수 있을 정도로 읽으면 되겠지, 하고는 페이지를 홀홀 넘기던 그가 중반쯤에서 갑자기 손을 멈췄다.

내 호흡이 거칠어지자, 그걸 빨아먹듯 기리타 씨는 크게 심호흡을 했다. 그 활동이 약해지도록 손가락이 점차 따스한 피부를 파고든다. 남자도 이렇게 목덜미가 부드러울 수 있네, 하고 생각하자 기분이 이상해졌다.

죽여도 괜찮아, 하고 중얼거리는 기리타 씨의 목소리가 한창 섹스를 하는 중에 하는 '사랑해'라는 빈말보다 부드럽게 울리면서 마음에 스몄다. 아아, 진심이네, 하고 생각했다. 이 사람은 정말 지금 죽어도 괜찮다는 거야. 나는 그를 죽인 후의 자신을 상상했다. 이유를 설명하지 못하고, 얻어맞은 흔적을 부록처럼 보이는 자신을 비열하다고 생각했다. 하지만 나는 보나 마나 그렇게 하리라. 그는 한순간에 모든 것을 내던졌다고 하는데, 나의 뇌리에 오가는 생각은 징역 몇 년, 시효까지 몇 년이라는 허접한 계산뿐이다. 자신의 치졸함이 한심해서 팔이 떨리고 눈물이 넘쳐흘렀다. 그걸 안 기리타 씨가 재촉하는 눈빛을 하고는 가볍게 눈살을 찌푸렸다. 그 시선에 짓눌리듯 나는 몇 번이나 숨을 들이쉬고 찢어지는 심정으로 다시 팔에 힘을 준다.

야마토는 한참이나 책을 든 손을 내릴 수 없었다. 좋아하지도 싫어하지도 않는 여자가 옷을 갈아입는 장면을 봤을 때의 기분이었다.

그는 책을 머리맡에 내려놓은 다음 이불 속에서 몸을 웅크렸다. 희미한 곰팡내와 먼지 냄새, 그런 익숙한 냄새를 품은 이불. 그러나 여기는 이미 고향 집이 아니다, 하고 생각했다. 이상하게 기쁘지도 슬프지도 않았다.

허리춤에 근질근질한 감각이 고여 있기는 한데, 피로감과 잠의 유혹이 훨씬 강해서 지금은 아무 생각도 할 수 없었다. 저 멀리 어느 집에선가 들려오는 개 짖는 소리를 들으면서, 야마토는 꿈도 꾸지 않고 깊은 잠에 빠졌다.

야마토는 고요한 계단을 내려가 햇살의 따스함을 느끼면서 아무도 없는 식당에 들어갔다.

엷은 햇살 속에서, 지금은 깔끔하게 치워져 벌판 같은 테이블 위. 여러 개의 의자. 사람이 없을 뿐인데, 이렇게나 휑해 보이는구나 하고 느꼈다.

야마토는 냉장고를 열고 우유를 꺼내 컵에 따랐다. 손끝이 싸늘하다. 아침은 7시 반에 먹는다고 했지, 하고 떠올리면서 벽시계를 올려다보았다. 아직 6시 반이다.

등 쪽에서 문이 열리는 소리가 나서 돌아보았다.

헐렁한 회색 바지를 입고, 검은 티셔츠 밖으로 가뭇가뭇

한 피부를 드러낸 키 큰 남자가 푸석푸석한 머리를 긁적거리면서 꺼벙하게 뜬 눈으로 야마토를 쳐다보고 있었다.

"아, 안녕하세요. 날씨가 정말 좋은데요."

박력에 짓눌린 야마토는 최대한 살갑게 말했다.

그는 "안녕"이라고 나지막이 중얼거리고는, 윤곽이 뚜렷한 눈가를 왼손가락으로 비비면서 무표정하게 냉장고를 열었다.

티셔츠 위로 양쪽 견갑골이 불거져 있다. 우람한 팔과 팔꿈치가 강철처럼 단단해 보였다. 허리도 굵고 탄력 있어서 보고만 있는데도 묵직한 무게가 느껴진다.

뭐하는 사람이지, 하고 야마토는 속으로 중얼거렸다. 방에만 틀어박혀 있다느니 화가라느니 내연의 남편이라느니, 그런 말만 들어서 그만 호리호리한 몸에 섬세하면서도 우유부단한 조각 미남을 상상했는데, 마치 육체 노동자 같다.

그는 싱크대 앞에 서서 컵에 채소 주스를 따랐다. 그리고 천천히 수납장을 열어 초록색 조그만 봉지를 꺼냈다. 그 조그만 봉지를 뜯어, 컵을 향해 거꾸로 뒤집자 초록색 분말이 좌르르 흘러나와 순식간에 채소 주스에 녹아들었다. 그러고는 컵을 들고 더러운 늪 같은 색으로 변한 액체를 마시기 시작했다. 벌컥거리는 소리가 크게 울렸다.

야마토는 참다못해 저, 하고 입을 열었다.

"그게, 뭐죠?"

그가 컵을 싱크대 안에 내려놓고, 돌아보았다.

"녹즙인데. 너도 마실래?"

"아니요."

야마토로서는 흔치 않게 바로 대답했다.

그는 바지 주머니에서 찌그러진 말보로 갑을 꺼내더니, 환풍기 끈을 잡아당기고 담배에 불을 붙였다.

"대학생인가?"

"네. 다음 주 월요일에 입학식을 합니다."

"전공은?"

"상학부입니다. 저……."

"내 이름은 마지마야."

"다들, 세우 씨라고 부르던데요."

"어느 쪽이든 상관없어."

그는 두툼한 입술 사이로 연기를 뿜어냈다. 정말 어느 쪽이든 상관없다는 투였다. 쥐고 있는 담배가 짧게 느껴질 정도로 왼손이 컸다.

"고향은?"

"홋카이도입니다. 마지마 씨는 계속 도쿄에서 사신 건가요?"

"나는 구마모토니까, 너랑은 정반대지."

"아, 그렇군요."

"대학 진학과 동시에 상경이라……. 고향에서 사귀던 여자친구는?"

야마토의 뇌리에 '내연의 남편'이라는 말이 진하게 떠올랐다. 어젯밤에 읽었던 와타누키 씨의 책 내용과 함께.

"아, 그런 여자 딱히 없습니다. 뭐 없다고 안달한 일도 아니고."

"그래. 하기야 대학에 가면 새로운 만남은 얼마든지 있을 테니까."

세우 씨는 그렇게 말하고 눈으로만 웃었다. 표정은 거의 달라지지 않고 아주 조금 분위기를 누그러뜨린 정도의 웃음이라, 정색하고 있을 때보다 그렇게 웃는 순간의 얼굴이 훨씬 남자답게 느껴지는 게 신기했다.

야마토는 불현듯 '이 남자 엄청 멋진 거 아냐' 하는 생각이 들었다. 얼굴도 시원시원하게 생겼고 체격도 좋다. 무엇보다 야마토로서는 그의 온몸에서 풍기는 정체 모를 분위기가 가장 신선했다.

세우 씨는 담배 한 개비를 다 피우자, 꽁초를 버린 재떨이와 컵을 싱크대에 남겨둔 채 방으로 돌아가버렸다.

혼자 남은 야마토는 자기 컵을 씻는 김에 할 수 없이 그의 것까지 씻었다. 거품 묻은 양손을 놀리면서, 대학에 들어가면 1년 안에 반드시 귀엽고 평범한 여자친구를 만들겠다고 다짐했다.

그 조촐한 결심을 뛰어넘어, 몇 달 후 대범하고 격하고 못

된 성격의 미녀와 훌쩍 규슈로 내려가 하룻밤을 같이 지내게 된다는 사실을, 야마토는 아직 모르고 있었다.

청결한 시선

야에코는 손목 안쪽이 특히 예쁘다.

그녀가 침대에 반듯하게 누워 숨을 참고 가만히 있으면, 흑백 영화를 보고 있는 듯한 기분이 든다. 가늘게 벌린 입술. 하얀 셔츠 너머로 가슴이 열릴 것처럼 천천히 오르내린다.

야에코는 소심하지만 겁쟁이는 아니다. 그 까만 눈동자에 모든 것을 기억하겠다는 듯이 표정이 굳어 있다.

"쓰바키 언니?"

나는 "아" 하면서 고개를 옆으로 흔들었다.

"여자아이는 토끼 같다는 생각이 들어서."

그녀는 왼쪽 눈만 찡그리고 살짝 노려보았다.

야에코는 처음부터 여자만 좋아했다. 남자를 좋아한 적

은 단 한 번도 없다고, 수족관에 갔던 첫 데이트 때 털어놓았다.

"남자랑 비교하는 거야?"

그녀가 뾰로통하게 물어서 "나는 아니야" 하고는 웃었다.

"둘이서 수족관 갔을 때 생각이 났어."

그녀는 턱을 약간 쳐들고, 천장이 스크린이라도 된 것처럼 눈을 깜박거리면서 말했다.

"나도 자주 떠올려. 둘이 손잡고 새파란 수족관 앞에 서서, 참다랑어가 빙빙 도는 걸 구경했잖아. 그때 나, 언니랑 같이 있는 시간도 이렇게 계속 돌고 돌았으면 좋겠다고 생각했어."

하지만 나는 거기까지는 생각할 수 없었다. 여자아이와 손을 잡기는 초등학교 등하굣길 이후로 처음이었다. 세게 잡으면 아플까 봐, 조금씩 힘을 주고 또 조금씩 힘을 풀곤 했다. 야에코의 손은 손가락은 물론 손등도 가녀리고 차가웠다.

침대에 펼쳐진 가늘고 긴 머리가 깔리지 않게 조심하면서 그녀 옆에 누워 혼잣말처럼 중얼거렸다.

"내일, 반차를 냈으니까 머리라도 자르고 올게."

야에코가 기분이 풀린 것처럼 웃었다.

"끝나면 전화해줘. 달려갈 거니까. 제일 먼저 볼 거야."

"그건 좋은데, 학교는 어쩌고?"

"내일부터 시험인데 뭐."

그녀는 윗몸을 일으키고, 방구석에 있는 가방을 가리켰다. 하늘색 포터 나일론 가방. 놀러 온 것치고는 짐이 많다 했더니 공부할 거리가 들어 있었나 보네, 하고 수긍이 갔다.

"어디서 공부하는데?"

"학원 자습실. 밤 10시까지 열려 있거든."

나는 흐음, 하고서 시계를 보았다. 7시까지 5분 남았다.

"그럼 같이 저녁 먹고 갈래? 치즈루 씨한테 부탁해서."

"그보다, 꼭 안아줘. 시간이 아까워."

그녀는 그렇게 말하고는 양팔을 내밀었다.

그 몸짓이 안아달라는 뜻이라기보다 무언가를 받아들이기 위한 신호처럼 보여 나는 슬쩍 웃었지만, 조금은 눈물이 날 것 같기도 했다.

"야에코 진짜 귀엽던데요."

야마토가 방어 양념구이를 젓가락으로 헤집으면서 말하자, 구지라이는 입을 다물었고 와타누키는 동의하듯 희미하게 미소 지었다.

내가 야에코와 사귀고 있다는 것을, 여기 사는 사람들은 모두 알고 있다. 단, 신입인 그를 제외하고.

"요스케는 그런 스타일이 좋아?"

구지라이가 현미경을 들여다보듯 된장국 그릇에 얼굴을

들이대면서 불쑥 물었다.

"남자라면 누구라도 눈길이 가지 않을까요. 귀여운 것도 귀여운 거지만, 뭐랄까 천연 공기청정기 같은 아이잖아요."

야마토가 아무렇지 않은 투로 단언했다.

나는 된장국을 후루룩 들이켜면서 '참 눈치 없는 남자네' 하고 생각했다. 아무리 그래도 그렇지 구지라이 역시 아직 젊은 여자인데, 하는 말에 신경을 써야 하지 않는가.

된장국에는 쫄깃한 밀개떡과 무와 당근이 들어 있었다. 정성스럽게 파드득나물 이파리까지 띄웠다. 흰 된장의 기품 있는 향.

"요스케 씨, 내일 늦게 들어온다고 했나?"

와타누키 씨가 그의 말을 가로막고서 물었다.

깊게 파인 버건디색 브이넥 니트. 머리를 뒤로 묶은 탓에 목덜미와 쇄골이 두드러진다. 이 사람은 딱히 화려하게 입지 않는 대신, 언제나 몸의 어느 부분을 드러내고 있다.

"아, 맞아요. 동아리 연습이 있어서."

"요스케 씨가 연극을 하다니, 좀 의외네."

"그런가요. 아, 전에 제가 말했죠. 전단지 나눠주는 여학생이 엄청난 미인이었다고. 우리 고향에도 피부가 하얗고 소박한 여자나 불량스러운데 귀여운 여자는 있지만, 그렇게 여배우 같은 사람은 만나본 적이 없어서. 도쿄는 정말 굉장해요. 아직 얘기는 거의 못 나눴지만, 속눈썹이 얼마나 짙은지 프랑스 인형처럼 생겼어요."

"그렇구나. 친해지면 좋겠네. 요스케 씨는 진솔하고 뒤가 없어서 연극을 한다는 게 상상이 안 되지만, 아무튼 열심히 해."

나는 오이와 미역무침을 입에 넣으면서, 빨간 입술에 부드러운 미소를 머금는 와타누키 씨를 보고 마음속으로 '심술궂은 여자네' 하고 생각했다. 새콤한 식초 맛에 볼 안이 오그라든다.

줄곧 말이 없던 세우 씨가 젓가락을 내려놓고 자리에서 일어났다.

거대한 전기밥솥에서 밥을 떠내는 손이, 틀어박혀 지내는 사람치고는 까뭇까뭇하고 근육질이다. 반듯한 콧대와 까맣고 날카로운 눈. 근육이 꿈틀거리는 굵은 목. 검은 셔츠 하나 걸친 널찍한 등.

하지만 나는 솔직히, 저 사람이 싫다.

그의 생활상을 생각하면, 섹시함 따위는 벌써 옛날 고릿적에 말라비틀어졌을 텐데, 옆에 있으면 식은땀이 흐를 정도로 긴장감이 느껴진다. 짐승 같은 기운에, 자신의 모공과 목구멍이 닫혀가는 것을 느낀다.

이 마와타 장으로 이사 오던 날 밤, 차를 마시려고 1층에 내려간 나에게, 와타누키 씨는 그의 팔을 잡고 끌어와 소개했다.

"이 사람은 1층에 사는 화가 세우 씨. 나의 내연의 남편입니다."

웃고 있는 그녀와는 대조적으로, 그는 내연의 남편이라는 말에도 눈 하나 깜짝하지 않은 채, 무관심한 눈길을 이쪽으로 향하고 있었다.

왜 와타누키 씨가 그를 그런 식으로 소개했는지는 얼마 후에 알게 되었다. 내가 그녀와 나이 차가 거의 나지 않는 여자이기 때문이었다. 그 주저를 모르고 독점욕과 오만함도 아랑곳 않는 맹목적인 애정을 알아차리는 순간, 끔찍해서 소름이 다 끼쳤다.

나는 여자 특유의 모든 감정을 혐오한다.

그건 나 자신이, 벌써 십 몇 년이나 여자라는 사실을 외면하고 살아왔기 때문이리라.

야에코를 울리고 싶다. 멋대로 하게 놔두고 싶다. 소중하게 아끼고 싶다. 그런 충동은 과거와 현재와 미래만큼이나 서로 별개인 척하지만, 실은 한순간 안에 모두 있다.

막 자른 내 머리를 쓰다듬는 오른손 손목을 눌러 움직임을 막으면, 야에코는 정말 당혹스러운 표정을 짓는다.

파랗게 비쳐 보이는 가슴 혈관은 마치 아름다운 강물이 흐르는 것 같다. 나는 누가 내 몸을 만지는 걸 좋아하지 않아, 조그만 무릎을 떨며 몸을 여는 것은 언제나 야에코 역할이다.

그녀를 처음 제대로 안은 밤에는, 생이별한 쌍둥이 자매라도 다시 만난 기분이었다.

희미하게 숨을 쉴 뿐 침묵을 지키는 야에코의 눈동자만 수면 위에 아슬아슬하게 머물러 있다. 무언가가 넘쳐흐를 것 같아, 나도 모르게 신경을 썼다.

"뭐 싫은 거 있으면, 말해도 괜찮아."

그녀는 미동도 하지 않고서 대답했다.

"쓰바키 언니, 하고 싶은 대로 하면 돼."

그 말은 애정의 강함이라기보다, 이 정도로 자신의 무언가가 망가지거나 변하지 않는다고 믿는 강함, 그 각오에 내가 오히려 기가 죽을 때도 있다.

나는 어쩌면 남자를 좋아하게 될지도 모르고, 부모나 친구들에게 여자와 사귀고 있다고 밝힐 자신도 없다. 야에코가 그 점을 가장 서운하게 느끼고 있다는 사실을 알면서도.

셔츠를 걸치고 소매에 팔을 밀어 넣으며 야에코가 물었다.

"내일 일요일인데, 언니 뭐 할 거야?"

나는 창문을 열고 저녁이 내린 하늘을 바라보면서 담배를 피우고 있었다. 옆집 창문에서 카레 냄새가 난다. 갑자기 등이 오그라드는 듯한 기분이 들었다.

"뭐하기는, 늘 똑같지. 빨래하고 청소할 건데."

그렇게 대답하자, 야에코가 명랑하게 말을 꺼냈다.

"더블데이트 하지 않을래?"

"뭐?"

나는 놀라서, 오른쪽 어깨에서 흘러내린 카디건을 얼른 잡았다.

"요즘 친해진 3학년 선배인데, 짧은 머리를 했는데 정말 미인이야. 그 선배랑 사귀는 여자는 쓰바키 언니보다 마침 세 살 아래. 단둘이 밖에 나가면 연인처럼 있을 수 없잖아. 그래서……."

나도 모르게 머리를 감싸 쥐고, 고개를 옆으로 흔들었다.

"미안해. 미안하지만, 야에코."

"선배가 정말 입이 무겁고, 책도 많이 읽고, 머리도 좋은 사람이야. 게다가 그 여자는 지금 엄청나게 유행하는 타운 정보지 만들고."

"세 살 아래가, 딱히 마침은 아니잖아."

"2월 14일생이야. 언니랑 하루 차이……."

내가 다음 말을 하기 전에, 야에코는 고개 숙인 채 치마의 지퍼를 올렸다. 나는 재떨이에 담배를 내려놓고 "야에코" 하고 불렀다.

"사귄다는 걸 남들에게 과시하지 않아도 우리, 잘 지내고 있잖아."

그녀는 그 말을 퉁겨내듯 돌아보았다.

"우리 둘만의 세계도 좋지만, 잘 안 풀릴 때를 위해서도 우리 둘 다 아는 사람은 필요해. 언니는 그런 게 싫을지 모르지만, 너무 어렵게 생각지 말고 그냥 부담 없이."

"그럼 잘 안 풀렸을 때 생각하면 되지. 그리고 이 마와타 장 사람들은 우리 관계를 알고 있잖아. 뭐 너한테 푹 빠져 있는 요스케한테는 조카라고 했지만."

"그 사람, 마주칠 때마다 닭 같은 얼굴로 나를 쳐다봐. 빨리 알리는 게……."

그때 문을 노크하는 소리가 들려서, 우리는 얼굴을 마주 보았다.

복도에 야마토 요스케가 서 있었다. 오른손에 과자 상자를 들고.

"저, 이거 고향에서 보내준 건데. 괜찮으면 드세요."

체크무늬 셔츠에 새 청바지. 짧은 앞머리가 반듯하게 서 있다. 보나 마나 왁스로 손질했을 것이다. 선하게 웃는 얼굴에 하마터면 웃음을 터뜨릴 뻔했다.

"안녕하세요."

야에코가 침대에서 일어나 인사했다.

"아아, 안녕. 이거 로이즈 포테이토칩인데, 초콜릿이 발려 있어."

"와, 포테이토칩에 초콜릿? 대박, 나 한 번도 먹어본 적 없는데."

일어난 야에코는 문틈으로 얼굴을 내밀고 야마토의 손을

들여다보았다. 어른스러운 표정을 지었다가 바로 어린애처럼 토라지는가 하면, 대박이라는 소리를 몇 번이나 하면서 여느 여고생으로 돌아간다. 나는 이 여자아이에게서 눈을 뗄 수 없다.

"진짜 맛있어. 아, 그리고 롯카테 딸기 초콜릿도 있는데, 먹을래?"

"정말? 대박, 신난다. 요스케 오빠, 고마워."

마지막 말은 일부러 한 거겠지, 하고 생각하면서 옆에서 웃는 야에코를 보았다. 그 긴 머리칼에서 부끄러워질 정도로 달콤한 향이 풍겼다.

아침에 일어나 휴대전화를 열어보니, 야에코가 보낸 문자가 와 있었다.

'안녕. 오늘, 선배들이랑 영화 보고 올게. 괜찮다고 하면, 끝난 다음에 놀러 갈게.'

내가 거부했는데, 그녀의 글귀에서 어딘가 모르게 이쪽을 헤아리는 분위기가 감돌아, 유난히 울컥한 어제 일을 후회하면서 휴대전화를 닫았다.

파란 물고기 무늬 포렴을 들추고 식당으로 들어가자 와타누키 씨가 돌아보았다.

"안녕, 쓰바키 씨."

하얗고 헐렁한 스웨터 속에 보이는 검은 캐미솔. 아래에는 딱 들러붙는 청바지. 끈이 목과 허리를 휘감은 빨간 앞치마조차 가정적인 인상을 주지 않는 것이 참 대단하다.

창 너머로는 하얀 시트가 펄럭이고, 오늘도 눈부신 파란 하늘이 펼쳐져 있다. 이렇게 싱그러운 햇살 속에도 건전치 못한 분위기를 풍기는 그녀에게 감탄하면서 나는 주전자를 들었다.

"뭐 만드는데요?"

"하이라이스. 오늘 저녁에 먹을 건데, 지금 끓여서 숙성시키려고."

조리대 위에는 밀가루와 레드와인, 데미그라스소스 캔이 조르륵 놓여 있다. 소소한 레스토랑 같은 풍경이다.

"세우 씨가 좋아해요?"

나는 컵에 인스턴트커피 가루를 덜어 담으면서 물었다. 불에 올려놓은 주전자가 뻐걱거리는 듯한 소리를 내며 열기를 띠어간다.

"그래. 오므라이스나 하이라이스처럼 애들이 좋아하는 메뉴를."

"칠리 새우나 탕수육 같은 거?"

"그래. 대단하네, 어떻게 알았어?"

"케첩이잖아요."

양파를 가늘게 썰던 손길이 갑자기 움직임을 멈췄다.

"뭐?"

나는 불을 끄고서 그녀를 보았다.

"그게 그러니까, 단순히 케첩이 들어간 음식을 좋아하는 거잖아요. 그 사람은."

"응. 알고 있었어."

거짓말하기는.

"저녁, 기대하고 있을게요."

나는 김이 오르는 컵을 들어 올리면서, 이 사람은 한 가지도 놓치는 걸 용납하지 못하는구나 싶어 어이가 없었다.

시트를 빨고, 옷과 책을 정리하는 사이에 평화로운 휴일이 지나갔다.

저녁때 야에코한테서 문자가 왔다. 나는 티셔츠 위에 회색 카디건을 걸치고 역으로 마중을 나갔다.

5월인데도 바람이 부는 해 질 녘의 거리는 공기가 다소 건조해, 숨을 들이쉴 때마다 목구멍이 시원해진다.

야에코는 역 앞에서 검은 아그네스 비 가방을 들고 깃이 달린 셔츠에 빨간 에이라인 치마를 입은 모습으로, 조금 세게 불어온 바람에 머리를 누르고 있었다.

"야에코."

내가 부르자, 그녀는 긴장이 풀린 듯 평소처럼 웃으면서 뛰어왔다.

"언니, 나와줬네."

이쪽의 윤곽까지 녹아버릴 듯 환하게 웃는 얼굴이었다.

"우리, 차 마시고 들어갈까?"

나의 제안에 야에코는 응, 하고 깡충 뛸 듯이 대답했다.

나란히 걸어가고 있는데, 그녀가 손을 잡으려고 하자 나도 모르게 뿌리치고 말았다. 어색한 기분으로 옆얼굴을 훔쳐보았다. 야에코는 속이 상한 듯 고개를 숙이고 있다. 어쩔수 없잖아. 마음속으로 꼴사납게 반박하고 만다.

근처에 있는 카페에 들어가자, 실내조명이 어두컴컴해서 겨우 기분이 가라앉았다. 선반에는 고전 음악 레코드가 죽 꽂혀 있고, 벽에는 UCC 포스터가 붙어 있다. 낡은 계산기가 놓인 카운터 너머에서, 주인이 높이 쌓인 그릇 사이를 느긋하게 오가고 있다.

노인이 사는 집의 카펫처럼 보푸라기가 인 소파에 앉아 내가 진한 에스프레소를 마시는 동안, 그녀는 생크림이 소복하게 떠 있는 코코아를 조금씩 홀짝거렸다.

"언니, 혹시 나한테 미안한 거야?"

야에코가 찻잔 너머에서 눈을 약간 치켜뜨고 이쪽을 보았다.

"실제로 그렇게 생각하는 건, 너 아니니?"

나는 담배를 꺼내면서 되물었다.

"아니, 그럼 됐어. 눈치 보는 언니는 언니답지 않으니까."

"그 뒷말은 사족이지만, 오늘은 미안했어. 재미있었니?"

"응. 선배의 그녀, 내가 상상했던 것보다 조금 통통했지만,

옷차림도 세련되고 재미있는 사람이었어. 저가의 괜찮은 화장품도 많이 추천해줬고."

"흐음, 그야말로 그 업계 사람이네. 아 참, 너, 다음 주 일요일에 시간 있으면, 이번에는 우리 둘이 어디 갈래?"

야에코는 신이 나서 소리를 지르고, 나는 눈으로만 웃으면서 담배를 입에 물었다. 그러자 카운터 안에 있던 주인이 당황스러운 듯 밖으로 나왔다.

"지난주부터 가게 안에서 금연이에요."

몸을 앞으로 굽힌 저자세인데 말투는 유난히 당당한 게 마음에 들지 않아, 나는 그만 빈정거리고 말았다.

"그럼 지금까지는 왜 금연이 아니었는데요?"

"예전에는 담배를 피우게 해달라는 손님이 많아서 그랬는데, 지금은 오히려 금연을 원하는 쪽이 많아서……."

"다른 손님 없잖아요."

"쓰바키 언니."

야에코가 기가 막힌다는 듯이 말했다.

가게 주인이 두 말 않고 카운터 안으로 돌아가더니, 재가 눌어붙은 오래된 유리 재떨이를 들고 와 테이블에 내려놓았다.

유유하게 담배를 피우는 나를 보고서 그녀가 웬일로, 정말 얄밉다는 듯이 눈살을 찌푸렸다.

"담배 정도는 집에 갈 때까지 참으면 되잖아."

"나에겐 맛있는 커피와 담배 한 모금이 하나의 메뉴라고. 너도 음식점에 가서 카레 주문했는데, 밥 없는 카레가 나오면 가만히 있지 않을 거잖아."

"나는, 가능하면 담배를 끊었으면 좋겠어. 언니 건강에도 좋지 않고. 오래 살았으면 하니까."

나는 고개를 숙이고 연기를 뿜어내면서, 담배를 피우지 않으면 오래 살 수 있다고 여기는 야에코가 10대 아이라는 사실을 새삼스레 실감했다.

어떤 말로 대꾸하면 좋을지 생각하고 있는데, 청바지 뒷주머니에서 휴대전화가 부르르 진동했다. 한 손을 들어 야에코에게 신호하고서 휴대전화를 열었다.

아라키가 보낸 문자였다.

나는 담배를 살짝 물면서 말했다.

"미안하네. 다음 주 일요일에 일이 좀 생겼어. 토요일로 바꿔도 괜찮겠니?"

"난 다음 주 토요일에는 학원 시험이 있는데. 그거, 다른 날에는 할 수 없는 거야?"

"응. 만나야 할 사람이 일요일이 아니면 시간이 없어."

"그렇게 급한 일이야?"

"나름."

야에코가 틈을 두지 않고 되물었다.

"누군데?"

나는 반사적으로 얼굴을 찡그리고서야, 이런 반응은 적절치 않다는 생각에 바로 표정을 풀고 입을 열었다.

"전에 같이 살던 사람."

야에코는 대놓고 미간에 힘을 주면서 완벽하게 토라져 입을 꼭 다물고 말았다. 나는 한숨을 쉬면서 '기분을 풀어주려면 다른 방법을 생각해야겠군' 하고 생각했다.

해가 바뀌고 얼마 지나지 않았을 무렵, 눈이 많이 내린 어느 날 밤이었다.

배가 고팠던 우리는 목도리를 둘둘 감고 근처에 있는 편의점에 갔다. 둘이 손을 잡고 뒷골목을 걸으면서, 작년까지 남자와 같이 살았다고 털어놓았을 때, 야에코는 너무 서둘러 사실을 받아들이려 한 탓에, 입을 다무는 것마저 잊어버려 잠시 얼빠진 표정이 되었다.

"왜 헤어졌는데?"

"의미가 없어져서."

그녀는 아무 말 않고, 입가에 힘을 꾹 주었다.

"미안해. 신경 쓰이니?"

"솔직히. 쓰바키 언니는 남자와 잘 수 있는 사람이라는 생각이 들었어."

"안 잤어."

내가 바로 대답하자 야에코는 "뭐?" 하고는 바로 의문을 표했다.

"같이 살았다면서 어떻게."

나는 잠긴 목소리로 중얼거렸다.

"나, 섹스 못 해. 야에코보다 어릴 때 같은 학년 남학생에게 강간을 당해서. 그래서, 그 남자와도 안 잤어."

거기서 말을 끊고, 한참이나 말없이 걸었다.

점차 차가워지는 그녀 손을 느끼면서, 나는 불쑥 이쪽을 향한 청결한 시선을 알아차렸다.

야에코는 누가 총구라도 들이댄 것처럼 긴장한 표정으로, 그러나 외면하지 않고 이쪽을 쳐다보고 있었다. 불현듯 나는, 그 조그만 몸에 기대 울고 싶은 충동에 휩싸였다.

무언가가 한없이 그립고 사랑스러운데, 그 정체를 알지 못한 채 무릎에서 힘이 쭉 빠져나갔다. 그렇게 가슴이 뭉클해지기는, 태어나서 정말 처음이었다.

그때 야에코가 입을 열었다.

"그런데도 그 남자는, 언니를 좋아해서 같이 살기로 한 거였어?"

그 질문에, 나는 천천히 눈을 감았다.

눈꺼풀에, 어깨에, 눈의 기척이 느껴졌다.

"내가, 그에게, 다른 여자와 자는 걸 허락했어."

오랜만에 다시 만난 그는, 예전보다 눈에 띄게 살이 쪄서는 우우웅 불안하게 울면서 몸을 웅크리고 바구니 안에 간신히 담겨 있었다.

"얘, 살찐 거 아니야?"

공공연한 사실을 굳이 말해보았다.

"천만에."

아라키는 엉뚱한 대답을 하고는, 이동가방과 보스턴백을 들고 플랫폼의 벤치에서 일어섰다.

어두운 파란색 셔츠에 검은 재킷. 베이지색 슬림한 면바지. 반짝거리는 가죽 구두. 그리고 고전적인 디자인의 갈색 가죽띠 손목시계를 보면서 '여전히 멋을 잘 부리는 사람이네' 하고 마음속으로 중얼거렸다.

"여기 역 안에 있는 카페에 가도 되겠어?"

"그래. 어디든 상관없어."

자리와 자리 사이에 간격이 없는 커피 스탠드에서 마주하자, 옆에 있는 중년 여자들의 목소리에 거의 지워지다시피 하면서, 한 지붕 아래 살았던 사람끼리의 익숙한 언어로 대화를 나눴다.

"쉬는 날인데 불러내서 미안하다. 하는 일은 어때?"

"별다를 것 없어. 학교 사무직이 그렇지 뭐. 교장 교감에게 무슨 일 생기면 뒤치다꺼리하는 역할이잖아. 그런데 얘는 왜 이렇게 살이 찐 거야?"

"사료 대신 직접 만들어서 먹였어. 몸에는 좋은데 식욕이 좋아진 것 같아. 다이어트 좀 시킬게."

"착실한 사람이네. 휴가 내서 다음 주부터 그녀랑 외국에 간다고? 어디 가는데?"

"베트남."

웃는 얼굴로 대꾸하자니, 시간이 좀 필요했다.

"그렇구나. 하기야 예전부터 가고 싶다고 했지."

둘이 막 살기 시작했을 무렵, 조만간 같이 가자고 산 가이드북은 내 책꽂이에도 한 권 남아 있다.

의자 밑에 놓인 이동가방 안에서 고양이가 야옹야옹 울었다.

"이럴까 저럴까 여러 가지로 많이 망설였는데, 역시 유적을 보고 싶어서. 앙코르와트에 먼저 갔다가, 거기서."

"닷새 후에 귀국한다고 했나?"

"응. 네가 봐준다고 해줘서 다행이다. 지난번에 여행 갈 때 맡긴 동물호텔에서는 거의 먹지도 않고 토하기만 했다고 했거든."

"아유, 불쌍해라. 그런 것치고는 살이 포동포동 쪘는데."

내가 어깨를 으쓱하자, 그는 소리 내어 웃었다. 까다로워 보이는 얼굴에 순간적으로 애교가 번졌다.

"너는 키우기 시작할 때부터 같이 있었으니까, 정말 안심이야."

"그래. 네가 지금의 그녀를 만날 때도 난, 줄곧 이 녀석과 단둘이었고."

　그렇게 말하면서, 이런 말투가 좋지 않은 습관이 되어가고 있다는 걸 깨달았다. 그를 비아냥거리려던 건 아니었는데.

　"하긴, 너에게 맡기겠다고 하니까 그녀가 그러지 말라고 하더라."

　"뭐, 그렇겠지."

　"너에게 지금도 미안해하는 것 같아."

　배덕에는 달콤함이 있다고 하지만, 좋아하게 된 사람을 타인에게 빼앗고서 기분 좋을 인간은 기껏해야 한 줌이지 않을까.

　"그래도 우리 사이에 육체관계가 없었다는 사실은, 네가 설명했을 텐데."

　"그야 물론."

　그는 진지한 표정으로 바로 대답했다.

　나는 피식 웃고는, 향도 맛도 엷은 커피를 마셨다. 이런 사람이니 내가 그 옆에 있을 수 있었지만, 1년밖에 계속되지 않았던 것이다.

　"잘 마셨어. 책임지고 보살필 테니까 걱정 마. 오랜만에 만나서 반가웠어."

　"나도. 짐을 하숙집까지 갖다 주지 않아도 되겠어?"

　"무슨 소리. 무거워서 못 옮기겠다 싶으면 전화해서 남학생 하나 불러내면 돼. 풋풋하게 젊은 새 사람이 들어왔으니까."

"듬직하겠는데."

그는 웃으면서 그렇게 말하고는 자리에서 일어났다.

일거리 하나 무사히 끝냈다는 기분으로 있는데, 둘이서 가게를 나가기 직전, 익숙한 향수 냄새에 감정이 흔들릴 뻔했다.

그가 "왜 그래" 하면서 돌아보았다.

나는 "아무것도 아니야" 하고는 바로 고개를 저었다.

2년 전, 친구 소개로 알게 된 아라키와 같이 살기로 한 것은, 이대로 반영구적으로 혼자일 수도 있는 상황에 갑자기 불안감을 느꼈기 때문이었다.

사랑받지 않아도 괜찮다. 하지만 어떤 형태로든 필요한 사람이고는 싶다.

몸은 죽었지만 외로움을 느끼는 마음의 기능은 여전히 살아 있어서, 몇 년에 한 번은 돌발적으로 그런 충동이 덮치곤 했다.

그런 때 마침, 아라키를 만났다.

만난 첫날부터 헤어질 때까지, 나와 아라키는 거의 끊임없이 대화를 나눴다. 서로가 읽은 책 얘기. 태도도 요령도 좋지 않았던 점원 얘기. 맛집을 알게 되면 곧장 서로에게 가르쳐주었다. 일주일에 두 번 정도 술을 마시면서, 서로가 지금까지 만난 어느 누구보다 취향이 잘 맞아서 편하다고 말했다. 같이 살기 시작하면서 나눈 약속이 아주 단순하고 간단한 일로 여겨졌다. 적어도 내게는.

집안일은 기본적으로 내가 맡는다. 생활비는 그가 더 많이 낸다. 침실은 물론 따로 쓴다. 목욕할 때나 옷을 갈아입을 때는 보이지 않게. 다른 여자와 자도 좋다. 곤란한 일이 생기거나 외로울 때는 서로에게 의논하고, 서로 도우면서 진정한 의미의 공동체가 된다.

지금 돌이켜보면, 정말 치졸한 정신론이었다. 그때는 정말 지켜질 수 있다고 믿었다. 그러나 실은, 내가 육체로 이어지는 강력함과 그 가치를 몰랐던 탓이었다고 생각한다.

처음 만났을 당시, 아라키는 자기는 진정한 의미의 연애를 한 적도 없고 누군가에게 몰입하는 성격도 아니라고 했다. 그래서 나는 그가 연애를 한다는 건 상상조차 못 했다.

같이 살기 시작하고 반년쯤 지났을 무렵, 서서히 외박이 늘어나면서 눈치가 이상해진 그에게 다그쳐 물었다. 아라키는 말을 흐리면서 확실한 대답을 피했다.

그가 자고 있는 동안, 나는 어두운 거실 구석에서 디지털 카메라의 전원을 켜고 저장된 동영상을 재생했다.

마른 잎이 쌓인 산길을 두 그림자가 천천히 나아간다. 하늘은 붉게 물들어 있고, 길가의 메마른 식물은 하얀 실루엣으로 소리 없이 죽어 있었다.

그의 말투는 멋이 없고, 상대 여자도 담담했다. "춥네" 하거나 "온천이 꽤 넓더라" 하는 식으로.

그 평온함이 오히려 두 사람의 가까운 거리를 전해주었다. 실크가 피부를 스치는 듯한 고요함이었다. 제아무리 친근한 대화도 그 감촉 앞에서는 무의미했다.

나는 점차 지끈거리는 관자놀이를 왼손으로 누르고서, 영상이 끝나자 또 오른손 엄지손가락으로 재생 버튼을 눌렀다. 그 행위는 자신의 손목을 계속해 긋는 사람과 본질적으로 같은 것이었다. 훨씬 더 절망해야 해. 훨씬 더 냉정해져야 해. 감정이 얼어붙어 움직이지 않을 정도로.

그리고 나는 그와 같이 사는 생활을 청산했다.

그가 먼저 떠나고, 완전히 껍데기가 되어버린 나를 찾아온 친구가 이렇게 말하며 마와타 장을 소개해주었다.

"막 헤어진 여자가 혼자 있으면 좋은 일이 없으니까."

휴일의 쇼핑몰은 연인이나 가족끼리 나온 손님들이 대부분이었다.

큰 소리로 웃고 울면서 뛰어다니는 아이들. 중앙 분수에서 하늘 높이 솟은 물이 햇살에 반짝거렸다. 시끄러운 평온. 넘쳐나는 에너지. 그런 공간에 나타난, 나이도 옷차림도 천차만별인 여자들.

좋아서 팔짱을 끼려는 야에코와 반걸음 정도 앞에 가는 여자들을 보고 있자니, 자신이 다른 세계로 발을 잘못 들여놓은 기분이 들었다.

야에코의 고등학교 선배 이름은 히로미였다. 이동하는 중에 그녀가, 나 초등학생 때부터 학급 임원이었거든요, 하는 말을 몸으로 보여주듯 적극적으로 구는 데다 비집고 들어오는 듯한 웃는 얼굴로 말을 거는 통에 나는 어떻게 대하면 좋을지 난감해지고 말았다.

"쓰바키 씨, 벌써 지친 인솔자 선생님 같은 얼굴이네요. 아직 하루가 길게 남았는데, 힘내자고요."

네 명분의 숍 리스트를 나눠주고는 웃으면서 그렇게 말하는 히로미의 연인 구리코도 절묘한 불쾌함을 풍기고 있었다. 그녀는 인사를 나눈 직후부터 야에코는 물론 나까지 이름으로 불렀다. 주름치마 속에 입은 컬러 타이츠도 유행하는 것인지는 알지만, 살집이 좋은 그녀 다리에는 너무 노골적으로 보여서 탐탁지 않았다.

그런데도 여자끼리의 쇼핑은 그런대로 재미있었다. 고등학생 둘은 구리코를 따라 옷을 겹겹이 입어보기도 하고, 거기에 액세서리나 벨트를 맞춰보면서 놀았다.

옷에 별 관심이 없는 나는 혼자 따로 다니고 싶다고 하고서 인테리어 숍으로 향했다.

예쁜 양식기와 외제 패브릭을 바라보다가, 유모차를 밀면서 선반 위를 구경하는 부부와 몇 번이나 스쳐 지났다. 그 행복하게 웃는 얼굴을 보고 있었더니 갑자기 우울해졌다.

쇼핑몰에서 나온 나는 쉴 곳을 찾느라 그 주변을 슬렁슬렁 걸어 다녔다. 하늘은 맑게 개었고, 날씨치고는 상쾌하고 싸늘한 바람이 불었다.

오픈 카페에서 커피를 주문하고, 바깥에 있는 테라스 자리에서 담배를 피우며 이 가게에서 저 가게로 옮겨가는 사람들의 흐름을 한동안 쳐다보고 있었다. 당연한 일이지만, 혼자 온 사람은 아무도 없었다.

야에코를 만나기 전까지, 강간당했던 사실을 아무에게도 말하지 않았다. 아라키에게는 섹스를 싫어한다고만 전했고, 많지 않은 여자친구들에게 말하기에도 나는 그 아픔을 어중간하게 이해한 채 보이는 반응을 견뎌낼 만큼의 각오가 되어 있지 않았다. 바보 같지만, 아무 말 안 해도 이 저주를 풀어줄 사람이 나타나는 기적을 기다리고 있었다. 영원한 소녀처럼.

"이런 데 있었네. 쓰바키 씨, 찾았어요."

돌아보니, 언제 왔는지 등 뒤에서 구리코가 내 어깨를 툭 쳤다. 거리낌 없는 그 태도에 놀라 나는 반사적으로 피우던 담배를 재떨이에 내려놓았다.

"아, 목마르다. 나도 마실 거 사 올게요."

말릴 새도 없이 그녀는 계산대 쪽으로 뛰어가더니 한 손에 오렌지주스를 들고 바로 돌아와 옆 의자에 앉았다.

"그 아이들, 지금 뭐 사러 갔는지 알아요?"

오른손을 입에 대고 웃는다. 엷은 분홍색 긴 손톱에서 자잘한 스톤이 여러 개 반짝거렸다. 화려하면서도 품위를 놓치지 않은 절묘한 장식.

"뭔데요?" 나는 되물었다.

"러닝화. 귀엽죠. 둘 다 정말 고등학생이다 싶어요."

그 순간, 나의 착각인가 하는 생각에 그녀 얼굴을 멀뚱멀뚱 쳐다보았다. 그녀도 테를 두르듯 마스카라를 바른 긴 속눈썹을 떨면서 가만히 이쪽을 쳐다보았다.

역시 착각이 아니었네, 하면서 나는 아연해졌다.

조금 전, 귀엽다고 한 한마디에는 히로미에 대한 애정이 아니라 나를 향한 교태가 포함되어 있었던 것이다.

"그, 글쎄요. 난 기본적으로 친구나 아는 사람이 많지 않아서."

그렇게 대답하고 나는 담배 연기를 깊이 빨아들였다.

"야에코에게 물어봤더니, 인터넷 취미 사이트에서 알게 되었다고 해서 깜짝 놀랐는데. 그 우연, 부럽네요. 하지만 나와 쓰바키 씨가 이렇게 만난 것도 굉장한 우연이잖아요."

그 말을 듣는 순간, 연기를 토해내는 숨마저 멈추고 말았다. 그럴 수 있다면, 으아악 소리를 지르면서 당장 도망치고 싶었다.

양손에 쇼핑백을 든 야에코와 히로미가 돌아왔을 때, 내 재킷 주머니에는 구리코가 억지로 쑤셔 넣은 그녀의 명함이 들어 있었다. 나는 넌더리가 나서 엉뚱한 쪽을 보고 있었다.

"언니, 좀 피곤한 거 아냐?"

걱정스럽게 묻는 야에코에게 간신히 미소를 지어 보이며 대답했다.

"어. 사람이 너무 많아서."

"역시. 선배, 미안해요. 우리 먼저 갈게요."

히로미와 구리코가 놀란 듯이 입을 벌렸지만, 야에코는 무시하고 왼팔에 모든 짐을 걸고는 오른손으로 살며시 내 손을 잡았다.

괜찮아, 하고 말하려는데, 야에코가 입술을 옆으로 당기면서 가볍게 미소 지었다. 걱정 안 해도 돼, 하는 말을 들은 듯한 기분이 들었다. 그거 하나로, 마치 자신이 그녀의 딸이 된 기분이 들어 뭐라 말이 나오지 않았다.

야에코 손에 끌려 혼잡한 쇼핑몰과 점차 멀어지면서, 나는 처음 그녀와 만났던 날을 떠올렸다.

만나기로 한 카페에, 주름치마 아래로 하얀 무릎이 드러난 여자아이가 뛰어 들어와 "야마오카 쓰바키 씨인가요" 하고 숨을 헐떡이며 물었을 때, 나는 놀라서 되물었다.

"하세가와, 야에코 씨?"

그녀는 네, 하고 분명하게 대답하면서 고개를 끄덕였다.

그때 내가 알고 있던 야에코의 정보.

이케부쿠로 다음 역인 시나마치에서 살고 있다. 도쿄에 있는 여고에 다닌다. 이제 열일곱 살이다. 최근에 치열이 고르지 못하다는 이유로 과외 선생이었던 연인(물론 여자)에게 차였다.

그래서 눈앞에 나타난, 검은 눈망울이 커다랗고 날씬한 여자아이를 보고서, 나는 몇 번이나 눈을 깜박이고 말았다.

나는 한 손을 내밀어 옆 의자를 뒤로 빼주었다.

그녀는 두 손으로 치맛자락을 옆으로 펼치고 의자에 앉았다.

"뭐, 마실 거지? 여기, 메뉴."

"오렌지주스 주세요. 저, 내 얼굴에 뭐가 묻었나요?"

야에코가 불안하게 물어서, 나는 필터까지 타 들어가다시피 한 담배 끝을 재떨이에 짓누르면서 "아니" 하고 고개를 저었다.

"미안해. 좀 무심했는지도 모르겠지만, 실연을 했다고 들어서."

그러자 그녀는 난감한 듯이 쓴웃음을 짓고는 "아아" 하는 소리를 흘렸다.

"미의식이 대단한 사람이었어요. 그래서."

"너처럼 귀여운 아이를 치열이 마음에 들지 않는다고 차는 사람을, 미의식이 대단하다고 하지 않지."

그런 말이 술술 나와, 나 자신도 깜짝 놀랐다.

아무 대꾸가 없는 야에코의 귀가 천천히 열기를 띠고, 눈동자가 촉촉하게 젖어갔다.

그녀는 두 손으로 얼굴을 가리고, 손가락 사이로 보이는 눈을 찡그리고는 부끄러운 듯 웃었다. 그 웃는 얼굴을 보는 순간, 나는 장미꽃을 처음 보는 듯한 기분이 들고 말았다.

그리고, 이 아이면 사귈 수 있을지도 모르겠다고, 확실하게 생각했다.

플랫폼 벤치에 앉아, 저 멀리에서 저물어가는 저녁 해를 보고 있는데, 야에코가 가방에서 사탕을 꺼내 "자" 하면서 나에게 건넸다.

나는 피식 웃고는 은색과 초록색 포장지를 벗겼다. 더없이 반가운 첼시의 요구르트 맛이다.

"쓰바키 언니는 집에 잘 안 가?"

야에코가 불쑥 물었다.

"우리 집, 오래전부터 엄마 아빠 사이가 안 좋아. 게다가 작년에 아빠가 정년퇴직을 해서 완전 최악이야. 조만간 황혼 이혼이라도 하지 않을까 싶네."

"언니는 그때, 왜 나를 만나려고 했어?"

플랫폼에서 내려다보이는 선로는 언제나 가깝고도 멀다. 나는 검은 구두코를 이리저리 흔들다 뒤로 당겼다.

"술 마시고 밤중에 들어와 혼자 컴퓨터 앞에 앉았는데, 갑자기. 나는 남자는 지겹고, 또래 여자친구들은 결혼이다 출산이다 하는 오만가지 생각으로 바쁘고. 그런데 너는 순수하고 올곧고, 좋은 아이 같았어."

"만약 언니가 나랑 계속 같이."

야에코는 그렇게 말을 꺼냈다가, 입을 다물었다. 그녀 성격으로 봐서, 내가 뭐라고 대답할지 두려워서가 아니라는 건 바로 알았다.

안쓰러울 만큼의 마음 씀씀이에, 가슴이 조여드는 것을 느꼈다.

"야에코, 난 말이지, 일단."

"아무 말 하지 마."

고개 숙인 그녀의 귀에서, 긴 머리칼이 소리 없이 흘러내렸다.

"언니는 지금 나랑 같이 있어. 나는 언니를 좋아하고. 그 마음이 나를 지켜줘. 하지만 무언가를 정하고 약속하는 순간, 나는 보나 마나 몇 배는 약해질 거야."

발치에 늘어진 그림자가 엷어진다. 달과 태양이 저무는 같은 하늘에 떠 있다.

"미안해."

"언니는 착한 사람이야. 너무 정직해서 고집불통인 거지."

"그래."

나는 눈을 찡그리고 쇼핑몰 너머로 저무는 저녁 해를 바라보면서, 누가 이런 식으로 나를 긍정해주었던 적이 있었나 하고 생각했다. 있었던 것 같기도 하다. 하지만 기억나지 않는다. 느끼지 못하고 사라져갔던 시간들.

지금은 느끼지 못하는 척하기도 어려울 만큼, 야에코의 말이 투명한 바람처럼 불어간다.

집에 돌아오니, 저녁식사는 이미 끝난 상태였다.

"어, 왔어? 주먹밥 정도는 바로 만들 수 있는데."

원고 더미에서 시선을 든 와타누키 씨는 앞치마를 두르고 있지 않았다. 하늘하늘한 검은 블라우스에 청바지 차림이고, 왼손에는 빨간 펜을 쥐고 있었다.

"먹고 왔어요. 바빠 보이네요."

"그렇지도 않아. 차라도 마실래?"

나는 그럴게요, 하고는 맞은편 의자에 앉았다.

그녀는 홍차를 끓이고, 냉장고에서 과자 상자를 꺼냈다. 그리고 동그랗고 통통한 마카롱을 접시에 늘어놓았다.

"이거, 그제 미팅에서 담당 편집자가 준 장 폴 에반의 마카롱이야. 몇 개 안 되니까 우리 둘이 다 먹어버리자."

"오호."

나는 꺼내려던 담뱃갑을 다시 주머니에 밀어 넣었다.

"음, 맛있다. 초콜릿 맛이 단순하지 않아."

와타누키 씨가 한 입 물고는, 행복한 듯 미소 지었다. 이 사람은 술도 담배도 하지 않는 대신 단것을 좋아한다.

"흠, 오, 진짜 맛있는데요. 너츠가 향기롭고요. 지쳤을 때는 단게 최고라더니 진짜 좋은데요."

"어머. 쓰바키 씨가 쉬는 날에 지쳐서 돌아오다니, 희한하네. 야에코랑 데이트하고 온 거 아니야?"

나는 잠시 머뭇거리다, 왠지 오늘의 해괴한 일을 타인에게 털어놓고 싶은 기분에 말을 뱉고 말았다.

"데이트는 데이트였는데. 치즈루 씨, 웃지 않고 들어줄 수 있어요?"

"응? 물론, 웃지 않을게."

내가 "더블데이트" 하고 중얼거리자, 와타누키 씨는 어리둥절한 듯 말이 없더니, 그다음 순간 아무 망설임 없이 웃음을 터뜨렸다.

"어머나, 쓰바키 씨가 더블데이트라니. 그 나이에, 청춘이네. 아하하하."

나는 이 여자, 하고서 풀이 죽었다.

"치즈루 씨도 세우 씨가 부탁하면 싫다고 못하잖아요."

"그렇긴 하지. 하지만 쓰바키 씨는 그런 거 엄청 싫어할 것 같은데."

"그야 뭐, 실제로 싫어하지만. 싫은 것보다 우울했어요."

"왜?"

그녀가 이상하다는 듯이 되물었다.

"나, 어쩌면, 그냥 인간을 싫어하는 건지도 모르겠다는 생각이 들어서요. 야에코만 예뻐 보인다는 게."

"하지만 사랑이란 게, 원래 그런 거잖아."

나는 "그런 것도 아니죠" 하고 반박했다.

"실제로, 치즈루 씨와 세우 씨는 어떤 관계인 거죠?"

"실제로란 말, 쓰바키 씨의 입버릇인가 보다."

그녀는 그렇게 말하고, 마카롱 하나를 집어들었다. 나도 두 개째를 집었다.

입에 넣었더니, 이번에는 약간 덜 달면서도 짙은 카카오 향이 혀에 녹아들고, 아삭아삭 깨물어 홍차와 함께 넘기고 나자 또 먹고 싶어졌다. 더없이 달고 향기로운가 하면 맛이 깊어, 같은 과자인데도 오묘하다.

"쓰바키 씨는 이렇게 말하고 싶은 거지? 이렇게 허름한 집에서, 섹스의 기척이 전혀 느껴지지 않는 것은 부자연스럽다고."

"……뭐, 그렇다고 할 수 있죠."

"야에코와도, 사실은 그런 거잖아."

와타누키 씨가 아무렇지 않게 그런 말을 해서, 나는 몹시 불쾌해 담배를 꺼냈다.

"이참에 하는 말인데, 나는 치즈루 씨의 그런 면, 별로 좋아하지 않아요."

"세우 씨와 마지막으로 잔 게, 17년 전 여름이야."

"네? 17년 전이라뇨. 게다가 당신은 지금 30대 초반……."

"나이는 잊어버렸어."

그녀가 더 이상은 설명하려 하지 않아, 나는 포기하고 홍차를 마셨다.

컵을 들고 일어나, 다시 원고를 넘기기 시작한 그녀의 목덜미를 내려다보면서, 이 사람은 나보다 훨씬 전에 이미 각오했다는 것을 깨달았다.

구지라이가 식당 앞을 가로질렀을 때, 나는 교복 차림의 야에코와 김이 오르는 녹차를 마시면서 그녀가 들고 온 카스텔라를 먹고 있었다. 한창 자랄 때인 그녀는 시폰 케이크나 찐빵 같은, 바로 배가 불러지는 단것을 좋아한다.

카스텔라는 무척이나 정겨운 맛이었다. 좀 많이 먹었더니, 어른이 된 내 위가 버거워했다.

구지라이가 이쪽을 바라보더니 포럼을 들추고 물었다.

"쓰바키 씨, 치즈루 씨는요?"

"손질한 원고를 담당 편집자에게 전하고 온다면서 나갔어. 냄비에 카레, 준비해놓고."

"아, 그래요. 저, 요스케 씨 오늘 밤에 뭐하는지 알아요?"

"응? 아니, 못 들었는데. 왜?"

"아, 아니에요. 저, 그제 빌린 CD에 대해서 감상을 얘기

하고 싶어서. 그리고 저, 야에코가 이렇게 왔으니까. 야에코,
오늘 학원은?"

"숙제 못 해서 땡땡이쳤어. 아, 전에 언니가 고쳐준 영어
해석, 학교에서 칭찬받았어."

"야에코는 외우는 덴 시간이 걸리지만 이해력이 있으니까."

구지라이는 진지하게 대답했다.

야에코는 여전히, 불면 획 날아가는 얇은 종이 같은 미소
를 머금었고, 나는 쓴웃음을 지었다.

그때.

"저기, 아무도 안 계세요?"

현관 쪽에서 그런 목소리가 들려왔다.

구지라이와 야에코는 얼굴을 마주 보고, 나만 놀라서 식
당을 뛰쳐나갔다.

"엄마."

현관 앞에 엄마가 서 있었다. 하얀 블라우스에 진한 노란
색 카디건, 검은 면바지. 카디건의 가슴에는 새 모양 귀갑
브로치. 왼손에는 세이부 백화점의 쇼핑백을 들고 있었다.

"쓰바키, 다행이다 있어서. 이 집, 인터폰이 고장 났나 봐.
몇 번을 눌렀는데도 아무도 받지 않더라."

내가 당황하고 있는 틈에 엄마는 현관 안으로 들어왔다.

"이케부쿠로에 볼일이 있어서 전화를 했는데, 네가 통 안
받아서 직접 왔어."

엄마는 아무 대꾸를 않는 내 앞에 세이부 백화점의 쇼핑백을 쑥 내밀고는 그대로 식당을 향했다. 그녀는 전에도 두 번 정도 이 집에 찾아온 적이 있었다.

"엄마, 지금 손님이 와 있어."

"손님? 나도 손님이잖아. 어머나, 안녕."

포렴을 들추고 들어간 엄마는 살갑게 그렇게 말하고는 머리를 약간 숙였다. 나도 식당에 들어가, 이쪽을 쳐다보는 야에코에게 말했다.

"우리 엄마야. 근처에 왔다가."

"오랜만이에요, 아주머니. 옆 방에 사는 구지라이입니다."

구지라이가 흠잡을 데 없이 공손하게 인사했다. 야에코는 아무 말 없이 그냥 고개만 살짝 숙였다.

"그래, 오랜만이네. 이쪽이 새로 들어온 학생인가. 아직 어리고 귀엽네."

이 친구는, 하고 입을 열었다가 말이 막혔다. 야에코가 잡고 있던 찻잔에서 살며시 손을 떼었다.

"제 동생이에요."

그 순간, 모두가 어안이 벙벙해서 구지라이의 얼굴을 보았다.

"고하루 씨의 동생?"

엄마가 새로운 행성을 발견한 물리학자 같은 눈빛으로 되물었다. 구지라이는 콩알만 한 눈을 꼭 감다시피 찡그리고는 미소를 머금고 단언했다.

"자랑스러운 동생이죠."

자리에서 일어나 야에코를 데리고 나가는 구지라이의 뒷모습을 보면서 나는, 아아 하고 마음속으로 중얼거렸다.

이렇게 전혀 남남인 사람이 지켜주고 있다는 것은, 그저 자고만 있었던 백 년 동안의 잠에서 누군가의 도움으로 깨어나는 일에 필적할 만큼 호사스러운 행운이란 기분이 들었다.

엄마가 돌아간 후, 구지라이 방에서 공부하던 야에코가 내 방으로 찾아왔다.

그녀가 침대에 걸터앉아 물었다.

"언니네 엄마, 왜 온 거야?"

"또 투정 부리러 온 거지 뭐. 이혼을 할지 고민하고 있다느니, 빨리 결혼하라느니. 중매 얘기가 들어왔다느니. 전부 한 귀로 듣고 한 귀로 흘렸어."

커피 잔을 손에 들고 인상을 찌푸리자, 야에코는 "매정한 딸이네" 하고 웃었지만, 그 말투에서는 조금도 그렇게 생각지 않는 마음이 전해졌다.

"그리고, 백화점에서 세일해서 샀다면서 이거 주더라. 야에코, 입을래?"

내가 쇼핑백에서 꽃무늬 원피스를 꺼내 펼치자, 그녀는

"아" 하고 나지막이 소리를 질렀다.

"어떤 엄청난 게 나오나 했는데, 예쁜 원피스네. 언니가 입으면 되잖아."

"내가 어떻게, 이렇게 밝은 빨강을. 창피해서 못 입어. 아, 치즈루 씨에게 어울리겠네. 나중에 물어봐야겠다."

"왜 언니는 파랑이나 하얀색 옷밖에 안 입어?"

내가 원피스를 바닥에 툭 내려놓자 동시에, 야에코가 물었다.

나는 "내가 그랬나?" 하고 되물었다.

"응. 가끔은 빨간 원피스를 입어도 좋잖아. 어울릴 것 같은데."

입술에 손을 대고 잠시 생각했다. 아닌 게 아니라 오래도록 빨강이나 분홍색 옷을 산 기억이 없다. 어울리고 안 어울리고를 생각한 적조차 없었다.

"나 여자예요, 하는 분위기를 싫어하는지도 모르지."

"요즘은 그렇지 않은 디자인도 많아. 다음에 같이 사러 가자."

"그래, 다음에."

적당히 대꾸하면서 창문을 열었다.

좁은 베란다와 길 건너편 집의 기와지붕. 둥글둥글한 달을 보면서 창틀에 걸터앉아 담배를 꺼냈다.

입에 물고 불을 붙인 다음, 방을 돌아보았다. 야에코가 침대에 걸터앉은 채 이쪽을 보고 있었다.

남자 경험이 없는 여자아이.

파란색과 하얀색이 전부인 옷.

내가 끌어모은, 한심할 정도의 청결.

어중간하게 벌린 입술 사이로 연기를 뿜어내면서, 자신이 뭘 원하는지 불현듯 깨닫고 말았다.

나는 담배를 재떨이에 내려놓고 "야에코" 하고 불렀다.

"응?"

야에코가 고개를 약간 옆으로 기울였다. 전에 내가 귀엽다고 칭찬했던 몸짓이다.

"너에게 아직 하지 못한 얘기가 있어."

"그거, 마음 아픈 얘기야?"

그녀는 눈썹을 찡그리면서도 무릎을 반듯하게 모으고 자세를 고쳤다. 학교 선생님한테 얘기할 때도 저렇게 하겠지, 하고 생각했다.

"내가 왜 남자를, 싫어하게 되었는지."

"그건, 그 일이 있어서……."

그녀가 말을 꺼냈다가, 입을 다물었다.

"사귀려고 했어. 이래봬도. 고등학교 때 한 학년 위 선배하고."

"그 얘기는 아직 못 들었네."

"여자친구들에게 하나둘 남친이 생겨서 초조한 마음도

있었고, 나는 문제없다고 생각하고 싶었어. 징그러웠지만 참으려고 했어. 그때, 내가 상대에게 처음이 아니라고 했더니."

"했더니?"

"처음이 좋은데, 라고. 농담으로 한 말이겠지만, 그렇게 툭 내뱉더라. 그 순간, 내가 더러워진 느낌이 들어서 도망쳤어. 두 번 다시 남자 몸에 손대나 보라고 생각하면서."

"쓰바키 언니."

야에코가 침대에서 일어나, 등 뒤에서 내 양팔을 잡았다.

"너랑 같이 있으면, 때로 불안해져. 내가 야에코에게, 나쁜 것만 주는 게 아닌가 해서."

"언니가 자기 몸을 만지는 걸 싫어하는 것도, 옷을 거의 벗지 않는 것도, 그 선까지는 나를 받아들이지 못하기 때문이라고 생각했어."

등 너머로 따끈한 습기와 울음소리를 느끼고, 이렇게 부끄러운 순수함은 10대의 특권이지 하고 생각하면서도, 그런 10대 여자아이를 상대로 다리가 휘청거릴 만큼 긴장하고 있었다.

"너는 어쩜 그렇게 겁이 없을 수 있니. 나는 아무 약속도 할 수 없고, 언제 없어질지도 모르는데."

거기까지 말하고는 나 스스로 경악하고 말았다. 내가 이 소녀에게 무슨 어리광이람, 하고.

그러나 야에코는 침대에 앉으라고 나를 이끌고는, 내 왼쪽 어깨에 살며시 손을 대고 눕혔다. 머리가 삐져나올 만큼 조그만 무릎 위에.

"언니는 지금도, 문제없다는 걸 알고 싶은 거지?"

"뭐?"

내려온 목소리에 나도 모르게 되물었다.

"언니가 아무리 매정하게 말하고 우는 소리를 해도, 바로 웃으면서 좋아한다고 말하는 나를 보고, 문제없다고 확인하고 싶은 거지? 나는 문제없어."

나는 윗몸을 비틀어 야에코의 얼굴을 올려다보았다.

"나, 언니를 처음 만났던 날, 똑똑히 기억하고 있어. 참 예쁜데 왠지 모르게 엄격할 것 같은 여자가 옆자리에 앉아 있는데, 말만 걸어도 혼날 것 같아서 조마조마했어. 말없이 담배를 피우는 옆모습이 멋있어서, 이 사람과 사귈 수 있을지도 모르겠다고 생각했더니 실연한 것 따위는 금방 사라져버렸어. 지금도 약속 장소에서 언니를 보면, 그때와 같은 기분이야. 그걸로 충분하지 않을까?"

명치 언저리까지 숨을 깊이 들이쉬자, 저절로 눈이 감겼다. 볼에 부드러운 머리끝이 닿는다. 그 밤의 눈처럼 가볍고 고요하게. 조그만 입술, 복숭아 향이 나는 립크림. 먼 밤, 아무에게도 말하지 못할 비밀을 부둥켜안고 캄캄한 밤길을 걸어 돌아왔다. 눈처럼, 이 아이처럼, 되고 싶었다.

살며시 눈을 뜨자, 야에코가 빨개진 눈을 한 채로 방긋 웃었다.

"언니처럼 입만 거칠었지 소심한 사람이 어떻게 난데없이 나를 뿌리치거나 어딘가로 가버릴 수 있겠어."

나는 그만 항복하고, 고개를 옆으로 저었다.

"하기야, 너 같은 대담함은 없으니까."

"아, 그렇지! 선배랑 구리코 씨, 헤어졌어."

"뭐?"

나는 놀라서 윗몸을 일으켰다. 절절하던 여운도 싹 사라지고 말았다.

"구리코 씨가 일하면서 알게 된 여자와 사귀기 시작했다나 봐. 그것도 상대 직업이 일러스트레이터. 선배가 아주 통곡을 하더라."

"여고생한테서 그런 여자를 빼앗다니, 아아, 그림 그리는 사람에 대한 이미지가 더 나빠졌네."

내가 내뱉듯이 말하자, 야에코는 크게 소리 내어 웃었다.

야에코를 역까지 데려다주고 마와타 장으로 돌아온 나는, 아무도 없는 식당의 환풍기 밑에서 천천히 담배를 피웠다. 오랜만에 술이 당겨, 어디 가서 한잔하자고 생각했더니 웬일로 기분이 들떴다.

방에 가서 회색 면 파카를 걸치고 있는데, 집으로 돌아간 야에코한테서 전화가 걸려왔다. 휴대전화를 귀에 대자 조금

전과는 다른 사람인 것처럼 울먹이는 소녀다운 목소리가
들렸다.

"학원에 안 간 거 엄마 아빠에게 들켰는데, 전혀 관계없
는 잔소리까지 듣는 바람에 화가 나서 집에서 뛰쳐나왔어.
지금 거기 다시 가도 돼?"

"지금?"

"응."

나는 시계를 올려다보면서 잠시 생각했다.

"마침 한잔하러 나가려던 참인데, 같이 갈래?"

야에코는 가고 싶다고 바로 대답했다.

전화를 끊고, 마와타 장의 좁은 현관을 지나 밖으로 나가
자, 달이 밤하늘을 밝게 비추고 있었다.

사방에 달빛이 하얗게 쏟아지고, 밤공기가 청결하게 퍼져
있었다. 아무것도 없는 휑한 길에 빈 깡통만 나뒹굴고 있다.
모든 집의 문은 닫혀 있고, 유리창에도 불빛이 드문드문하
다. 나는 담배에 불을 붙이고, 정적 속으로 하얀 연기를 내
뿜었다.

15분 후에 청바지에 티셔츠를 입은 모습으로 나타난 야
에코는 나를 보자, 울어 일그러진 얼굴 그대로 히죽 웃었다.

"담배 피우면 안 된다고 했는데."

"네 잔소리 듣고 싶어서 피우는 거야. 자, 갈까."

나는 가방에서 휴대용 재떨이를 꺼내 담배를 껐다. 야에

코도 발길을 돌렸다.

어둠 속에서 긴 머리칼이 흔들린다. 가슴에 히비스커스가 프린트된 옅은 하늘색 티셔츠. 그리고 인디고 블루 청바지. 녹아내릴 듯 가는 허리, 하고 생각했다.

정종과 메밀국수를 파는 가게에 들어갔다. 좁은 실내에 손님은 아무도 없었다.

카운터 앞에 나란한 나무 의자에 앉아 물수건으로 손을 닦고 있는데, 야에코가 벽에 붙은 메뉴를 보더니 궁금한 표정으로 물었다.

"100퍼센트 메밀이 뭐야?"

"메밀가루 100퍼센트."

"어, 그럼 보통 메밀과 다른 거야?"

그녀가 고개를 갸우뚱했다.

"보통 메밀은 대개 밀가루를 20퍼센트 섞어요. 뽑기도 좋고 목 넘김도 좋은 메밀국수의 황금 비율이라고 할 수 있죠. 100퍼센트는, 정말 메밀 맛을 음미하고 싶다는 사람에게는 적극 권하지만요. 학생은 그냥 음료를 주면 될까?"

이렇게 작은 음식점치고는 비교적 살가운 주인이 카운터 안에서 그렇게 설명해주었다.

"음, 시원한 녹차가 있으면, 부탁할게요."

"그래요. 언니는 뭘 마시고?"

"나는 백년의 고독. 얼음 넣어서. 그리고 참치 덮밥요. 메밀은 2인분.”

나는 가게 주인의 희끗희끗한 머리를 보면서 말했다.

“네네, 감사합니다. 그런데, 둘 다 늘씬하고 분위기가 비슷한데, 혹시 자매인가?”

가게 주인이 그렇게 말하면서, 동그랗고 예쁜 얼음이 든 잔을 내 앞에 놓았다.

“아니요. 이 아이는, 내 연인입니다.”

그 순간, 가게 주인은 물론 야에코의 눈까지 휘둥그레졌다. 내가 잔에 입을 대면서 눈으로만 웃자, 가게 주인이 먼저 반응했다.

“와, 대단하네. 세상이 참 많이 변했어. 가끔 그런 남자 손님은 오지만. 여자는 겉만 봐서는 알 수 없잖아요.”

“그렇죠. 여자는 그냥 친구끼리도 끈끈하게 구는 사람이 있으니까.”

내가 당연한 일인 듯 말을 늘어놓는 동안, 야에코는 아직도 믿지 못하겠다는 표정으로 잠자코 있었다. 우주인과 전설 속 동물과 인어를 한꺼번에 본 듯한 눈빛이었다.

잠시 후에 눈앞에 놓인 메밀국수는, 메밀향이 진하게 풍기고 한 가닥 한 가닥이 쫄깃쫄깃하게 살아 있고, 차갑고 달짝지근한 가다랑어 장국과 잘 어울렸다.

“음, 맛있다.”

놀라운 듯이 그런 말을 흘리는 야에코를 보면서, 소주에 꽤 취한 나는 카운터에 턱을 괴고 중얼거렸다.

"네 말대로, 주변을 끌어들이는 것도 재미있을 것 같다."

야에코는 또 놀란 듯이 눈을 깜박거리고는 화르르 표정을 부드럽게 풀고 "여고생 같네" 하고 말했다. 기가 차다는 듯이.

나는 대답은 않고 눈으로만 웃으면서 잔을 들었다.

지금 막, 나의 뒤늦은 사춘기가 눈을 떴다.

시스터

초등학교 6학년 여름 방학 때, 일본이 전쟁에서 패한 후 아이 셋을 데리고 만주에서 돌아온 여자의 체험기를 읽었다. 『흐르는 별은 살아 있다』라는 과제 도서로, 제목이 정말 아름답다고 느꼈던 기억이 있다. 여름 방학이 끝난 다음 국어 시간에, 반 아이들은 독서 감상문을 발표했다.

언제나 버버리와 랄프 로렌의 귀여운 옷을 입고 다니는 에노모토의 감상문은 특히 열정이 담겨 있었다.

나는 늘 배부르게 좋아하는 음식을 먹고 있습니다. 그리고 몸무게가 늘면 살을 빼고 싶다고 하고, 정말 사치스러웠다고 생각합니다. 앞으로는 불필요한 것을 갖고 싶어 하거나, 배부른 소리를 해서 부모님을 곤란하게 하는 일은 하지 않으려고 합니다.

낭독이 끝나자, 선생님은 몇 번이나 고개를 끄덕이면서 글을 평가했다.

"에노모토는 책을 읽으면서 자기 자신과 연결시켜 생각한 점이 좋았어요. 여러분도 필요 이상의 뭔가를 원하지 말고, 귀중한 식자재와 자원을 아끼면서 모두 사이좋게, 많은 사람들이 더불어 만들어간 평화롭고 살기 좋은 사회를 지켜나가도록 해요."

그 수업이 끝나고 점심시간이 되어 급식을 받으려고 줄을 섰을 때였다. 톳밥을 나눠주던 남자아이는 식판을 내미는 나에게 히죽히죽 웃으면서 이렇게 말했다.

"야, 너는 반만 먹어! 영양을 너무 섭취해서 자원을 축내고 있으니까."

그 순간, 혜성 같은 죄책감의 충격과 함께, 내 인생의 명제가 결정되었다. 나처럼 아무 쓸모없는 아이는 최소한 지구에게 유해한 존재가 되지 않도록 살아가야 한다고.

세면대 앞 거울에 비친 오동통한 눈꺼풀을 보면서 치약을 짰다.

입 안에 칫솔의 싸늘한 감촉이 쓱 들어온다. 태어나서 지금까지 한 번도 충치를 앓은 적 없는 하얀 이가 나의 많지 않은 자랑거리 중 하나다.

양치하고 고개를 숙인 순간, 복도를 걸어오는 발소리가 들려와 재빨리 수건을 쥐고 물에 젖은 입가를 가렸다.

문이 열리고, 느긋하고 밝은 목소리가 울렸다.

"아, 고하루 씨. 잘 잤어요? 오늘 아침은 대박 좋은 냄새가 나는데요."

"그, 그러네. 돼지곰탕 냄새인가."

나는 지금껏 점령하고 있던 세면대를 얼른 비켜주었다.

복도를 총총 걸으면서, 수건으로 얼굴을 박박 닦았다. 자신이 품고 있기에는 주제넘은, 이 세상에서 가장 쓸데없는 감정을 가누지 못하면서.

나는 같은 마와타 장에 사는 야마토를 사랑하고 있다.

영어 수업이 끝나 컴퓨터 룸에서 나오려는데, 고야 선배가 말을 걸었다.

"고하루, 오늘 영화 어땠어? 나는 군데군데 무슨 소린지 모르는 부분이 있던데."

나는 아, 하고는 우물쭈물했다. 그의 눈가가 약간 빨갰다.

"저도 의미를 알 수 없는 부분이 있었어요. 하지만 주인공을 구하는 할아버지의 고생에 정말 감동했어요."

고야 선배는 "그렇지" 하며 고개를 끄덕이고는 뭐가 좋은지 웃으면서 말을 꺼냈다.

"오늘 점심때, 뭐 할 일 있어?"

나는 아니라고 고개를 저었다.

작은 체구에 날렵한 체형, 이마가 드러날 정도로 짧은 머리, 서글서글한 눈매. 청바지를 입은 허리에서 다리까지는 중량이 좀 나가 보인다.

고야 선배는 전에는 운동깨나 했을 분위기를 풍기고, 나처럼 보잘것없는 여자와는 전혀 다른 스타일인데, 한 학년 위 선배라서 그런지 늘 잘 대해준다.

"괜찮으면, 내가 점심 사고 싶은데. 전에 엉망으로 취했을 때 신세 진 것도 아직 갚지 못했잖아."

그 제안에 깜짝 놀랐다.

"안 그래도 돼요. 제가 오히려 팀 발표 때 신세를 많이 졌는데요 뭐. 갚을 것도 없는 일이에요."

나는 그렇게 말하고 거절했다.

그는 어째 당황한 것처럼 말이 없었다. 그 어색한 모습에, 내가 너무 과장되게 해석했나 싶어 걱정스러웠다.

"고야 선배. 오늘 밤에 영어반 술 모임이 있으니까, 꼭 오세요."

바로 옆에서 가와우치가 끼어들었다. 동글동글하게 묶은 머리가 갈색 토끼 꼬리 같다. 어깨에 멘 분홍색 가방은 지갑이나 필기구가 겨우 들어갈 사이즈지만, 그녀에게는 잘 어울린다.

"음, 일단, 갈 수는 있을 거야. 고하루는 어쩔 건데?"

고야 선배가 이쪽을 휙 돌아보았다.

신경을 써준 건 고맙지만, 아는 고등학생에게 영어를 가르쳐야 해서 시간을 못 맞출 것 같다고 넌지시 거절했다. 원래 술은 그렇게 좋아하지 않는다.

가와우치는 출결 체크용 파일을 든 채, 고야 선배의 옆얼굴을 빤히 쳐다보았다. 둘의 분위기를 감지한 나는 가볍게 인사하고는 얼른 그 자리를 떴다.

학교에서 자전거를 타고 저무는 햇살에 볼이 따끔거리는 걸 느끼면서 마와타 장으로 돌아왔다.

때마침 빨간 꽃무늬 원피스를 입은 와타누키 씨가 마당에 나와 목욕 수건을 거둬들이려고 손을 뻗는 중이었다. 등 뒤에서 손을 내밀자, 그녀는 돌아보면서 "고마워" 하고 미소 지었다. 잘 보니 지퍼를 끝까지 올리지 않아 등이 살짝 보였다.

"치즈루 씨. 등이, 조금."

그녀는 목욕 수건을 껴안은 채, 고개를 약간 갸우뚱했다.

"괜찮아."

그녀에게 그 정도 일은 정말 별것 아니리라.

"오늘 저녁은 가지와 토마토소스 파스타를 하려는데."

나는 "좋은데요" 하고 대답했다.

벌써 6시인데, 파란 기와지붕 너머로 기우는 태양은 아직도 부채꼴 모양으로 빛나고 있었다. 눅눅한 자기 몸에서 땀 냄새를 느꼈다.

"다 들어왔어요?"

"쓰바키 씨는 바로 들어올 생각이었는데, 야에코가 영화 보고 싶다고 해서 같이 보고 온다나 봐. 요스케 씨는 집 안 어디에 있을 거야."

"야에코 공부하는 거 봐주기로 약속했는데, 그건."

"참, 내가 깜박했네. 고하루 씨에게 미안하다고 전해달라고 했어. 늦어지니까 저녁 먹고 바로 집에 갈 거래. 그 아이, 그러고 다니지만 아직은 고등학생이니까."

쓰바키 씨와의 분방한 관계를 보고 있으면, 나는 때때로 그녀가 고등학생이라는 사실을 잊어버릴 것 같다.

"치즈루 씨는 어떻게 생각해요?"

수건을 바지랑대에서 잡아당기며 과감히 물어보았다.

"뭘?"

"그, 쓰바키 씨와 야에코요."

"하고 싶은 대로 하면 되잖아."

완벽한 무관심이다.

"고하루 씨는 어떻게 생각하는데?"

그녀가 되물을 줄은 몰라서 잠시 침묵했다.

"실은, 조금 이해할 수 없을 때가 있어요."

솔직하게 말하고 나자, 속이 좀 후련해진 듯한 기분이 들었다. 껴안은 수건에서 햇살과 섬유유연제 향이 난다.

"쓰바키 씨와 야에코를 좋아해요. 다만 사람과 사귄 적이 없어서 그런지, 그 둘을 보면 나는 그렇게 될 것 같지 않다는 기분이."

"자신이 없다는 말이야?"

안개가 서린 것처럼 어렴풋하던 위화감이 그렇게 언어로 환치되자 너무 평범해서, 자신이 아주 비굴한 인간으로 느껴졌다.

와타누키 씨는 하얀 슬리퍼를 신고 있고, 그 갸름한 발가락을 쓰다듬듯 토끼풀이 흔들리고 있었다.

"치즈루 씨는 자신이 없어진 적 없어요?"

그녀는 똑바로 이쪽을 보더니, 분명하게 말했다.

"내가 세우 씨를 보살피고 있는 거 아니야. 내가 보살핌을 받고 있는 거지."

"저, 솔직히 잘 모르겠어요."

"내 말은, 이해받고 싶지 않다는 거야."

와타누키 씨는 부드럽게 웃으면서 단언했다. 강적이네, 하고 나는 마음속으로 중얼거렸다.

복잡한 연애를 하고 있는 그녀들은 이렇게 자연스럽고 행복해 보이는데, 그렇게나 단순한 사랑을 하고 있는 자신은 어쩔 줄 모르고 있다. 그건 결국, 그녀들이 아름답기 때문이라는 생각이 든다.

너저분한 메뉴 종이가 붙어 있는 벽에 기댄 채, 레몬 사워 잔을 테이블에 내려놓은 나는, 옆에 딱 붙어 있는 가와우치를 보았다. 처음부터 남자로 하여금 자기에게 의지할 것을 기대하도록 생겨 먹은 가녀린 팔과, 무방비함을 넘어 칠칠치 못하게 캐미솔 속으로 엿보이는 가슴골. 나도 모르게 눈길을 피했다.

그때, 보다 못한 아무로가 맥주잔을 한 손에 들고 취해서 뭘 모르는 척 가장하고는 우리 사이에 끼어들었다. 가와우치가 대놓고 당황한 기색을 보이며 윗몸을 일으켰다. 나는 그 실망한 표정에서, 그녀가 말짱하다는 걸 감지했다.

"가와우치, 몸이 안 좋으면 먼저 가는 게 좋겠다."

내가 그렇게 말하고, 아무로에게 고맙다는 뜻으로 잔을 내밀었다.

"고생 많았습니다."

그녀가 자리를 뜨는 걸 슬쩍 확인한 아무로가 작은 소리로 소곤거렸다.

"고야 선배, 진짜 철저하네요. 가와우치, 그런대로 꽤 귀여운데."

"고하루가 안 왔잖아. 내가 왜 여기 있는지 모르겠군."

"이상하네. 고하루, 약속하면 반드시 지킬 사람으로 보였는데."

"그게, 온다고 확실하게 말하지는 않았어. 공부 가르치다,

너무 집중한 나머지 시간을 깜박했을 거야."

나는 엉덩이를 약간 들어 멀찍이 있는 접시에서 풋콩을 움켜잡아 내 앞 접시에 옮겼다.

"이거 둘이 먹자."

"아, 고맙습니다. 그런데 고야 선배와 같이 영어 강의를 듣게 될 줄은 정말 몰랐어요."

2학년 때 영어 학점을 따지 못한 나는 올봄에 영어를 재수강하게 되어, 고등학교 때 농구부 후배였던 아무로와 재회했다.

"네가 있어서 다행이지. 내가 다른 학생들에게는 말하기 어려운 일도 좀 많고."

나는 레몬 사워 잔을 기울이면서 그렇게 말했다.

"그러게요. 고등학교 시절에, 고야 선배가 우에노 선배를 좋아한다는 말을 들었을 때는, 정말 놀랐습니다."

아무로는 껍질에서 풋콩을 쏙 밀어내며 진지하게 말했다.

고교 시절, 아무로에게는 늘 여친이 있었지만 솔직히 다들 태도가 좋지 않아, 남학생들의 평판이 영 좋지 않았다. 그래서 나는 더욱 여자 농구부의 우에노에게 고백할 거라는 결심을 슬며시 털어놓았던 것이라고 생각한다.

편의점에서 나와 어슴푸레한 어둠 속에서, 가드레일에 걸터앉아 아이스크림 포장지를 뜯고 있던 아무로는, 내 말에 동작을 멈추고 어안이 벙벙하다는 듯이 물었다.

"저, 우에노 선배가 그 우에노 선배 말하는 거죠?"

멍한 아무로 얼굴을 보고서 나는, 사람을 잘못 택했나 하고 후회했지만, 그 후에는 가타부타 부정적인 말을 하지 않고 얘기를 들어주었다.

"그런데 결국 우에노는 거절하다 못해 통곡을 했으니. 고야가 자기를 좋아할 리 없다, 좋은 녀석이라고 생각했는데 그런 거짓말을 하다니 악취미다, 그렇게 말이야. 오히려 내가 마음이 상했는데."

우에노는 체육관 바닥이 더러우면, 후배에게 떠넘기지 않고 스스로 걸레를 가져와 그 큰 덩치를 좌우로 흔들면서 닦는 학생이었다.

동아리 활동이 끝나고 난 다음에 가는 맥도날드에서는 잘 먹고, 잘 웃었다. 너그러움과 포용력을 겸비한 웃는 얼굴. 그 해맑은 밝음과 뒤끝 없는 언행 뒤에 그런 자기 비하가 숨어 있었다니, 솔직히 상상도 못 했다.

여러 가지 의미에서 충격을 받은 나는 그 후로는 딱히 누군가를 좋아하지 못한 채, 남자친구들과 어울려 지냈다.

그리고 대학교 3학년이 된 올봄에 구지라이 고하루를 만났다. 그녀는 창가 자리에 앉아 무심히 사전을 들추고 있었다. 주름 하나 없는 셔츠와 치마, 소박하지만 옷을 기품 있게 입고 있었다. 아주 가끔 웃을 때 보이는 이는 언제나 깨끗하고 정말 하얬다. 뒤에 앉은 내게 프린트물을 넘겨줄 때는 늘,

여기 있어요, 하는 말과 함께 공손하게 내밀었다.

제일 먼저, 참 잘 자란 아이라고 느꼈다. 겉은 예쁘게 치장했으면서 손톱이 어중간하게 길거나, 가방 안이 뒤죽박죽인 여학생과는 달랐다.

외국인 유학생에게 영어로 일본 문화를 소개한다는 설정의 과제가 주어져 이름 순서대로 팀이 짜이자 그녀와 얘기하게 될 기회가 부쩍 늘었다. 간혹 점심시간에 학생 식당에 모여 팀플을 할 때도 그녀의 공손한 말투와 배려에 마음을 빼앗겼다. 동시에 구지라이를 여자로 의식하는 남학생은 학내에 자기뿐이라는 것도 알고 있었다.

구지라이는 많은 것에 거리를 두고 있었지만 성별을 무시한 차분함이 있었다. 그녀에게 빠지다니, 신선을 선망하는 것과 다름없다는 생각이 들었다. 그런데도 결과적으로 나는 그녀를 좋아하게 되고 말았다.

식권 판매기 앞에 서서 소고기덮밥 버튼을 누르려다 검은 나일론 지갑을 들여다보고는 안절부절못하고 있는데, 옆에서 누가 1,000엔짜리를 내밀었다.

"이걸로 하세요. 아무 때나 갚아도 괜찮으니까."

뒤돌아보니, 구지라이가 포용력 가득한 미소를 머금고 있었다.

"고, 고마워."

초등학생 때, 옆자리 여학생이 지우개를 빌려줬을 때의 감동을 떠올리면서 그렇게 말했다.

"고하루, 혼자니?"

"네."

"그럼, 우리 같이 먹을까."

그녀는 "네" 하고 또 공손하게 대답했다.

나는 소고기덮밥과 온천달걀이 담긴 식판을 들고 적당한 자리에 앉았다. 맞은편 자리에 앉아 가방에서 손수건을 꺼내는 구지라이를 보면서, 나는 마음속으로 중얼거렸다. 모든 소리여, 멈추라. 여학생들의 재잘거리는 소리도, 남학생들의 웃음소리도. 식당 안을 오가는 사람들이 하얀 벽에 빨려 들어가듯 배경이 되어간다.

"영어반 술 모임, 재미있었어요?"

나는 전혀, 하고 말하려다 입을 다물었다.

"뭐 그런대로. 아무로와 둘이 얘기만 했어."

"그랬어요. 멋지네요, 고등학교 시절 선배와 후배가 지금도 그렇게 사이가 좋다는 게."

"고하루는, 시간이 안 된 거야?"

그녀가 우물쭈물했다.

"사실은 약속했던 아이가 갑자기 영화를 보러 가서 참석할 수는 있었는데, 원래 여럿이 모여 마시고 떠드는 걸 별로 좋아하지 않아요. 기껏 오라고 해주셨는데, 죄송합니다."

"나도 그런 자리는 피곤해하는 편이라서. 아, 냉국수 벌써 나왔구나."

나는 구지라이의 그릇을 가리키면서 얼른 말했다.

"네. 몰랐어요?"

구지라이는 면을 호로록 한 입 먹고는 손수건으로 입을 닦았다.

"늘 생각하는데."

"응?"

"고야 선배는, 늘 남을 헤아리더라고요."

아무로의 영향으로 영어반 학생들 대부분이 나를 고야 선배라고 부른다. 하지만 구지라이가 그렇게 부르니 왠지 몸이 간질간질하다.

"그런가."

모호하게 말을 흐리자, 그녀는 아주 심각한 표정으로 다시 말했다.

"멋대로 짐작해서 기분 나빴다면 죄송해요. 하지만 고야 선배는 어떤 고생을 하다 보니까, 그렇게 타인의 마음을 헤아리는 사람이 되지 않았나 싶어서."

젓가락을 움직이다 말았다. 뭔가 호흡 기관을 천천히 조이는 것처럼, 목이 메는 느낌이 들었다.

"그래서 나는, 고하루를."

"네?"

"아무것도 아니야."

그렇게 말하고는 고개를 젓자, 그녀는 잠시 말이 없다가 불쑥.

"고야 선배는, 여자끼리의 연애를 어떻게 생각하세요?"

뜬금없는 질문에 나는 어리둥절해졌다. 그 시선의 의미를 알아차린 그녀가 설명했다.

"내 얘기가 아니니까, 그냥 기탄없이 선배 의견을 얘기해 주면 돼요."

겨우 정신을 차린 나는 "아, 아아" 하고 대꾸했다.

사정은 잘 모르겠지만, 구지라이가 진지하게 물어오는 게 기뻐서, 마음을 가라앉히려고 깊이 숨을 들이쉬었다.

"난, 그냥 다른 사람과 그 부분이 다를 뿐이니까 좋게도 나쁘게도 생각지 않는데. 남자들 모두가 같은 스타일의 여자를 좋아하는 것도 아니고. 예를 들어 날씬하지 않거나 유행을 잘 몰라도, 그래서 오히려 친근감이나 호감을 느끼게 되는 경우도 있잖아. 그리고 성별을 뛰어넘으면서까지 좋아하는 상대를 만날 수 있다면 행복하지 않을까."

단숨에 그렇게 말하고는, 젓가락 끝으로 소고기덮밥에 올라 있는 반숙 달걀을 터뜨렸다.

구지라이가 놀란 얼굴로 이쪽을 보고 있어서 몹시 부끄러웠다. 노른자위가 약간 굳어 있었지만, 그런 걸 느끼지 못할 정도로 긴장해서 혀가 마비되어 있었다.

구지라이의 표정이 차분하게 바뀌더니, 안심한 듯한 투로 말했다.

"지금 선배가 한 말, 내게도 큰 힘이 되었어요."

그 진솔한 감사의 말에 오히려 이쪽의 연애 감정이 조금도 전해지지 않았다는 것을 깨달았지만, 자신이 다소나마 도움이 되었다는 사실이 그저 기뻤다.

밤 마당의 젖은 수국에서 어두운 땅으로 물방울이 떨어지고 있다. 거기만 달빛을 먹은 것처럼 빛났다.

나는 창틀에 기대어 서서, 이마에 뜨뜻미지근한 밤바람을 맞으며 마당을 바라보고 있었다. 막 목욕을 하고 나와 아직 화끈거리는 목덜미와 팔이 좀처럼 시원해지지 않는다. 바로 얼마 전에 장마철에 들어섰나 했는데, 벌써 공기가 습기로 무겁다.

나는 책상 앞에 앉아 앞머리에 검은 머리핀을 꽂고 내일까지 마무리해야 하는 과제를 시작했다.

얼마나 오래 집중했는지 모른다. 문득 등 뒤에서 문을 노크하는 소리가 들려, 나는 고개를 들었다. 쓰바키 씨인가 하고 문을 열었는데, 티셔츠에 청바지를 입은 야마토가 서 있었다.

"웬, 웬일이야? 오늘 밤은 동아리 연습이 있다고 했잖아."

당황한 나는 그렇게 물었다.

"아, 좀 여러 가지로 일이 많아서 빨리 돌아왔어요. 같은 동아리 선배에게 이 CD를 빌려왔는데, 고하루 씨도 컴퓨터에 저장하면 어떨까 해서."

그가 내민 CD 재킷을 보면서 고맙다고 대답했다. 그 직후에 앞머리에 핀을 꽂고 있다는 걸 알고는 후회가 막심했다.

"내 컴퓨터에 자료가 너무 많이 들어 있어서, 한 번 들어본 후에 해도 괜찮겠어?"

문을 열기 전에 거울을 보는 감각이 애당초 없는 나는, 여자 실격이다.

"아, 그럼 지금 같이 듣죠 뭐. 조금 전에 편의점에서 과자랑 추하이(소주에 약간의 탄산과 과즙을 넣은 일본의 주류 음료-옮긴이) 사 왔거든요."

"뭐?"

"그냥 좀 마시고 싶어서. 아, 저, 고향에서는 술이 꽤 셌어요. 그렇게 보이지 않을지도 모르겠지만."

"그, 그래. 그렇게 안 보여."

겨우 그렇게만 대꾸한 나는 허둥지둥 핀을 빼면서 야마토를 방 안으로 들였다.

둘이 방석에 앉아 포테이토칩과 포키(초콜릿을 묻힌 비스킷 스틱-옮긴이) 봉지를 뜯고, 레몬 맛이 나는 추하이를 땄다. 마른 목에 시원한 술이 너무도 매력적이라, 평소보다 잘 넘어갔다. CD를 재생하자 갑자기 방 안이 밝아진 듯했다.

야마토를 향해 별 의미 없이 웃어 보이면서, 나는 벌써 취기가 도는 걸 느꼈다.

"고하루 씨, 얼굴이 빨간데요."

야마토의 놀란 듯한 말투에, 심장이 더 쿵쿵 뛰고 체온이 올라간다.

"나 오늘, 처음으로 바퀴벌레 봤어요. 기절하는 줄 알았습니다."

"어, 그래. 놀랐겠네. 어디서 봤는데?"

"치즈루 씨 방에서요."

나는 조금 놀라서 "거긴 왜?" 하고 되물었다.

"다락에 둔 책을 꺼낼 수가 없다고 해서 갔는데 검은 벌레가 휙 지나갔어요. 치즈루 씨 방은 말끔하게 정리되어 있을 줄 알았는데, 책이랑 옷이 뒤죽박죽 쌓여 있더라고요."

그 말을 듣고 보니, 문틈으로 언뜻 보인 방 안이 그랬던 것 같기도 하다.

"우리가 살기 전에 살았던 사람들 사진도 보고. 주로 학생들이 사니까, 하숙을 운영하는 것도 재미있을 것 같다고 했더니, 긴장감을 견딜 수 없을 뿐이라는 아리송한 말을 하더라고요."

"저, 요스케는 어색하지 않았어?"

"뭐가요?"

그가 무슨 말인지 모르겠다는 듯이 되물어서, 나는 존경심에 가까운 마음을 품고 말았다.

"치즈루 씨 방이잖아. 생생하다고 할까, 리얼하지 않을까 싶어서. 두 사람 사랑의."

"사랑?"

나는 부끄러워서, 무난한 질문으로 바꿨다.

"홋카이도에는 바퀴벌레 없니?"

"없어요. 아, 그런데 이 CD 좋은데요. 미야케 선배, 입은 걸지만 취미는 잘 맞네. 우, 여름이야."

자연스럽게 끼어든 이름에, 스스로도 놀랄 만큼 신경이 곤두섰다.

"……미야케 선배가, 전에 얘기했던 동아리 사람이니?"

"네. 속눈썹이 짙고, 눈이 또랑또랑하고, 프랑스 인형처럼 생겼어요. 다만 좀 제멋대로랄까, 성격에 문제가 있지만."

나는 난감해서 "흠" 하고 중얼거렸다. 평소 타인에 대해 나쁘게 말하지 않는 야마토가 그렇게 생각한다면, 성격이 어지간한 모양이다.

"그래도 넌, 그 선배와 사이가 좋잖아."

야마토는 풍선을 입으로 불듯 두 볼을 빵빵하게 부풀리고는 대답했다.

"사이가 좋다고 할지, 의논 상대라고 할지. 나를 의지하는 것 같아요."

"……그렇구나."

"의논하는 척하는 게 실은 나를 좋아해서라는, 그런 반전이 있으면 좋겠지만."

있으면 좋겠지만. 그래, 좋겠지. 그야 그렇겠지. 프랑스 인형이라는데.

"아, 고하루 씨는 혹시 좋아하는 사람 없나요?"

그만 포테이토칩을 씹지 않고 삼키고 말았다. 가시덤불 같은 감촉이 목구멍을 통과한다.

나는 추하이 캔을 입에 대면서 고개를 저었다.

"그렇구나. 고하루 씨, 성격이 좋은데. 어른인데 마음이 곱다고 할까."

"고마워."

나는 밋밋한 목소리로 중얼거렸다.

이렇게 대놓고 칭찬할 수 있는 점이 야마토의 최대 미덕이라고 생각하고 있다. 그렇다면, 왜 칭찬하는 마음이 연애 감정으로 발전하지는 않는 것일까.

야마토는 요즘 같은 동아리의 여자 선배 얘기만 한다.

프랑스 인형처럼 생긴 얼굴. 아주 분방한 성격. 타고난 용모는 본인의 노력도 재능도 아닌, 아무것도 아닌데. 열심히 노력하고 헤아려서 타인에게 도움을 주면서도 아무런 보상을 못 받는 인간도 있는데.

야마토가 벌렁 드러누웠다. 고양이가 배를 보이듯 무방비한 모습에, 오히려 꼼짝할 수 없게 되고 말았다.

공기의 흐름이 순간적으로 변해, 이 완벽한 상태가 무너져간다. 그가 일어나 이제 가겠다고 하는 순간을 최대한 뒤로 미루려고 숨죽이고 있는데, 그 얇은 입술 사이에서 희미한 숨소리가 흘러나오기 시작했다. CD가 끝나자, 이제는 방안에 잠든 그의 숨소리가 울렸다.

지금 자신이 아주 치사하게 굴고 있다는 걸 깨닫고, 봉지에 남아 있는 포테이토칩을 집었다. 앞니로 오도독 씹는 소리. 동성끼리는 비교만 하게 만다.

가령 아는 남자 같으면, 이 답답함을 해소할 수 있는 좀 더 냉정한 조언을 해줄지도 모르는데. 세우 씨나 학교 남학생들, 고야 선배…….

"네가 그런 말을 해서."

그가 몸을 크게 뒤척이고는 "으음" 하고 웅얼거렸다.

"지금, 뭐라고 했어요?"

눈을 감은 채 물었다.

"아니, 아무 말도."

나의 대답에 그는 숨소리를 내며 다시 잠들었다. 눈을 감고 잠들었는데도 웃고 있는 듯한 얼굴에 커다란 땀방울이 맺혀 있어, 나는 일어나 창문을 열었다.

올봄에, 이 마와타 장에서 처음 만났던 날.

멋지네요, 라고.

그런 칭찬의 말, 평생 인연이 없는 채 자신은 무덤에 들어갈 것이라고 생각했다. 그런데 그 한마디에, 전혀 모르는 낯선 곳으로 끌려가고 말았다.

창밖은 고요하고, 여름이 머지않은 파란 밤하늘이 펼쳐져 있을 뿐이었다.

다음 날은 아침부터 날씨가 좋았다.

아침을 먹을 때, 야마토는 약속이 있다면서 날계란을 올린 밥을 허겁지겁 먹어치우더니 어딘가로 나가버렸다.

나는 아무도 없는 식당에서 보리차를 마시며 고향에서 온 편지를 읽었다. 몇 달에 한 번 부모님이 긴 편지와 함께 먹을거리나 생활용품을 보내준다.

얼마 전에 통화할 때 목소리가 기운차서 안심했다. 하숙집에 이런저런 사람들이 같이 사는 모양이구나. 고등학생의 공부를 도와준다는 얘기를 듣고 흐뭇했다. 너는 옛날부터 스즈코도 잘 돌봐주었지. 우리 딸, 그런 점이 자랑스럽다.

식당 구석에 선풍기가 놓여 있어, 켤까 말까 하는 사이에 시간이 흘러간다.

아빠도 지금, 열심히 여러 곳을 찾아다니면서 부탁하고 있고, 올해 안에는 지인과 함께 다시 회사를 시작할 수 있을 것 같아.

2층에서 청소기를 돌리는 소리가 울렸다.

쓰바키 씨는 청소를 좋아한다. 혼자 지내는 좁은 방인데, 툭하면 가구 위치를 바꾸고 옷도 정리한다. 매주 반드시 한 번은 쓰레기를 버리는 걸 보면, 물건을 버리는 걸 좋아하는지도 모르겠다.

예전과는 다른 생활을 하게 되어 불편을 겪고 있을 너를 생각하면 마음이 아파. 미안하다. 언젠가는 다시 도쿄로 돌아가 가족 넷이 함께 살자꾸나. 그때까지, 조금만 더 견뎌주렴.

나는 편지지를 살며시 접었다.

영어 수업에서 발표가 끝나던 날 밤, 고야 선배와 신사에 가서 가족이 다시 모여 살 수 있도록 빌었다.

나에겐 적지 않은 돈인 500엔짜리 동전까지 새전함(賽錢箱, 신사 앞에 있는 돈을 넣는 상자-옮긴이)에 넣었지만, 사실 마음속으로는 야마토와 잘되기를 빌고 있었다.

언제부터 이런 음흉한 사람이 되었을까 싶어 우울해졌는데, 포렴을 들추고 세우 씨가 얼굴을 들이밀었다.

"너, 혼자 있는 거냐?"

나는 그렇다고 짧게 대답했다.

"마침 잘됐군. 좀 봐줬으면 하는 게 있는데. 작업실에 와줄 수 있을까."

"알겠어요."

그렇게 대답하자, 다시 포렴이 내려지고 발소리가 멀어졌다.

복도를 걸어 안쪽 방으로 갔다. 2층과 구조가 거의 다르지 않다. 책꽂이에는 화집과 미술 서적이 꽂혀 있고, 서랍장 위에는 붓과 물감 등의 화구가 잡다하게 놓여 있었다. 이불은 접힌 채 구석에 밀쳐져 있다. 벽에는 어디서 오려낸 갖가지 종이 쪼가리가 모자이크처럼 붙어 있다. 그리고 더 안으로 통하는 문 하나.

문을 열자, 널마루 바닥에 엷은 빛이 쏟아지고 있었다.

바닥에는 물감이 튄 신문지가 몇 장씩 겹쳐 깔려 있고, 휘갈긴 데생도 널려 있었다.

세우 씨는 맨발로 창가에 서 있었다.

그가 이쪽을 돌아보고는 벽 앞에 세워놓은 캔버스를 가리켰다. 나는 천천히 무릎을 꿇고 바닥에 앉아 캔버스를 응시했다. 중학생 시절에 다도를 배운 적이 있어서 무릎을 꿇고 앉아도 그렇게 힘들지 않았다.

"너의 솔직한 감상을 듣고 싶다."

세우 씨는 그렇게 말하고는 입에 문 담배에 불을 붙였다. 연기가 희미하게 피어올라 이내 창밖으로 흘러간다. 그 창문으로 보이는 뒷마당은 통로 정도밖에 안 되는 넓이에 잡초가 제멋대로 자라 '뽑아줘야 하는데' 하고 생각하면서 다시 캔버스로 시선을 돌렸다.

"파란색이 멋지네요."

"어떤 식으로?"

"침대 커버가 말려 있는데도 파란색이 잘 살아서, 방 분위기가 스산하지 않고 청결하면서도, 어딘가 모르게 섹시하다고 할까. 그렇게 느껴져요."

"그래? 고마워."

세우 씨는 간단하게 대답하고는 다시 캔버스를 쳐다보았다. 손끝이 금색으로 젖어 있다. 그의 그림에는 언제나 어딘가에 금색이 들어 있다. 지금 눈앞에 있는 그림도 그렇다.

어두컴컴한 방, 새파란 침대 커버는 바다 같고, 조그만 퇴창으로 금방이라도 그칠 듯 가느다란 금색 비가 비스듬히 내리고 있다.

"이거, 어디 풍경이에요?"

창문의 모양이나 천장 높이로 봐서, 이 나라는 아닐 것 같았다.

"대학 다닐 때, 파리의 차이나타운에서 묵었던 싸구려 호텔이야."

"파리에 갔었군요. 관광이었어요?"

"아니, 어디든 상관없었어. 그저, 조금이라도 방값은 싼데 식사는 맛있는 곳이면 그만이었어."

"이 마와타 장 같네요. 치즈루 씨도 음식 잘하니까."

다른 뜻은 없었다. 그런데 그는 입에서 담배를 빼더니 미간을 찡그렸다.

"그녀는 뭐든 너무 공을 들여서 탈이야. 양념은 한두 가지만 해도 되는데."

"그러고 보니까 치즈루 씨가, 세우 씨는 케첩을 좋아한다고 했는데, 얼마 전에요."

말을 끝내고, 나는 입을 다물었다. 그럴 의도는 없었지만, 지금 그 말은 다 큰 어른을 놀리는 것처럼 들렸을지도 모른다. 그런데 그는 의외로, 지금 막 토해낸 연기를 휘휘 내젓듯 웃으며 중얼거렸다.

"그래서 요즘 들어 식탁에 토마토 맛 나는 반찬이 많았던 거군."

속으로 놀라고 말았다. 모두 모여 식사할 때는 절대 보이지 않는 표정이었다.

"그녀에게 전해줘. 나는 물론 케첩을 좋아하지만, 토마토 소스는 산미만 강해서 싫어한다고."

내가 "네?" 하면서 고개를 드는 것과 거의 동시에 그는 알루미늄 재떨이에다 담뱃불을 껐다.

세우 씨, 하고 내가 불렀다.

"왜?"

"세우 씨가 직접 말하면, 치즈루 씨가 기뻐할 텐데요."

"나는 그녀더러 기뻐하라고 굳이 그렇게 주문하는 게 아니야."

그래도, 하고 꺼내려는 말을 막듯이 그가 쓱 눈앞을 가로질러 가더니 문손잡이를 잡았다.

"커피 끓일 건데, 너도 마실래?"

나는 고개를 젓고서, 천천히 일어나려 했다.

그런데 오랜만에 무릎을 꿇고 앉은 탓에 발끝과 무릎이 감전이라도 된 것처럼 찌릿찌릿 저려서, 엉거주춤 선 자세로 꼼짝하지 못했다. 예전보다 체중이 는 탓이라는 걸 깨닫는 순간, 울고 싶은 심정이 들었다.

세우 씨가 그런 내 모습을 보고서 불쑥 말했다.

"그 예의 바름은 너의 좋은 점이기는 하지만, 그렇게까지 애쓸 필요는 없잖아."

별일 아니라는 듯이 하는 그 말에, 나는 너무 놀란 나머지 바닥에 쿵 주저앉고 말았다.

"역시 커피라도 끓여와야겠군. 너는 다리 쭉 펴고 있어."

"세우 씨."

내가 또 불렀다.

세우 씨는 윗몸만 이쪽으로 비틀었다. 검은 티셔츠의 등 쪽에 드레이프 같은 주름이 몇 줄기 생겼다.

"나도 상담을 청할 수 있을까요?"

그의 표정이 바로 험악하게 변했다.

"왜, 내가?"

노골적으로 이상해하는 말투였다. 기브 앤드 테이크 정신이라고는 손톱만큼도 없는 사람이네, 하고 나는 어이없어지고 말았다.

"불편하면, 됐어요."

"무슨 상담인지, 들어보지 않고는 알 수 없지."

나는 기가 막혀서 한숨을 내쉬었다. 이런 사람과 별 탈 없이 지내려면, 그야말로 와타누키 씨 정도의 자신감과 믿음이 없으면 어렵겠지, 하고 새삼스럽게 실감하면서.

"저, 좋아하는 사람이 있어요."

"뭐, 네 나이 정도면 그런 상대 하나쯤 있는 게 당연하지."

세우 씨는 담배를 또 꺼내면서 고개를 끄덕거렸다.

"그런데 그 사람은, 나를 전혀 그런 대상으로 보고 있지 않아요. 아니지, 나랑은 전혀 다르게 생긴 여자 칭찬만 해요. 그래서 점점 자신이 없어져서……."

"뭐야, 너 그 흐리멍덩한 녀석을 좋아하는 거야?"

나는 아무 대꾸도 하지 않았다. 대화는 정확하게 주고받지 못하는 사람이 어째서 이런 눈치는 빠른 것일까.

"그런 건 뻔하잖아. 다르게 생긴 사람을 칭찬하는 게 싫으면 자기도 그렇게 달라지면 되지. 지금 있는 그대로 인정받고 싶으면 상대를 바꿔야 하고."

세우 씨 같은 사람 입에서 새삼스럽게 그런 일반론을 들으려니, 이 세상에 다른 방법은 없다고 생각될 만큼 설득력이 있었다.

"그, 렇, 죠."

아닌 게 아니라 지금의 나는 아무 노력도 하지 않고 자기 비하만 하고 있는 데다, 야마토까지 원망스럽게 여기는 그저 비겁한 여자일 뿐이다.

"이제 속이 풀렸으면, 난 커피나 끓여와야겠다."

그 한마디에, 나는 허둥지둥 "고맙습니다" 하고 인사하고서 잠시 망설인 후에 다른 질문을 했다.

"세우 씨는, 왜 늘 저에게 그림 감상을 말해달라고 하는 거예요? 똑같이 표현하는 사람인 치즈루 씨가 더 정확하게 말할 수 있고 이해할 수도 있을 텐데."

그는 바로 대답했다.

"그녀는 나 자신에게만 관심이 있으니까 그렇지. 게다가 그녀는 그 누구보다 나를 몰라."

그는 그런 말을 남기고 아틀리에에서 나갔다.

영어 수업에서 팀 발표를 끝내고 선술집에서 신나게 마신 날 밤, 누가 재미있는 바를 안다고 해서 술기운에 그곳으로 몰려갔다.

변두리 분위기가 떠도는 어두침침한 가게 안에서, 유난히 외설스러운 얘기만 해대는 여주인을 따라 오리지널 칵테일을 만들었다. 시음을 계속하다 보니, 구지라이를 제외한 모두가 떡이 되도록 취했다. 그녀는 물을 마시면서 그런 모습들을 걱정스럽게 보고 있었다.

"고하루는 하숙을 한다고 했나. 이렇게 늦어도 괜찮은 거야?"

술에 취한 뻔뻔함을 빌려 옆자리에 앉으면서 물었다.

"우리 하숙집은 좀 특이해서, 아무 때나 들어가도 돼요."

그러고는 웬일로 무슨 의미라도 있는 것처럼 살짝 웃었다. 눈을 찡그리자 애교가 넘치고, 그 모습이 부연 시야 너머로 한층 따스하게 비쳤다.

"집이 어디라고 했지?"

"부모님과 여동생은 지금 고베에서 할머니 할아버지와 함께 살고 있어요. 그전에는 에비스였고요."

그 말에 놀라, 나도 모르게 말했다.

"나도 중학교 때 센다이로 이사하기 전에는 에비스에 살았는데. 에비스 어디?"

구지라이는 놀라운지 눈을 번쩍 뜨고는 "고마자와 길로 올라가는 쪽"이라고 처음 존댓말이 아닌 말로 말했다.

"우리 집도 그쪽이었는데. 근처에 이상한 육교가 있고, 계단이 쓸데없이 구불구불한."

"아, 맞아요. 그런 육교가 있었어요. 거기서 언덕으로 꽤 올라간 곳이에요."

나는 너무 반가워서, 몸까지 앞으로 굽히면서 "그랬구나" 하며 고개를 끄덕였다.

그때, 불현듯 구지라이의 옆얼굴에 그늘이 졌다.

"왜 그러는데?"

작은 목소리로 묻자, 그녀는 난감한 듯 웃고는 더 작은 목소리로 말했다.

"이 불황에 집까지 넘어가버려서요. 지금쯤 다른 가족이 2층 침실에서 자고 있겠다고 생각했더니, 좀 서글퍼졌어요. 다시 도쿄에서 다 같이 살게 되면 좋겠지만."

그렇구나, 하고 말할 수 없었다. 배 언저리가 뜨끈해지면서 피의 흐름이 빨라지는 걸 느꼈다.

"기도하러 갈까?"

구지라이는 어리둥절해하며 얼음물이 든 잔을 내려놓았다.

"이 근처에 신사가 있는데, 전에 같은 과 한 녀석이 거기가서 기도하면 소원이 이루어진다고 떠들어댔던 것 같아. 고하루네 가족이 다시 도쿄에 모여 살 수 있게 해달라고, 지금 기도하러 가자."

그러면서 청바지 뒷주머니에서 지갑을 꺼냈다. 1,000엔짜리 몇 장을 꺼내놓고, 고하루를 집에 데려다주러 간다고 큰소리로 말한 후, 의자에서 내려오는 순간 누가 다리를 밀쳐낸 것처럼 시야가 기우뚱 흔들렸다.

돌아보니 구지라이가 두 손으로 내 한 팔을 잡고 있었다.

그 동작 하나에, 고막 속까지 뜨거워지는 것 같았다. 카운터 너머에서 여주인이 반색하며 뭐라고 말했지만, 제대로 알아듣지 못했다.

가게 계단을 내려가자, 구지라이가 걱정스럽게 내 얼굴을 들여다보면서 "괜찮으면 내가 선배를 데려다줄까요" 하며 가게 옆에 세워둔 자전거를 가리켰다. 농담인가 했더니, 구지라이는 정말 나를 뒤에 태우고 힘차게 페달을 밟았다.

지름길이라면서 구지라이는 굳이 숲이 울창하고 어두운 신사 안으로 들어갔다. 뒤에서 떨어지지 않게 살며시 그녀의 양팔을 잡았다가, 그 부드러움에 움찔 놀랐다.

지금까지 만져본 팔은 훨씬 더 가늘어 뼈가 잡히고, 곧다는 것 빼면 별거 없는 팔이었다. 태어나서 처음 여자를 만진 듯한 기분이 들었다.

머리 위로 획획 지나가는 빨간 기둥들. 어두운 밤 속에 떠 있는 초롱불. 짧고 검은 머리가 흔들리고 샴푸 냄새가 코끝을 스쳤다.

잠깐, 하고 재빨리 말했다. 구지라이가 자전거를 세우고 돌아보았다.

"기도하고 가야지."

내가 목소리를 쥐어짜듯 말하자, 구지라이는 핸들을 잡은 채, 처음으로 어이없다는 듯이 커다랗게 웃었다. 웃는 얼굴이 밤하늘에 뜬 달을 비추는 것처럼 하얗고 환했다.

자전거에서 내리자, 밤공기를 맞아 그런지 몸에서 술기운이 꽤 빠져 있었다.

둘이 새전함 앞에 서서, 어둠에 떠 있는 새끼줄을 쳐다보면서 짝짝 손뼉을 쳤다. 머리를 숙이고, 구지라이 가족이 다시 함께 살 수 있기를 몇 번이나 빌었다. 뿔뿔이 흩어져 살지 않기를. 다시 사이좋게 모여 행복해질 수 있기를.

고개를 들자, 밤바람이 뒷덜미를 스치고 지나갔다.

떨리는 숨을 내쉬면서, 이 기도가 언젠가는 나 자신의 기도이기도 했다는 것을 깨달았다.

달달한 도넛을 먹은 후에 바로 마시자, 아이스밀크에서 어린애 음료수 같은 맛이 났다.

"정말 도넛을 먹어도 되는 거였어?"

내가 그렇게 묻자, 구지라이는 힘주어 고개를 끄덕였다.

"물론이죠. 이렇게 얻어먹어서 정말 죄송해요. 그런데 아무로가 참 늦네요. 편의점에 복사하러 온 사람이 많은 걸까요."

자동문 쪽을 돌아보는 구지라이를 새삼스럽게 빤히 바라보았다. 거뭇거뭇하던 머리를 갈색으로 염색했다. 파마도 살짝 했는지, 머리칼이 공기를 품은 것처럼 부드럽게 나부끼고 있다.

어제 영어 수업 때, 강의실에 들어선 여학생들이 놀라 소리를 지르며, 귀여워졌다고 그녀에게 말을 건넸다. 구지라이는 부끄러운 듯 머리를 숙이고, 몇 번이나 고맙다고 인사했다. 나도 그러고 싶었는데 한 번 놓친 타이밍은 초속 몇 백킬로미터 속도로 멀어지고 말았다.

너무 말이 없으면 따분한 남자라고 여겨질 것 같아, 나도일단은 입을 열었다.

"시간도 있는데, 아무로가 네 노트 복사 다 하고 돌아올때까지 뭐라도 할까?"

"뭘 할까요?"

아무 생각도 없었던 탓에, 중고등학교 시절에 심심하면하던 놀이 중에서 한 가지를 제안했다.

"한정 끝말잇기 할까?"

그러고는 이내 자신의 한심하기 짝이 없는 발언을 후회했다. 그런데 그녀는 의외로 순순히 고개를 끄덕이며 대답했다.

"좋아요."

구지라이는 푸근하게 웃는 얼굴을 보여주었다.

"주제를 정하고, 거기에 준하는 단어만 말해야 되는 끝말잇기 말이죠?"

"응, 맞아. 그럼 첫 주제는…… 싫어하는 것으로 할까?"

간단하게 하려고 고민했는데, 심하게 부정적인 주제를 제안하고 말았다.

"싫어하는 것. 끝말잇기의 기부터 시작하면 되죠? 기, 기,

기고.”

눈치 없게 웃음을 터뜨리고 말았다.

구지라이는 당황한 듯이 얼굴을 붉혔다.

“미안, 미안해. 고, 고추.”

“매운 거, 잘 못 먹어요?”

의외라는 것처럼 되물어서 “응” 하고 대답했다. 그리고 ‘이 게임, 나쁘지 않은데’ 하고 생각했다. 굳이 시시콜콜 질문하지 않아도 자연스럽게 서로를 알 수 있다.

“고하루는?”

“나는 전혀. 뭐든 다 잘 먹어요. 추, 추, 추어탕.”

하필 추어탕. 지금 뭐든 다 잘 먹는다고 해놓고.

“탕, 탕, 탕 웨이.”

“사람 이름도 돼요?”

“사람 이름도 일단은 명사니까.”

구지라이는 눈살을 찌푸리며 골똘히 생각했다. 무언가에 집중해서 남에게 신경 쓰는 걸 잊어버린 그녀를 보기는 처음이었다.

창가에 햇살이 쏟아져 구지라이의 머리칼이 비쳐 보인다. 예전보다 표정이 부드러워졌는데, 하고 생각했다.

“저, 왜요?”

구지라이가 이상하다는 듯이 물어서, 누그러져가던 표정에 조금 힘을 주고 대답했다.

"아, 고하루랑은 얘기하기가 참 쉽다 싶어서. 나, 여자랑 얘기하는 거 원래 잘 못하거든."

"그래요? 왜요? 전혀 그렇게 보이지……."

등 뒤에서 자동문이 열려, 나는 들어오는 사람이 아무로가 아니길 바랐다. 그 직후에 "엄마" 하는 여자아이 목소리가 가게 안에 울렸다. 나는 안도하면서 구지라이 쪽으로 의식을 돌렸다.

"저도 학교에 있는 남자들 중에서 고야 선배가 제일 얘기하기 편해요. 격의 없이 친절하게 대해줘서, 정말 좋은 사람이라고 생각합니다."

구지라이는 표정의 실을 한 오라기씩 풀어나가듯, 천천히 눈을 찡그리고 미소 지었다. 참 묘하네, 하고 절실하게 생각했다. 부드러운 피부. 웃으면 눈이 찡그려지는 인상. 모든 것을 알고 감싸 안는 듯한 대응.

구지라이에게는 전부 말할 수 있다. 동시에, 굳이 말을 안 해도 좋지 않을까 하는 생각도 든다.

"이미."

불쑥 구지라이가 진지하게 말했다.

"응?"

"저, 끝말잇기."

"아, 아아. 음, 미용실."

"미용실은 나도 별로예요."

구지라이가 약간 강조하면서 동의했다.

반가워 웃고 난 직후에, 문득 다시 생각했다. 그렇다면, 이 머리 스타일은 대체 무슨 바람이 불어서일까.

"머리 스타일, 바뀐 거지?"

그 한마디를 했을 뿐인데, 입 안의 물기가 다 사라진 듯한 기분이 들었다.

"아, 네. 알아봤어요?"

그녀는 쑥스러운 듯했지만, 그 이상으로 놀란 얼굴이었다. 뭐 하나 전해지지 않은 안도감과 허망함이, 그 다른 뜻없는 얼굴을 보는 순간 한꺼번에 끓어올랐다.

"미용실에서, 긴장하지 않았어?"

했죠, 하고 그녀는 씩 웃었다.

"나 스스로는 어울리는지, 아직 잘 모르겠어요."

"바꾸기 전에도 착실하고 청결감이 있어서 좋았는데, 지금은 표정이 밝아 보여."

그녀는 안심한 듯이 "다행이네요" 하고 웃었다.

"그래도, 대단하다."

무의식중에 그런 말이 튀어나왔다.

"뭐가요?"

구지라이는 어리둥절해하며 접시에서 도넛을 집어 들었다.

"싫어하는 것에 도전한 거. 나는 싫어하는 건, 최대한 멀리 하려고 하는데."

그렇게 말하면서 손가락에 묻은 슈가 파우더를 닦아내는데, 그녀가 "아아" 하면서 바로 맞장구를 쳤다.

"고야 선배는, 섬세한 사람이니까."

"아니, 그냥 약할 뿐이지. 그런 주제에 의외로 가리는 건 많고, 호불호도 심하고. 그런 남자, 별로 멋지지 않잖아."

점차 매달리는 말투가 되어갈 때, 구지라이가 고개를 숙인 채 중얼거렸다.

"그래도 좋아하는 게 있으니까, 싫어하는 것도 있을 수 있지 않겠어요."

나는 잠시 생각하고서 "다 그렇다고는 할 수 없지 않을까" 하고 대답했다.

"싫은 것은 그냥 싫다는 사람도 있어."

"그래도 만사에는 정반대가 존재하잖아요. 예를 들어서, 내가 공부하는 거 도와주고 있는 여고생은, 나처럼."

"정반대야?"

내가 되묻자, 구지라이는 이상한 자신감을 담아 "네" 하며 고개를 끄덕였다.

"천연의 공기청정기 같은 아이예요."

나는 뭐라 말이 나오지 않았다.

"애당초 비교가 안 되는 아이예요. 그런데, 거기에 새 감정이 파고들어서, 갑자기 나와 비교하게 되었어요."

그렇다면 구지라이는 자신을 인공 배기가스라 여기는 것

일까.

"새 감정이, 어떤 건데?"

나는 그렇게 묻고서, 다시 아이스밀크를 쪼르륵 마셨다.

이제 시원함이 가신 우유 냄새가 콧속을 지나가자, 위가
갑자기 무거워진 것처럼 느껴졌다.

"실은 저, 같은 하숙집에 좋아하는 사람이 있어요."

아무로는 슈퍼마켓의 거대한 봉투를 양손에 들고, 자동
차 불빛이 흘러가는 환상 7호선 도로를 따라 불안정하게
뒤뚱뒤뚱 걸어오고 있었다. 그 웃는 얼굴이 이쪽을 향했을
때, 왠지 가슴이 뭉클해져 나는 3층 베란다에서 손을 흔들
었다.

현관에서 스니커즈를 벗은 아무로가 좁은 부엌에 짐을
툭 내려놓고 말했다.

"선배는 맥주 못 마시죠."

그러고는 비닐봉지에서 추하이 캔과 정종 병을 꺼내 냉장
고에 넣었다.

"이런 불판을 다 갖고 있었다, 너."

울적한 기분을 알아채지 못하게 일부러 별 상관없는 질
문을 했다.

"전에 내 방에서 술판 벌였을 때, 집에다 보내달라고 했어
요. 고기만 많이 사 왔는데, 고야 선배, 다 먹을 수 있죠?"

나는 물론이지, 하고 야심 차게 대답했다.

베란다 창문을 활짝 열어놓고, 조그만 테이블 위에 불판을 놓았다. 대충 자른 고기와 채소를 늘어놓자 시야가 흐릿해질 정도로 금방 연기가 피어올랐다. 방의 살풍경함을 다소나마 지울까 해서 사다 붙인 앤디 워홀의 포스터만 질세라 자기주장을 했다. 과도하게 직설적인 토마토 캔의 연속이라 사흘을 보고 있었더니 솔직히 싫증이 났지만, 지금은 어우선한 실내에 그런대로 어울린다.

시원한 자몽맛 추하이가 밥을 먹지 않은 위에 쏙 스며들었다. 배에서 꾸르륵 소리가 나, 아직 채 익지 않은 소고기를 집어 양념장에 찍어서 입에 넣었다.

"우아, 정말 맛있다. 이렇게 구워 먹는 거, 얼마 만인지 모르겠다."

아무로는 무슨 영문인지 동그랗게 자른 양파를 먼저 접시에 담고는 "우울할 때는 고기가 최고죠" 하고 태연하게 대꾸했다.

"고하루, 수업에 들어왔어?"

"왔던데요. 고야 선배는 왜 안 보이느냐고 물어서 감기 걸렸다고 했더니, 어제까지는 그런 기미 없었는데 몸조리 잘하라고 전해달라고 합디다."

아무로는 벽에 기대어 쌓아놓은 책을 힐긋하면서 "이야, 심리학 책을 다 읽는군요" 하고 뜻밖이라는 듯 중얼거렸다.

"프로이트 입문이라, 이런 게 지금도 유효한가요?"

"뭐, 실용성은 없지만. 그냥 위로 차원에서."

아무로는 갑자기 눈빛이 날카로워지더니, 젓가락을 내려놓고 말했다.

"선배, 괴롭다고 자살 같은 거 하면 안 됩니다."

그럴 생각은 없었는데, 제일 약한 곳을 들쑤신 느낌에 입을 다물고 말았다.

농구부에서 같이 활동할 때, 아무로는 실력이 뛰어난 선수는 아니었지만 보결로 벤치나 지키고 있는 동안에도 상대 팀의 습관과 결점을 찾아내 가르쳐주곤 했다. 때로 그런 신묘한 통찰력을 보여준다.

"너, 솔직히 대답해주면 좋겠는데."

나는 그렇게 전제하고서, 표면이 살짝 누른 파를 입에 쏙넣었다.

"뭔데요? 어떤 질문이든 좋습니다."

입 안에 든 파를 추하이와 함께 넘기고, 다시 시선을 마주했다.

"나 혹시, 여자를 좋아하지 않는 걸까."

말이 떨어지는 순간, 아무로가 노골적으로 거리를 두려는 동작을 보여 나는 허둥지둥 덧붙였다.

"그러니까, 섹시미를 드러내는 게 싫다거나 인간적으로 어쩌고저쩌고하는 게, 여성성을 추구하지 않는 게 아닐까

해서 하는 말이야."

"그럼 선배는, 여자와 어떤 식으로 사귀는 게 좋은데요?"

"쉬는 날에 도시락 싸서 공원에 간다든지, 집에 왔을 때는 전골을 만들어서 같이 먹고, 가능하면 맛탕을 만들어주면 좋겠어."

"맛탕."

정말 알 수 없다는 듯이 그가 따라 말했다.

"좋아해. 센다이에서 살 때는 할머니가 자주 만들어주셨는데, 도쿄에 와서는 못 먹어서."

"그런 꿈, 사귄다기보다 거의 신부로 와주면 좋겠다는 식인데요."

아무로는 테이블에 접시와 젓가락을 내려놓고 "으음" 하고 웅얼거리고는 불쑥 제안했다.

"선배, 고하루는 포기하는 게 좋지 않겠어요?"

"다른 사람을 좋아한다고 확실하게 말했으니까, 그러는 게 무난하겠지만."

자신을 이해해주는 유일한 사람에게 그런 말을 들으니, 사태가 한층 절망적이라는 기분이 들었다.

"그런 말이 아니라, 여성성이 어떻다느니 복잡하게 고민하지 않아도, 요컨대 고야 선배는 가정적이고 품이 넉넉한 여자를 좋아하는 거잖아요. 인터넷에서 찾아보지그래요. 선배와 사귀고 싶어 하는 여자가 분명히 있을 겁니다. 어쩌다 옆에 있는 고하루를 고집하니까 머리 아파지는 거라고요."

나는 한참이나 말이 나오지 않았다.

"연애라는 게 사람에 따라 다 다르잖아요. 선배처럼 취향이 확실한 사람은 조건 검색을 하는 편이 훨씬 효율적이라고요."

"아무로."

"네?"

"예전부터 궁금했는데, 네가 여자를 좋아하게 될 때의 기준은 뭐냐? 얼굴은 아닐 테고."

"아니죠, 얼굴입니다. 그냥 100퍼센트 얼굴."

아무로의 단언에 나는 눈가를 긁적거리면서 조심스럽게 덧붙였다.

"하기야 우리 고향인 센다이 시에는 미인이 별로 없다는 말도 있지만."

"초등학생 때까지 도쿄에 살았던 선배가 그렇게 말하지 않아도, 내가 더 잘 안다고요. 에도시대의 다테 쓰나무네에게 목이 잘린 요시와라 유곽의 명기 2대 다카오의 저주 때문이니까. 뭐, 실화는 아니지만요."

"그렇다면 내가 한마디 하겠는데, 너의 역대 그녀는 얼굴 보고 고른 것치고는."

"제가 눈초리가 매서운 여자를 좋아하거든요. 화를 내고 고함을 질러도, 눈 하나 까딱하지 않는 여자요. 그런 뻔뻔한 눈을 보면 아주 짜릿짜릿한 게 소름이 쫙 끼쳐요."

왜 그런지, 이 녀석의 말을 듣다 보니 자신의 고뇌가 아주 흔해 빠진 것처럼 느껴졌다.

나는 캔을 구겨서 싱크대에 갖다 놓은 후 정종 병을 꺼냈다. 라벨이 당당하게 붙어 있는 됫병에서 박력과 기품이 느껴진다. 이치노쿠라의 특별 준마이(쌀과 누룩으로만 빚은 정종-옮긴이)다.

잔에 술을 따르자 풍성한 향이 피어올랐다. 다시 바닥에 앉아 잔에 입을 댔다. 약간 싸하고 달콤하고, 혀에 닿을 때에는 부드러운데 깊은 쌀의 맛이 난다.

"야, 이거, 좋은데."

"집에서 보내준 겁니다. 미야기 현의 정종은 어느 현과 겨뤄도 이길 수 있을 거라고 생각합니다. 그러고 보니까, 1학년 때 신입생 환영회에서 정종만 마실 줄 아는 어느 여학생이 이치노쿠라 따위는 어디에나 있는 평범한 술이라고 하는 말을 듣고, 하마터면 머리에다 맥주를 끼얹을 뻔한 일이 있었어요. 준마이와 양조도 구별 못 하는 주제에 무슨 술맛을 운운하느냐고 말이죠."

거기까지 말을 늘어놓고서야 아무로는 얘기가 샛길로 빠졌다는 것을 알았는지, 슬쩍 말을 삼켰다.

술기운이 꽤 돌아, 침대에 기대 천장을 올려다보았다. 평소에는 낮다고 느꼈던 천장이 담배 연기로 흐려져 왠지 멀게 느껴졌다.

"그래도 난 역시 고하루가 좋아. 요즘 세상에 드물 정도로 착한 녀석이고. 그런 내면까지는 조건 검색으로 거를 수 없잖아."

아무로는 맞장구를 치고는 "뭐 그렇죠" 하고 긍정이거나 위로로 해석될 수 있는 동의를 했다.

"내일 학교에 가면, 밑져야 본전인 셈치고 고백해볼까."

"그래요. 일단은 말을 하는 게 좋죠. 고하루도 고야 선배 속마음을 알면, 생각이 달라질지 모르잖아요."

그렇게 말하면서 조심스럽지 못하게 내민 젓가락에서 파가 굴러떨어졌다. 바닥에 떨어진 파를 주워 접시에 담은 아무로의 얼굴은 벌써 빨갰다.

"죄송합니다. 실은 나도 오늘, 밥을 못 먹었거든요. 속이 비다 보니까 취기가 금방 돌아서."

"괜찮아, 괜찮아."

나는 고개를 저으며 말했다.

"집에 가기 힘들다 싶으면 자고 가도 되고."

벽에 기대 다리를 쭉 뻗고 있는 아무로를 보고서, 어쩌면 장을 보기 위해 돈을 아끼려고 일부러 점심을 걸렀는지도 모른다고 생각했다.

해 저무는 골목길에 키 작은 내 그림자만 길게 늘어져 있었다.

바로 근처에 있는 어린이집에서, 아이들이 까르륵 웃는 소리와 우는 소리가 들려온다. 저물어가는 태양을 등진 집들의 기와지붕이 아궁이 속에서 훨훨 타오르는 것 같았다.

모퉁이를 돌아 훨씬 더 좁은 길로 들어서자, 구지라이가 사는 하숙집이 나왔다.

'마와타 장'이라는 문패가 붙어 있는 울타리 너머에 바지랑대가 서 있는 마당이 있었다. 울타리보다 높은 나뭇가지에는 무슨 열매가 맺혀 있다. 조그맣고 노란 열매다. 혹시 비파인가, 하고 생각하면서 올려다보았다. 중학생 때 이사 간 센다이의 할머니 할아버지 집에서는 해마다 비파를 수확했다. 시기는 지금보다 좀 늦지만. 그런 추억을 일깨우면서 하숙집까지 쳐들어온 어색함을 어떻게든 떨쳐내려 했다.

오늘 아침 1교시 강의 중에, 나는 할 얘기가 있으니까 점심시간에 도서관에서 만날 수 있겠느냐는 문자를 구지라이에게 보냈다.

학생들이 거의 꽉 들어찬 대강의실에는 사회학과 교수의 목소리만 왕왕 울렸다. 행인들이 많은 도심에서 한 여성이 칼에 찔린 상태에서 그대로 몇 십 분이나 방치된 사건. 집단 심리라는 함정. 리드미컬하게 말하는 얘기에 대부분의 학생이 집중하고 있었다. 그러나 내 귓속에 가장 크게 울린 건 나 자신의 심장이 뛰는 소리였다.

필기를 하는 손이 파르르 떨리고, 구지라이가 답장을 보내지 않았으면 좋겠다고까지 생각할 정도로 긴장감이 절정에 달했을 때, 휴대전화가 진동했다.

'죄송합니다. 몸 상태가 안 좋아서 오늘은 쉬고 있어요.'

나도 모르게 책상에 엎드리고 말았다.

아무로에게 그 일을 문자로 전하자, 그쪽도 수업 중일 텐데 바로 답장이 왔다.

'고야 선배, 고하루를 하숙집에 데려다준 적 있죠? 문병하러 갑시다. 그리고 고백하는 겁니다.'

답장을 받자마자 바로 또 문자를 보냈다.

'그런 소리 마. 안 돼.'

'오늘 할 수 있는 일은 오늘 합시다. 오늘 하지 못하는 일은 내일도 못 합니다.'

얄미울 정도로 내 속을 꿰뚫어본 글귀에 괜히 화가 나서 '알았어' 하는 한마디만 보냈다.

역시 폐가 될 텐데 돌아가자, 하는 생각으로 시선을 떨구고 있는데, 언제인지 모르게 다른 그림자가 내 옆에 나란히 섰다.

돌아보는 동시에 내 또래로 보이는 청년이 물었다.

"저, 누구를 찾으세요?"

오른손에 근처 약국의 비닐봉지 같은 걸 들고 있다.

"아, 저, 여기에 구지라이 고하루 씨가."

그렇게 말을 꺼내놓고서, 퍼뜩 깨달았다.

"고하루 씨 친구인가요? 저는 야마토 요스케라고 합니다. 고하루 씨와 같은 층에."

이 인간이 그놈인가.

나는 숨을 삼키고 야마토 요스케의 얼굴을 빤히 쳐다보았다.

검고 짧은 머리. 손질하지 않은 엷은 눈썹.

키는 나보다 크지만, 눈에 띌 정도로 크지는 않다. 아주 평범한 줄무늬 티셔츠에 청바지를 입고 있다. 웃으면 눈이 짜부라지는 얼굴은 성격이 좋을 것 같다기보다 사람이 좋을 것 같다는 인상에 가깝다.

"고하루 씨는 배가 아프다면서 아직 자기 방에 누워 있는 데요."

"배요?"

"어제 우리 집에서 보내준 징기스칸(전용 냄비에 양파와 함께 양고기를 구워 먹는 홋카이도 요리-옮긴이)을 다 같이 나눠 먹었는데, 상한 게 좀 있었나 봅니다. 나는 괜찮았는데, 아무래도 어렸을 때부터 먹었던 음식이라 익숙한 탓일까요."

나는 "그렇군요" 하고는 내심 당황했다. 이렇게 이렇다 할 특징이 없는 인간도 처음이다. 불쾌한 점도 찾기 어려운 대신 특별한 개성이나 뛰어난 점도 찾을 수 없다.

"고하루 씨, 불러올까요?"

부담 없이 그럴 수 있는 사이인 걸까.

"아니요. 저, 누워 있다는데, 그냥 방으로 안내를 해주면 고맙겠습니다."

마음을 다지고 부탁하자, 그는 순순히 "그러죠" 하고 대답했다.

아무렇지 않게 하는 그 대답에 한층 더 당혹스러워, 하숙집이라면서 이렇게 무방비해도 괜찮은 것일까, 하고 쓸데없는 걱정을 하고 말았다.

문을 연 그가, 현관에서 신발을 벗으면 된다고 알려주었다. 나는 그가 알려준 대로 현관에서 스니커즈를 벗었다. 또 긴장감에 온몸이 저려오는 듯했다.

계단을 한 칸, 또 한 칸 올라가면서 야마토 요스케의 등을 올려다보았다. 발밑에서 끼익끼익, 어린 동물이 우는 듯한 소리가 울렸다. 계단 옆의 벽은 하얀데, 난간의 나무틀에도 페인트 얼룩이 묻어 있는 걸 보면, 대충 리모델링을 했을 뿐 원래는 오래된 건물일 것이다.

이렇게 벽도 얇고 오래된 건물 안에서, 구지라이가 그와 함께 먹고 잔다고 생각하자 도저히 대적할 수 없겠다는 기분이 들었다. 연애 상담까지 받은 내가, 지금 와서 무슨 말을 할 수 있을까.

개성 따위는 관계없다. 뛰어난 점을 찾을 수 없다는 것도 무슨 문제인가. 내가 이해하지 못하는 것 따위는 애당초 문제가 되지 않는다.

계단을 다 올라가자 야마토 요스케가 이쪽을 돌아보고는, 화들짝 놀란 듯이 소리를 질렀다.

"저, 괜찮으세요?"

눈물이 떨어지는 감촉이 아니라, 코가 막힌 정도로 자신이 얼마나 비참한 상태인지를 깨달았다. 한심해서 고개를 돌렸더니, 야마토 요스케는 어쩔 줄 모르겠다는 것처럼 멀거니 서 있다가, 청바지 주머니에서 조그만 손수건을 꺼냈다.

"녹차 살 때 사은품이었는데, 이거라도 괜찮으면."

나는 고맙다고 하고서 손수건을 받아들었다. 눈을 비볐더니 감이 딱딱해서 아팠다.

"저, 이제 괜찮아요? 역시, 고하루 씨를 불러올까요?"

나는 고개를 젓고서, 한 손에 든 쇼핑백을 내밀었다.

"이거 좀 고하루 씨한테 전해주세요. 그녀가 먹지 못하면, 요스케 씨가 먹어도 되고요."

"아, 네. 감사합니다."

그는 정말 모르겠다는 표정으로 쇼핑백을 받아들었다.

도망치듯 마와타 장에서 뛰쳐나온 나는 캄캄한 어둠에 싸인 좁은 길을 뛰었다. 뛰면서 좌우를 올려다보고 달을 찾았다. 어디에도 없어, 뛰면서 몇 번이나 등 뒤를 돌아보았다. 밤하늘 온 데를 올려다보아도, 빛나는 것은 가로등과 별뿐이었다. 고개를 너무 돌려 어질어질했다. 뛰다 보니 에코다 긴자라는 이름의 상점가가 나왔다. 갑자기 가게 불빛이 늘어나, 밤하늘이 아닌 풍경이 또렷하게 부상했다.

장바구니를 든 동네 사람들이 스쳐 지나간다. 그렇게 멀지 않은 곳에서 건널목의 경보음이 울리고 있다.

청바지 주머니에 손을 밀어 넣었더니, 조금 전의 딱딱한 손수건이 손끝에 닿았다.

폭포수라도 맞은 것처럼, 아픈데 왠지 모르게 기분이 후련했다. 야마토가 좋은 사람인 것 같아 다행이라고, 패배를 인정하지 못하는 변명처럼 생각했다.

고개를 들자, 바로 눈앞에 1초 전에 불쑥 생겨난 듯 거대한 달이 떠 있었다.

"얼마 전에 신체검사를 했는데, 와타루의 체중이 또 줄었더군요. 성장기의 사내아이가 이런 식으로 체중이 주는 것은 이상한 일이죠."

수업이 끝난 후의 교실에서 담임 선생님의 긴장한 목소리가 울리자, 엄마는 대놓고 바보 취급하는 식으로 다리를 바꿔 꼬았다. 폴로셔츠에 안경 낀 젊은 남교사의 세련되지 못한 차림을 지적하듯, 왼손을 흔들면서 담담하게 반박한다. 손목에 찬 팔찌에서 차르르 소리가 났다.

부부 둘 다 늦게 귀가한다는 것. 그동안의 식사는 가사 도우미가 챙긴다는 것. 편식하는 아들의 버릇은 학교에서 지도해서 고쳐야 마땅한 일인데 개선되지 않는다는 것.

"부모님의 사랑이 부족한 것은 아닐까요?"

계속 침묵하고 있던 담임이 그렇게 질문하는 순간, 엄마가 갑자기 석유라도 끼얹고 불을 붙인 것처럼 의자에서 벌떡 일어섰다. 화가 난 채로 내 손을 획 잡아당기더니 그대로 학교를 뛰쳐나갔다.

바람이 세게 부는 날이었다. 하늘에는 구름 한 점 없고, 육교를 건널 때에 본 신주쿠의 높은 빌딩 숲 사이로, 까마득히 먼 산의 실루엣이 떠 있었다. 엄마의 검은 바짓자락이 바람에 펄럭거렸다.

엄마는 계단을 타닥타닥 거칠게 내려가면서, 강한 어조로 단언했다.

"선생이면, 뭘 알고 그런 소리를 해야지."

그 말을 들은 나는 웃는 얼굴로 "응" 하며 고개를 끄덕거렸다. 애정이 없다는 말을 부정해준 기쁨에, 같이 담임 선생을 험담했다.

거기서 눈을 떴다.

너저분한 방에 불이 그대로 켜져 있어 "아차" 하면서 몸을 일으켰다.

청바지를 입은 채 그대로 자서 그런지, 악몽을 꿔서 그런지, 몸이 유난히 무겁고 나른했다. 몸을 겨우 일으켜 부엌 싱크대에서 물을 받아 단숨에 들이켰다.

침대에 누워, 어둠 속에서 가만히 눈을 뜨고 움직이는 초바늘 소리를 들으면서 잠수하듯 의식을 잠재웠다. 수돗물 맛이 혀에 남아 속이 약간 울렁거렸다.

지금은 이미 알고 있다.

인간은, 누가 사실을 사실대로 말할 때 가장 화를 내는 존재다.

구지라이는 햇살이 비치는 잔디밭 벤치에 앉아 있었다.

바인더로 화끈거리는 얼굴을 열심히 부치다가, 이쪽을 알아보고는 벤치에서 일어나 똑바로 걸어왔다. 이렇게 얼굴을 마주하는 것은 며칠 만이다.

무릎에서 발목으로 내려가는 종아리가 의외로 탄탄해서, 어쩌면 얼굴이나 팔에 살이 붙기 쉬운 체질인지도 모르겠다고 생각했더니, 갑자기 강렬한 충동이 밀려왔다.

"불러내서 미안해."

나는 긴장한 채로 말했다.

"이제 좋아졌나 보구나."

"고야 선배, 혹시 가족분들 중에 누가 중병에 걸린 적이 있나요?"

갑작스러운 질문에, 생각하기도 전에 말이 먼저 나왔다.

"그런 일은 없는데, 부모님이 사라진 적은 있어."

"그랬군요."

구지라이가 미간을 약간 찡그렸다.

"응. 그동안 아무에게도 말하지 않았는데, 지금은 왠지 말하고 싶다."

"나라도 괜찮으면, 언제든 얘기해요."

나는 응, 하면서 고개를 끄덕였다.

"아, 이거. 바나나와 요구르트 고마웠어요."

그녀가 하얀 쇼핑백을 내밀면서 말했다.

"누가 갖다줬는지 몰랐어요. 하지만 고야 선배가 아닐까 하는 생각이 들어서 아무로에게 물어봤어요. 그리고 뭐로 보답하면 좋겠느냐고 물었더니, 고야 선배는 이걸 제일 좋아할 거라고 해서. 솔직히, 어떨지 잘 모르겠지만."

투명한 플라스틱 용기 너머로 맛탕이 비쳐 보였다.

"어젯밤에 만들었다가 그대로 들고 나왔거든요. 랩도 제대로 씌우지 않아서 미안해요."

쑥스러움을 감추려는 것인지, 쉬지 않고 조잘거리는 구지라이의 목소리가 천천히 멀어진다.

"죄송해요. 별것 아닌데 보답이라는 말을 해서. 그렇게 실망하지 말아요."

쇼핑백을 받아들면서 "아니야" 하고 고개를 저었는데도 구지라이는 이상하다는 듯이 눈을 깜박거렸다.

그렇게 바랐던 순간이, 벌써 색이 바래간다.

그것은, 아주 오래전에 잃어버린 무언가의 그림자였음을 깨달았다.

고하루, 하고 이름을 불렀다.

"실은 나, 너를 좋아해. 인간으로서도 그렇고, 여자로서도 그렇고."

그녀는 눈을 반짝 뜬 채, 얼이 빠진 것처럼 멀거니 서 있었다. 쇼핑백에서 고구마와 조청의 달짝지근한 냄새가 흘러나와, 하필 이런 때 배가 빈 걸 눈치챈 위가 꾸르륵거렸다.

구지라이의 입에서 흘러 떨어지듯 "미안해요" 하는 한마디가 나왔다.

"나, 전혀 몰랐어요. 저, 지금 정말 너무 놀라서. 게다가 아무것도 모르는 채 이런저런……."

나는 "그건 괜찮아" 하고 말했다.

이번에는 그녀가 "고야 선배" 하고 불렀다.

"저, 지금까지 단 한 번도 들어본 적 없는 칭찬을 같은 하숙집에 사는 사람에게 듣고, 놀라서 그 사람을 좋아하게 되었어요."

듣고 싶지 않은 얘기였지만, 막을 수는 없었다.

"그런데 지금 고야 선배에게 들은 말에, 솔직히 몇 백 배는 더 놀랐어요. 선배 마음에는 답할 수 없지만, 정말 지금 이 순간 덕분에 앞으로 10년은 열심히 살아갈 수 있을 정도로 기뻐요."

구지라이의 표정은 여전히 당혹스러운 듯 굳어 있었지만, 그 피부는 엷은 분홍색으로 달아올라 있었다.

"……이거, 고마워. 집에 가서 아껴 먹을게."

"맛없으면 죄송해요. 저, 정말 언제든 이야기는 들어줄게요."

"응. 고마워. 아마 조만간 틀림없이 얘기하고 싶어질 거야. 지금 고백과는 관계없이, 너에게 누가 되지 않는다면."

구지라이가 고개를 끄덕여, 나는 슬쩍 웃고는 "그럼 또 보자" 하고 등을 돌렸다.

다음 강의가 있는 건물을 향해 걸어가면서, 아직도 꼼짝하지 못하고 이쪽을 바라보는 시선을 느꼈다.

지금 이 순간에, 구지라이의 체온을 높인 사람이 자신이라는 것. 내 말에 앞으로 10년은 살아갈 수 있을 거라고 한 것.

나 역시 그 말에 기대어 또 한동안은 걸어갈 수 있을 듯했다. 누가 이끌어주기를 바라는 게 아니라 나 스스로 자신을 이끌기 위해 계속 좋아한다. 그런 사랑이 있어도 좋지 않나 싶은 생각은, 지금 자신이 여기에 존재해도 된다는 생각과 같은 것이라는, 왠지 그런 기분이 들었다.

바다로 향하는 물고기들

그 한여름의 오후, 심한 현기증을 느낀 것은 선로 끝이 어른거릴 만큼의 직사광선 탓이었을까. 아니면, 빨간 램프를 깜박거리며 고막이 찢어져라 울리는 건널목의 경보음 탓이었을까.

그 어느 쪽도 아니다, 하고 야마토는 생각한다.

눈을 감을 때마다, 건널목 저편에 서 있던 그 사람의 모습이 떠오른다.

그때 야마토는 마와타 장 사람들 모두의 아이스크림을 사러 근처에 있는 편의점에 가는 중이었다. 우연히 역 쪽에서 온 그녀가 건널목 저편에, 이쪽과 마주하는 형태로 걸음을 멈췄다.

진한 살구색 캐미솔 드레스에 이 세상 대부분의 여자가

부러워하는 몸을 구겨 넣은 그녀는 차단기가 올라가길 기다리고 있었다.

야마토는 바로 '저건 뭍의 연어다' 하는 생각을 했다. 홋카이도의 연어는 대개 살이 하얀데, 도쿄에 와보니 어물전에 토막 낸 빨간 살만 진열되어 있어 놀랐다.

그녀는 올리브 오일이 빈틈없이 발린 연어 같은 드레스를 입고 하얀 숄의 양 끝자락을 겨드랑이에 끼고 있었다. 열기를 띤 바람에 옷자락이 휘날렸지만 신경도 쓰지 않고 들고 있는 부케에 얼굴을 갖다 댔다.

뭘 하는 거지 싶어 야마토가 몸을 앞으로 약간 굽힐 때, 이마에 총구를 들이댄 정도의 거리에서 전철이 획 지나갔다. 야마토는 순식간에 빨라진 호흡을 고르면서 다시 건널목 너머를 쳐다보았다. 그리고 아연실색했다.

그녀는 부케의 꽃을 뜯어먹고 있었다. 그러고는 땅에다 퉤퉤 내뱉어, 옆에 있던 할머니가 지팡이를 짚고서 자리를 피했다.

도망가야 한다.

야마토는 본능적으로 그렇게 판단했지만, 한없이 약한 수컷의 본성 탓에 오금이 저려오는 것처럼 꼼짝하지 못했다.

차단기가 올라가자 그녀가 성큼성큼 이쪽으로 건너왔다. 잘 보니 원래 빼어난 얼굴에, 그걸 강조하듯 진한 화장을 하고 있었다. 눈에서 그 화장을 씻어내리듯 굵은 물방울이 뚝

뚝 떨어지고 있다. 물론 그 활짝 열린 눈에 동정을 구하는 나약함은 없고, 세계 전체를 증오하는 듯한 공격성만 빛나고 있었다.

선로를 건너온 그녀는 야마토를 보더니, 꽃잎이 붙어 있는 아랫입술을 벌리고 불쑥 물었다.

"어디 가는 거야?"

야마토는 반사적으로 "안녕하세요" 하고는 머리를 숙이며 말했다.

"저, 하숙집 사람들이 부탁해서 아이스크림 사러 가는 길입니다. 에마 선배는, 혹시 결혼식에 갔다 왔어요?"

"아이스크림, 아직 안 사도 돼. 녹아."

마스카라가 번져 눈가가 시커멓게 물들어 있었다. 귓밥을 가릴 정도로 가지런히 자른 머리 역시 까매서, 종교사 강의에서 본 검은 눈물을 흘리는 마리아상을 방불케 했다.

"그런데…… 바로 돌아가야 해서요. 우리 하숙집, 여기에서 가깝거든요. 저 길을 똑바로."

그 설명을 가로막듯 그녀가 부케를 길바닥에 내던졌다.

뜨거운 바람이 불어와 리본이 살랑살랑 흔들린다. 아이들이 마구 짓밟은 후의 조그만 화단처럼.

"어디 가서 한잔하자."

그때가 미야케 에마와 야마토의 진짜 첫 만남이었다.

학교에서 동아리 연습이 끝난 후, 노란 포렴이 있는 선술집으로 우르르 몰려갔다.

에마가 맥주 몇 잔을 들이켠 직후에 느닷없이 고함을 질렀다.

"춤을 넣는 거, 나는 처음부터 반대했잖아. 이 어리버리한 집단이 좀 배웠다고 해서 춤을 어떻게 춘다는 거야. 그렇게 몸을 배배 꼬는 춤을 넣고 싶으면, 네가 하라고!"

소스와 간장으로 얼룩진 테이블이 흔들려, 야마토는 두 손으로 꽉 누르며 붙잡았다.

각본과 연출을 맡고 있는 고지 선배의 이마에 깊은 주름과 새파란 혈관이 돋아 있었다. 맥주잔을 쥔 왼손도 어째 수상하다.

맥주를 끼얹는 게 아닐까 싶어 야마토는 조마조마했다.

"또 짖어대는군. 야, 머리 좀 식혀라."

졸업생인 하라다 선배가 오른손을 얼음주머니처럼 에마의 머리에 슬며시 올려놓았다.

그녀는 눈을 치켜뜨며 그를 쏘아보았다.

"처음부터 어떻게 해야 좋은지 알 수 있는 건 아니잖아. 이렇게저렇게 시도해보다가, 이렇게 하면 객석에서 좋아하겠다, 이렇게 하면 성공적이겠다, 그렇게 알아가는 거라고."

그렇게 말하면서 그녀의 머리를 쓰다듬는 하라다 선배의 손길이 약간 취했다는 점을 감안해도 과하게 친절하다고 야마토는 생각했다.

에마가 답답해서 못 견디겠다는 듯이 입을 꾹 다물고 있어, 집을 지키다 도둑과 고깃덩어리를 동시에 마주한 개 같다고 생각하고 있는데, 하라다 선배가 이쪽으로 쓱 시선을 돌렸다.

깔끔하게 쌍꺼풀진 눈이 힘이 빠진 것처럼 옆으로 가늘어지면서 웃는다. 야생동물처럼 조그맣고 뾰족한 귀. 호리호리하게 잘 빠진 몸. 산족제비 비슷하군, 하고 야마토는 속으로 생각했다.

"이 녀석이, 기가 드세서. 고생이 많지 않나?"

낭랑하고, 공기를 머금은 풍성한 목소리.

니시신주쿠 극장에서 그의 연기를 봤을 때, 연극을 거의 본 적 없는 야마토조차 소름이 좍 돋았다.

"아, 아니요. 괜찮습니다."

조금 전의 의혹이 날려가고, 말 마디마디에서 존경심이 배어나온다.

"다행이다. 그럼 발성 연습도 할 겸, 노래 하나 불러봐."

"네?"

야마토는 어안이 벙벙한데, 에마가 진지하게 동의했다.

"그래. 요스케 너, 마쓰야마 치하루 좋아하잖아. 불러봐."

"아, 아닙니다. 그게, 반주 없이 그냥 부를 수 있는 정도는 아니라서."

"엄청 좋아한다고 했잖아. 고향에서 제일 유명한 사람이라고, 전에 나한테 열변을 토해놓고 뭘 그래. 마쓰야마 치하루와 함께라면 유빙 보러 왓카나이에 가도 좋다고 했어."

그런 말은 절대 하지 않았다.

북쪽 지방에서 태어나고 자란 사람으로서는 오히려 그 추운 땅 끝까지 비싼 돈 들여가며 가는 관광객들의 심리를 이해할 수 없고, 그 점은 마쓰야마 치하루도 충분히 공감할 거라고 생각하지만……

언제 들었는지 에마가 왼손에 쥐고 있는 긴미야 소주잔을 보고서, 야마토는 설득을 포기했다. 다른 손님 눈치를 보면서 그는 아는 만큼의 노래를 열창했다.

돌아보니, 주위 아저씨들이 손뼉을 치고 있었다.

"학생, 노래를 아주 잘하는군. 이 아저씨가 감동했어."

옆자리의 아저씨가 정말 감동했다는 듯이 말하고는 맥주병을 내밀었다. 야마토는 눈앞이 어질어질한 감각으로 잔을 받았다.

주위에서 보내는 뜻밖의 절찬에 짜증이 난 에마가, 그런 야마토를 쓰러뜨리듯 등 뒤에서 덮친 것은 그 직후였다.

깊은 바다 속에서 커다란 조개에 들러붙어 있는 자잘한 거품이 갑자기 톡톡 튀었다.

무수한 연어 치어가 쏟아져 나와, 손을 내밀자 손가락 사이로 미끈한 감촉의 치어가 빠져나간다. 신기하게 기분이 좋아서, 뒤쫓듯이 헤엄치려 했는데 조금도 앞으로 나아가지 않는다. 물속에서 왠지 유자 향이 나고, 산호와 해초가 살랑거리는 물속에 오렌지색 햇살이 비쳤다.

유리문을 두드리는 소리가 나서 야마토는 퍼뜩 놀라 물속에서 윗몸을 일으켰다.

"별일 없냐?"

유리문 너머로 옅고 커다란 그림자가 비쳤다. 세우 씨라는 걸 알기까지 조금 시간이 걸렸다.

"아, 네. 괜찮습니다."

야마토는 하마터면 목욕물을 삼킬 뻔한 입가를 닦고 대답했다. 입욕제의 유자 향이 코끝에서 아련하게 풍겼다.

"그럼 됐고. 네가 너무 오래 있어서 보러 왔어. 다들 아침 먹으려고 모여 있는데."

"죄송합니다. 바로 갈게요."

야마토의 대답에 "그렇게 전하지" 하는 말과 함께 세면실 문이 닫히는 소리가 났다.

서둘러 수건으로 몸을 닦고, 긴소매 셔츠와 청바지를 입은 다음 목에 수건을 걸친 채 식당에 갔다. 식탁에 이미 김이 모락모락 오르는 아침이 차려져 있고, 나머지 사람들 모두 테이블에 둘러앉아 있었다.

"너무 오래 안 나와서, 물에 빠졌나 했네."

와타누키 씨가 냄비에서 수프를 떠내며 말했다.

"아, 죄송합니다. 잠이 좀 부족해서요."

야마토는 제일 끝 의자에 앉았다. 머리는 아직 화끈거리는데 물방울이 떨어지는 목덜미는 써늘하다. 커다란 창문 밖으로는 파란 하늘이 펼쳐져 있고, 공기가 건조한 탓인지 긴소매 티셔츠 한 장 걸친 게 왠지 허전하게 느껴졌다.

"어제도 늦게 들어온 것 같던데, 혹시 동아리 활동 때문이었어?"

옆자리의 구지라이가 걱정스럽게 물었다.

야마토는 유리 볼에 담긴 호밀 빵으로 손을 내밀면서 대답했다.

"연극 연습 때문에요. 주인공인 여자가 춤을 싫어하기도 하고, 전혀 못 춰서요. 그래서 짜증을 엄청 부리는 바람에."

와타누키 씨가 야마토 앞에 검은 후추 냄새가 나는 순무 수프 접시를 놓으면서 아무렇지 않게 말했다.

"춤을 못 추는 사람에게 갑자기 추라고 하면 그렇지."

야마토는 빵을 한 입 베어 물고는, 잠시 생각에 빠졌다.

"역시, 그렇죠. 그녀도 똑같은 말을 했어요."

"혹시 CD 빌려줬던 선배?"

구지라이의 한마디에, 그는 "네네" 하고 맞장구를 쳤다.

"기억력이 좋은데요."

그렇게 말하고는, 그녀의 볼이 발그레하다는 걸 깨달았다.

"고하루 씨, 오늘 혈색이 무지 좋네요."

그 순간, 그녀는 뭐에 겁을 먹은 듯 수프 접시로 시선을 떨어뜨렸다.

"고하루 씨가 오늘 데이트를 한대."

와타누키 씨의 밝은 말투에, 야마토는 놀라서 "네?" 하고 되물었다.

쓰바키가 빵에 버터를 바르면서 말했다.

"어제, 요스케 너 없을 때 남자가 찾아왔었어. 고하루 씨가 깜박한 학생증을 전해주러 왔다나."

"쓰바키 씨도 만났어요?"

"그야 만났지. 내가 현관에 나갔으니까. 그런데 치즈루 씨가 차라도 마시고 가라면서 식당으로 데리고 들어와서. 체구는 작아도 꽤 단단한 남자였지, 아마."

"그래 맞아. 운동깨나 했을 분위기였어. 그러면서 약간 그늘이 있다고 할까. 우리가 말을 걸어도 계속 고하루 씨 쪽만 쳐다보고."

"고야 선배는 여자를 좀 어려워해요."

구지라이가 수프를 먹다 말고 한마디했다.

"그래도 난, 그렇게 해바라기 같은 남자가 좋더라."

"그야 치즈루 씨는 독점욕이 강하니까."

쓰바키가 말을 받았다.

"그런데 정말 시사회 표 제가 받아도 괜찮은 거예요? 치즈루 씨가 일 관계로 받은 건데."

"나, 아이들 나오는 영화, 딱 질색이야. 말귀를 못 알아먹어서 피곤하잖아."

야마토는 그 말에 압도되어 침묵한 채, 새삼 구지라이 쪽을 보았다.

무릎 아래는 평소 입는 회색 바지에 싸여 있는데, 그 위에 원피스를 짧게 줄인 것처럼, 약간 길고 풍성한 블라우스를 입고 있다. 엷은 크림색에 목둘레에는 하얀 레이스. 지금까지 본 중에서 가장 여자다운 옷이라고 생각했다.

그런데 와타누키 씨가 그런 구지라이를 가만히 쳐다보고는 말했다.

"데이트 가는데, 그 블라우스만 입으니까 좀 밋밋하네."

그러고는 일어나 식당에서 나갔다. 남은 사람들이 이상해서 얼굴을 마주 보고 있는데, 돌아온 그녀의 오른손에 알록달록한 구슬이 조르륵 이어진 목걸이가 들려 있었다.

"이거, 줄게."

"네? 저, 이런 것까지 받는 건."

그녀는 정말 놀랐다는 듯이 고개를 저었다.

그런데도 와타누키 씨가 다시 내밀자, 살그머니 목걸이를 받고서 목에 걸었다.

"그거, 전부 천연석이야."

가슴에 살며시 기댄 목걸이는 저마다 색이 다른 돌이 모여 있었다.

먼 바다의 코발트블루, 백도가 연상되는 분홍색, 겨울밤의 보름달 같은 뽀얀 흰색. 그야말로 구지라이의 하얗고 토실토실한 피부와 지금은 우아하고 밝은 머리칼 색에 잘 어울렸다.

"정말 귀엽네. 고하루 씨, 기껏 준다는데 하고 가."

쓰바키가 웃으면서 말했다.

야마토는 감탄하면서 '처음에는 할아버지 집에 가면 주는 커다란 찹쌀떡 같은 사람이라고 생각했는데, 지금은 유리케이스 안에 진열된 예쁜 화과자네' 하는 감상을 품었다.

"⋯⋯감사합니다. 비쌌을 것 같아요."

"한눈에 반해서 샀는데, 한 번도 안 썼어. 내 분위기와 천연석 목걸이가 왠지 어울리지 않는 것 같아서."

"그러네요. 치즈루 씨는 훨씬 더 어른스럽고 섹시한 액세서리가 어울릴 것 같아요."

구지라이가 가만히 관찰하고서 중얼거렸다.

"자연스레 보이지만 실은 정교하게 가공된 게 어울리겠지."

쓰바키가 그렇게 덧붙였다.

"넌, 어딘가 모르게 수상한 느낌이 있으니까."

세우 씨의 그 한마디에 모두가 밥을 먹던 손을 멈췄다.

시선이 일제히 집중되자, 그는 언짢다는 듯이 눈살을 찌푸리고는 입을 다물고 말았다. 와타누키 씨도 어이없다는 표정으로 야마토 쪽을 쳐다보았다.

"야마토 씨, 오늘 시간 있어?"

갑작스러운 질문에 그는 생각해볼 틈도 없이 "네" 하고 대답하고 말았다.

"오늘 에어컨 필터를 전부 청소하려고 하는데, 시간 되면 좀 거들어줄 수 있을까?"

"네? 내가요?"

"야마토 씨밖에 없어서 그래."

야마토는 "어쩌지" 하고 중얼거리면서 뒷머리를 긁적거렸다. 시간이 있다고 대답한 걸 다소 후회하고 있는데, 먼저 식사를 끝낸 세우 씨가 의자에서 엉덩이를 들면서 말했다.

"그럼, 내가 거들지."

그 발언에 와타누키 씨가 누구보다 놀란 표정을 지었다.

"요 며칠 그림만 그렸더니 몸이 뻐근해서 견딜 수가 있어야지. 내가 할게."

그는 자리에서 일어나 자기가 먹고 난 접시를 싱크대에 넣었다. 겨우 그 몇 가지 동작이 식당 안에 불편한 분위기를 조성하고 말았다. 지금까지 그가 자발적으로 접시를 치운 적이 단 한 번도 없었기 때문이었다.

"아, 그럼 저도 거들게요. 같이 하죠 뭐."

묘한 긴장감을 견디다 못한 야마토는 그렇게 말하고 말았다. 와타누키 씨는 내심 안도한 듯이 "고마워" 하고는 미소 지었다.

　은색 대야에 필터와 환풍기 날개를 풍덩 빠뜨리자, 물고기가 꼬리지느러미를 뒤집은 것처럼 물방울이 튀었다. 세제를 붓고 고무장갑 낀 두 손을 쑥 넣고 수세미로 박박 문댔다.

　세우 씨의 진지한 옆얼굴이 신기해서 야마토는 그만 힐긋힐긋 쳐다보고 말았다.

　그는 검은 탱크톱 위에 목이 축 늘어진 겨자색 니트를 겹쳐 입었다. 걷어 올린 소매 밖으로 굵은 팔이 보였다. 의외로 털은 색도 옅고 간간이 돋아 있는 정도다.

　"뭘 보는 거냐. 너."

　불쑥 물어서, 야마토는 우물거리고 말았다.

　"세우 씨가 햇볕을 쐬고 있다는 게, 왠지 신기하네."

　빨래 바구니를 껴안은 와타누키 씨가 다가와 두 사람을 내려다보면서 말했다. 그녀 머리 위에는 구름 한 점 없는 파란 하늘과 방사선 모양으로 비치는 햇살이 퍼져 있다. 역광이 눈부셔 야마토는 '9월이 되었는데도 이렇게 햇살이 따갑다니 말도 안 돼' 하는 생각으로 얼굴을 찡그렸다.

　"그렇게 말하면 곤란하지. 다락방에 사는 생쥐도 아니고, 나도 가끔은 밖에 나와."

　"알죠. 세우 씨가 늘 내가 없을 때만 골라 밖에 나가는 거 정도는. 부모님 몰래 아르바이트 하는 학생처럼 말이에요."

와타누키 씨는 이불 커버를 양손으로 펼쳤다.

햇살이 가려, 눈꺼풀 언저리가 시원해진다.

"너나 그랬지. 엄마 몰래 술집에서 일했잖아."

그 말에, 와타누키 씨의 표정이 훅 풀어진다.

"그때가 그립네. 밤중에 들어오면 세우 씨가 자기 방 창문을 열어줘서 그리로 들어갔는데."

"지금이니까 말하는데, 그때 너 화장한 얼굴이 얼마나 꼴불견이던지. 특히 눈가. 늘 시커멨어."

"어쩔 수 없잖아요. 몇 시간이나 먹고 마시면서 손님을 상대하는데. 화장이 번지는 건 당연하다고요."

먼지가 눌어붙은 필터를 씻으면서 야마토는 낯선 타인들을 보고 있는 기분이 들었다.

와타누키 씨는 헐렁헐렁한 검은 바지에 줄무늬 캐미솔을 입고, 그 위에 약간 끼는 빨간색 카디건을 걸치고 있다. 어느 모로 보나 어른인데, 지금의 웃는 얼굴은 마치 해맑은 소녀 같다. 세우 씨도 그렇게 대하기 어렵더니, 밝은 빛 속에서 보는 옆얼굴이 여느 때보다 한결 부드러웠다.

오늘따라 웬일로 농담까지 하는 세우 씨와, 그걸 흐뭇하게 받아들이는 와타누키 씨의 태도에, 야마토는 점차 그 자리가 어색해져 말없이 기름때에 전 환풍기 날개만 닦았다.

"그런데 너, 그 아르바이트 언제 그만뒀지?"

와타누키 씨가 손을 멈췄다.

젖은 빨래를 껴안은 채, 표정이 싹 가신다.

"당신이 없어지고 난 다음에, 바로."

무슨 뜻인지 끼어들 틈도 없이 바로 세우 씨가 대꾸했다.

"그랬군."

감정이 담기지 않은 말투에, 와타누키 씨는 말없이 등을 돌렸다. 정체를 알 수 없는 평소의 긴장감이 또 번져, 야마토는 아무 말도 못 한 채 하얘진 대야 속 날개를 쳐다보고 있었다.

복도에도 사람 하나 없고, 문이 딱 닫힌 강의실에서도 아무 소리 들리지 않았다.

들어가기가 민망한데. 그런 생각을 하면서 창가에 기대자, 교정을 성큼성큼 걸어오는 에마가 보였다. 위풍당당하다는 말을 연상케 하는, 꼿꼿하게 편 등과 호전적인 눈초리. 야마토는 밝은 가로등에 모여드는 날벌레처럼 계단을 내려갔다.

"에마 선배."

건물에서 뛰어나가 부르자, 그녀는 그리 놀란 기색도 없이 돌아보았다.

남성용인 듯한 보라색 와이셔츠를 입고, 검은 반바지와 웨스턴 부츠 사이로 건강함과 섹시함을 겸비한 중량감 있는 허벅지가 보였다.

"누군가 했더니, 요스케구나."

이름을 부르는 순간에는 늘 가슴이 철렁 내려앉는다.

"안녕하세요. 지금 강의 들어가는 건가요?"

"아니, 휴강이야. 배가 고파서, 뭐 먹으러 갈까 하고. 너도 같이 가자."

이쪽 사정을 묻지 않고 요구를 강요하는 것은 그녀의 특기다. 하지만 강의를 듣고 싶은 마음이 없었던 야마토는 얼떨결에 "네" 하고 대답하고 말았다.

둘이 나란히 걷는데, 해가 비치는 길에 비슷한 길이의 그림자가 늘어졌다. 그녀는 원래 키가 크다. 살집도 좋아서 더욱 박력이 있다.

에마가 "앗!" 하고 소리를 지르고는 지붕 있는 주차장으로 뛰어갔다. 야마토도 놀라서 뒤쫓아 뛰었다.

그녀가 자전거 밑에서 주워 든 것은 멋진 명품 장지갑이었다. 재빨리 안에 든 만 몇 천 엔을 꺼내려는 그녀를 보고서, 야마토는 얼른 말렸다.

"에마 선배, 그럼 안 되죠."

그녀가 오른손에 지폐를 쥔 채 어리둥절해했다.

"아르바이트해서 벌었거나 집에서 보내준 돈일 텐데. 불쌍하니까 학생과에 갖다 주는 게."

"요스케. 너, 바보냐. 세상에는 공항에서 나오는 순간 강도를 맞아서 탈탈 털리는 나라도 있는데. 이렇게 비싼 지갑을 잃어버렸는데 무사히 돌아와 봐. 그런 선의는 본인을 위한 게 아니야."

야마토는 고향에서 아주머니들이 하는 수다를 중간에 끊는 것처럼 "아니아니" 하면서 한 손을 흔들었다.

"여긴 일본이잖아요. 우리끼리 그런 짓을 해서 서로 신뢰할 수 없게 되면, 오히려 평화가 무너진다고요."

혼날 각오로 그렇게 말했다.

에마는 깜짝 놀란 듯이 눈을 깜박거리더니, 돈을 지갑 안에 쓱 밀어 넣었다.

"요스케, 의외로 똑똑하네. 다시 봤어."

그러고는 지갑 안을 꼼꼼하게 확인했다.

"그래도 발견한 답례 정도는 있어야지. 요스케도 이 정도는, 괜찮다 하겠지."

그녀가 새로 꺼내든 건 이케부쿠로에 있는 실내형 테마파크의 무료 입장권이었다. 야마토의 내면에서 죄책감이 스르르 녹았다.

"지금 바로 같이 가자. 지갑은 내가 학생과에 주고 올 테니까."

그의 기분을 감지한 듯, 에마는 그렇게 말하고 웃었다.

눈앞에 김이 모락모락 오르는 몇 가지 만두와 맥주가 담긴 플라스틱 컵이 놓여 있다.

"자, 먹자. 오늘 같이 와줬으니까 내가 쏠게. 마음껏 먹어."

에마가 그렇게 말하며 나무젓가락을 갈랐다.

야마토도 젓가락을 들고, 치즈가 든 만두를 집었다.

따끈한 만두는 껍질이 바삭하고 고소해서, 거품 인 맥주와 잘 어울렸다. 안에 녹아 있는 짭짤한 치즈도 맛있었다.

"에마 선배, 맛있어요."

야마토는 솔직하게 말했다.

바로 옆 만두 가게에서 만두 굽는 소리와 냄새가 흘러든다. 색 바랜 목조 건물의 느낌이 의도적으로 연출되어 있어 "보나 마나 도쿄의 변두리 콘셉트겠지" 하고 에마가 가르쳐주었다. 멀찌감치 있는 놀이기구에서 다소 시대에 뒤떨어진 전자음이 울려왔다. 야마토는 참 신기한 곳이라고 생각했다. 오래된 것은 새롭고, 새로운 것은 좀 식상하다.

"여기, 테마파크 맞는 거죠."

야마토가 입에 묻은 거품을 닦으면서 중얼거렸다.

"처음에는 그랬겠지. 실내형 테마파크라는 게 여러 종류가 있어."

에마의 대답이 어째 좀 시원치 않아 '잘 모르는군' 하고 흐뭇하게 생각했다.

야마토는 마늘과 자소(紫蘇)가 든 만두를 먹으면서, 신나게 맥주를 마시는 에마를 처음으로 여유를 갖고 쳐다보았다.

"저, 에마 선배. 간장이……."

그녀가 인상을 찡그리고 내려다보았다. 만두에서 흐른 간장 때문에 가슴에 짙은 얼룩이 생겼다.

"아아, 이거 안 지워지겠네."

그녀는 티슈를 꺼내, 얼룩진 부분을 싹싹 비볐다. 셔츠를 잡아당기는 바람에 풍만한 가슴이 드러나 야마토는 가슴이 술렁거렸지만, 그렇다고 고개를 돌릴 수는 없어 맥주를 들이켰다.

에마는 결국 희미하게 남아 있는 얼룩을 포기하고, 테이블에 턱을 괴었다. 짙은 속눈썹을 위아래로 흔들면서 윤기가 자르르 흐르는 입술을 여는가 했더니, 심각하게 이런 질문을 했다.

"요스케, 너 아직 동정이니?"

"……왜, 그런 걸 묻는데요?"

야마토는 한껏 경계하며 되물었다.

"나는 그렇게 생각했는데, 하라다 선배가 의외로 지방 출신들이 잘 논다고 해서."

"두 사람, 사이가 참 좋네요. 에마 선배가 1학년일 때, 하라다 선배는 4학년이었나요? 아, 혹시 전에 사귄 거 아니에요?"

이마에, 권총을 흉내 낸 것처럼 집게손가락이 꽂혔다.

맞았다는 표현은 너무 단순할 정도로, 긴 손톱 끝이 피부에 아리한 통증이 느껴질 만큼 강하게 파고들었다.

"너는 몰라."

에마가 담담하게 대답하고는 손가락을 쓱 내렸다.

한참이나 침묵이 이어진 다음, 야마토가 말을 꺼냈다.

"에마 선배는, 어째 늘 연극을 하고 있는 것 같아요."

그로서는 아무 악의 없이, 그냥 느낀 걸 순수하게 말했을 뿐이었다. 그런데 그 순간, 에마는 표정이 굳어지더니 말을 빼앗긴 것처럼 입을 꾹 다물었다.

야마토는 자신이 무슨 실언을 했는지 모르는 채, 그저 기분을 달래주려고 에마에게 말했다.

"이거, 맛있는데요."

그러고는 김치가 든 만두 접시를 그쪽으로 밀었다. 그녀는 아무 말 없이 그 접시를 다시 이쪽으로 밀고는, 젓가락을 내려놓았다.

"난 갈게. 남은 건 너 혼자 다 먹어."

그때야 간신히 이상하다는 걸 눈치챈 야마토를 남겨두고, 에마는 휭하니 사라지고 말았다.

성큼성큼 걸어가는 뒷모습을 보면서 그는 그 여름날을 떠올렸다. 그때, 그녀는 결혼식에서 돌아오는 차림이었다. 여름방학이 끝난 다음에야, 같은 동아리 선배를 통해 8월에 하라다 선배의 결혼식이 있었다는 걸 알았다.

혹시 내가 심한 말을 한 게 아닐까.

겨우 그런 반성을 하는 동시에, 사정을 모르는데 일방적으로 화를 내는 건 불합리하다는 생각도 끓었다.

배가 꽉 차게 불러 쓰레기를 버리고 있는데 휴대전화가 반짝거렸다. 문자가 아니라 전화여서, 얼른 통화 버튼을 눌렀더니 전혀 예상치 못한 상대의 목소리가 들렸다.

"요스케, 오랜만이다. 나야."

"슈이치?"

갑자기 소리를 지르는 바람에, 옆에 있던 남녀가 놀라서 돌아보았다.

야마토는 선샤인 빌딩의 널찍한 통로로 나오면서, 오랜만에 듣는 친구의 목소리에 귀를 기울였다.

"갑자기 전화가 와서 놀랐잖아. 진짜 오랜만이다. 그쪽 대학은 어때?"

"어, 그런대로 괜찮아. 그런데 야마토, 너 이번 주 토요일 밤에 시간 있냐?"

갑작스러운 제안이었지만, 오히려 그는 기분이 들떴다. 역시 남자인 친구가 있어야 한다고 생각하면서 "시간이야 얼마든지" 하고 바로 대답했다.

"부모님이 먹을거리를 잔뜩 보내줬는데, 빨리 먹어야 되는 것도 많아서. 여친이 저녁 만들겠다고 벼르고 있는데, 다들 시간이 안 맞는다네. 너라도 와라."

"여친?"

"응. 지금 같이 지내고 있어. 너한테도 소개해줄게."

상황이 잘 이해되지 않아 얼떨떨한 그에게 미도리카와는

만날 장소와 시간을 알려주고, 문제없다는 것을 확인한 다음 전화를 끊었다.

녹음이 풍성한 캠퍼스에 익숙한 야마토는 교통량이 많은 넓은 도로변 길이 어쩐 썰렁하게 느껴졌다. 지하철의 스산함도 그 인상에 박차를 가했는지 모른다.

도로변 서점에서 학생들이 우르르 나오고 있다. 대학 이름이 새겨진 비닐 백을 껴안은 모습이 어딘가 모르게 자랑스러워하는 것처럼 보인다.

야마토는 왠지 껄끄러움을 느끼고, 뒤로 쓱 물러나 가드레일에 엉덩이를 걸치고 미도리카와가 나타나길 기다렸다.

저녁의 파르스름한 빛이 남아 있는 높은 하늘에는 달이 떠 있고, 그 끝자락이 불타오르듯 붉게 물들기 시작했을 때 "요스케" 하고 부르는 소리가 들려 돌아보았다.

"야, 오랜만이다."

횡단보도를 건너온 미도리카와가 한 손을 들면서 그렇게 말했다.

줄무늬 라운드넥 셔츠에 짙은 남색 재킷. 눈썹도 손질하지 않았고 검은 머리도 그저 심플한 스타일인데, 멀끔하고 총명해 보이는 얼굴 덕에 이렇게 많은 사람들 속에서도 눈에 띄는군, 하고 야마토는 생각했다.

그 옆에 나란히 여자가 서 있어 의외였다.

풍성하게 부푼 파마머리. 짙은 갈색 체크무늬 원피스를 입고, 핑크베이지색 파카를 걸치고 있다. 몸매는 알 수 없지만, 아마 너무 마르지도 뚱뚱하지도 않을 것 같다. 적당히 가는 발목과 적당히 살 오른 볼의 윤곽.

"요스케, 이쪽은 가호야. 사귄 지 두 달 정도 됐어."

"기다리게 해서 미안해요."

가호는 미소 지으며 새침한 말투로 인사했다. 검은 눈자위가 크고, 눈꼬리가 약간 처졌다. 라쿤같이 생겼군, 하고 생각했다. 나름 귀엽기는 한데, 고등학교 시절 내내 그렇게 인기가 많았던 미도리카와의 여친치고는 좀 평범하다 싶었다.

셋이서 걷기 시작했다. 그녀가 야마토 쪽을 향한 채 방긋방긋 웃으면서 물었다.

"요스케 씨도 홋카이도 출신이라면서요. 좋겠다, 맛있는 게 많아서. 슈이치 씨 집에서 보내주는 것들 모두, 얼마나 맛있는지 먹을 때마다 깜짝깜짝 놀라요."

한마디 한마디를 정성스레 고르듯, 천천히 얘기한다.

"그렇죠, 뭐든 맛있습니다."

무난한 대답을 했더니 그녀는 몇 번이나 좋겠다, 하면서 부러워했다.

"가호, 술은 맥주밖에 없지?"

"응. 오빠는 거의 안 마시니까, 지난주에 친구들 왔을 때 마시고 남은 거밖에 없어."

"그건 발포주잖아. 일단 사들고 가자."

"어, 그게, 쓰지 않은 맥주가 발포주잖아. 아, 그렇구나. 요스케 씨는 쓴 맥주를 좋아하나 보네."

미묘하게 다른데, 그녀가 웃는 얼굴로 알겠다는 듯이 고개를 끄덕이는 바람에, 해 질 녘의 풍경 속에서 그곳만 윤곽을 새로 덧입힌 듯한 돈키호테(일본의 대형 쇼핑몰-옮긴이)에 들어갔다.

음악이 왕왕 울리는 가게 안에 천장까지 높이 쌓인 상품이 당장이라도 이쪽으로 무너져내릴 것만 같았다. 선반과 손님 사이를 헤치고 지나가, 음료 코너를 살펴보고 진짜 맥주를 샀다.

둘이 사는 집은 거기에서 걸어 몇 초 거리에 있었다.

뒷골목으로 들어서자 의외로 깔끔한 벽돌 건물이 서 있고, 그녀가 저기라고 가리켰다.

조그만 현관, 1구짜리 가스레인지가 덤처럼 딸려 있는 부엌. 문을 열자, 다다미방이 아닌 새 마루방이었다. 창문에는 새와 식물무늬 커튼이 걸려 있고, 하얀색과 밝은 초록색의 조합이 밝은 분위기를 빚어내고 있었다. 벽 쪽으로 침대와 하얀 선반과 텔레비전. 카펫이 깔린 바닥에 유리 테이블이 놓여 있다.

한눈에 여자 혼자 사는 방이었다는 걸 알 수 있었다. 그러니까 미도리카와가 맨 몸으로 굴러든 것, 이라는 발견에 친구의 새로운 일면을 본 기분이 들었다.

가호는 비닐봉지에서 맥주를 꺼내 야마토와 미도리카와에게 하나씩 내밀었다. 시원한 캔을 입에 대는 동시에 그녀가 부엌으로 사라졌다.

"나도 뭐 좀 옮길까요?"

공동생활의 습성이 몸에 붙은 야마토가 그렇게 말을 건네자, 유리문 너머에서 "아니요" 하는 밝은 목소리가 들렸다.

"괜찮아요. 모처럼 왔는데, 편하게 있어요. 나, 힘세니까."

어딘지 약간 핀트가 어긋난 대답에 미도리카와가 "힘들면 말해" 하며 웃었다. 그 말이 배려를 넘어 서로가 익숙한 사람에게 하는 투여서, 야마토는 민망함에 눈길을 돌려 선반에 꽂혀 있는 CD를 쳐다보았다.

"아, CD인가 했는데 DVD네."

"요스케 씨, 관심 있어요? 보고 싶어요?"

가호가 수건으로 잡은 양수 냄비를 들고 오면서 반갑게 물었다.

"요스케도 관심 없대. 유니콘 같은 록 밴드, 완전 우리 세대 아니잖아. 가호는 형제가 있는 것도 아닌데, BOØWY도 좋아하고. 취향이 유별나게 복고라니까."

"재미있으니까 그렇지. 「멋진 나날들」은 엄청난 명곡이야. 싫지 않으면 같이 봐요."

자칫 강요로 느껴질 수도 있는데, 환하게 웃는 얼굴에는 억지스러운 구석이 없고, 양수 냄비 안의 돼지고기 찜과 노릇노릇하게 물든 달걀에서는 김이 오르고 있었다.

그 외에도 마늘 오일에 포슬포슬하게 볶은 감자, 양파와 햄 샐러드 등 볼륨감 있는 요리가 가지가지 나왔다. 먹어보니 약간 짭짤한 게 맥주 안주로 딱 좋았다.

가호가 오히려 술이 센 모양이지, 하고 생각하면서 텔레비전을 보니, 폭탄 머리에 턱시도를 입은 유니콘 멤버 오쿠다 다미오가 오케스트라를 상대로 지휘봉을 휘두르고 있었다.

"슈이치 씨는 이 곡 못 불러요, 아쉽게."

가호가 자몽맛 추하이를 마시면서 말했다. 볼이 발그레하고 표정은 한결 환했다.

"내가 부르기에는 말이 너무 빨라서. 아 참, 요스케 너 노래 잘 불렀지."

미도리카와가 다리를 뻗고 침대에 기댄 채, 야마토를 보았다.

"아, 얼마 전에 에코다에 있는 술집에서 노래를 불렀는데. 손님들이 손뼉까지 치면서 절찬하더라."

"오호, 모르는 사람이 그렇게 말할 정도면, 정말 잘 부르나 보네요. 다음에 우리 같이 가요. 나는 잘 못 부르지만, 슈이치 씨는 목소리가 좋고, 요스케 씨도 잘 부른다니까, 듣고만 있어도 신날 것 같아."

그녀의 눈이 가늘어지더니, 눈빛이 멍해졌다. 조그만 어깨가 축 늘어지고, 귀에 걸친 머리칼이 흔들린다. 그 한 동작 한 동작에 가슴 설레면서 생각했다.

그녀는 딱히 미인은 아니다. 하지만 평범한 여자치고는 최고다, 하고.

가령 야에코는 누가 봐도 귀엽다. 그 단정함과 청결함에 접근하기 어려움마저 느껴진다. 에마는 심하게 미인이지만 호불호가 갈리는 유형이다. 빈틈없는 이목구비에 오히려 압박감을 느낀다. 그런 거에 비하면 가호는 어디에나 있을 법한 얼굴인데, 누구나 좋아할 귀여움을 갖고 있다. 분명하고, 확실하게 귀엽다.

미도리카와는 천진난만이라는 표현이 딱 들어맞는 그녀를 계속 쳐다보고 있었다. 푹 빠져 있는 건 오히려 그쪽이다. 미도리카와가 조금 취했는지 맥주 캔을 쓰러뜨릴 뻔했다. 카펫에 물방울이 번졌다.

"가호, 미안."

그녀는 조금도 당황한 기색 없이 일어나면서 "괜찮아" 하고 너그럽게 대답하고는 부엌에 가서 수건을 가져왔다. 그리고 두세 번 카펫을 꾹꾹 누르더니 그 위에 털퍼덕 앉았다.

"이러면, 얘기하는 사이에 마를 거야."

"미안해."

미도리카와가 쭉 뻗고 있던 다리를 오므리면서 다시 한

번 사과했다.

"슈이치 씨는 언제나 이성적인데, 술이 들어가면 간혹 실수를 한다니까. 그건 그렇고, 요스케 씨, 술이 세네요."

"너무 세서 한 번 마시기 시작하면 길어져. 요스케, 슬슬 마지막 전철 시간 아니냐?"

"슈이치 씨, 매정하네. 내일 쉬는 날인데, 전철 끊기면 자고 가도 되잖아. 괜찮으면 마음껏 마시고 가요."

야마토는 마와타 장에 사는 사람들을 보면서 지금껏 부럽다고 여긴 적이 없었다. 그저 조금 소외감을 느끼는 정도였다. 지금은 소외감도 외로움도 전혀 없다. 오히려 따뜻한 분위기에 감싸여, 친절한 부부의 양자가 된 듯한 느낌이었다. 이 방에서 한 걸음도 나가고 싶지 않다, 그런 기분마저 들끓어 매일 이렇게 지내는 미도리카와가 부럽다고 분명하게 느꼈다.

전철이 끊기기 전에야 돌아가기로 하고 야마토는 자리에서 일어났다. 지하철 입구까지 배웅 나온 두 사람을 향해 손을 흔들고, 야마토는 계단을 한 칸씩 내려갔다.

머리 위에서만 비치는 불빛이 양 끝에서부터 야금야금 어둠에 삼켜질 것만 같아, 묘하게 불안했다. 자신의 발소리가 유난히 크게 울렸다.

어딘지 모를 깊은 곳으로 빨려 들어가는 듯한 불안을 느끼고 등 뒤를 돌아보니, 인기척은 전혀 없고 네모나게 잘린 어둠과 가로등이 떠 있을 뿐이었다.

"요스케 씨, 오늘 좀 이상하네."

저녁을 먹는 자리에서 멍하니 있던 야마토는, 쓰바키의 말에 정신을 차렸다.

"아, 아니, 별일 없습니다."

자신이 말한 의미심장한 한마디에, 마치 어른이 된 것 같다는 당혹스러움과 혼란 속에 밴 감미로움을 만끽하고 있자니, 쓰바키가 걱정스러운 듯 물었다.

"혹시 배를 내놓고 잔 거 아니야? 어제 좀 쌀쌀했는데."

야마토는 내심 실망하면서 "아닙니다" 하고 부인했다.

"요스케 오빠, 11월에 첫 무대에 서잖아요. 감기 걸리지 않게 조심해요."

야에코의 그 말에 야마토는 갑자기 기분이 들떠 "고맙다" 하고 대답했다.

밥공기를 들고 있는 야에코는, 긴소매 티셔츠에 날씬한 저지 바지를 입고 있었다. 긴 머리를 하나로 묶어 목덜미가 드러나 보인다.

수학여행의 밤 같은 광경에, 야마토의 가슴에 그리움과 신선함이 뒤섞인 감정이 끓어올랐다.

"야에코, 부모님이 제사 지내고 사흘 후에 돌아오신다고 했나?"

"응. 그때까지 여기서 잘 거야. 식구가 늘어나서 미안하지만, 잘 부탁할게."

쓰바키가 피식 웃으면서 말했다.

테이블에 놓인 큰 접시에는 북쪽분홍새우와 오징어가 푸짐하게 담겨 있고, 무싹과 김과 초밥도 준비되어 있었다.

"이야, 오늘 진짜 호화판인데요."

"사람 수가 많아서 각자 김에 싸먹을 수 있게 준비했어. 그치, 새우 씨."

이름을 불린 그는 사방을 획 돌아보고는 바로 시선을 피했다.

야마토는, 바로 옆에 이렇게 귀여운 여자아이가 있는데 무뚝뚝하게 있을 수 있다니, 하고 존경심에 가까운 마음을 담아 속으로 중얼거렸다.

"요스케 오빠, 주인공은 역시 예쁜 사람이야?"

야에코의 질문에, 야마토는 이내 웃으면서 대답했다.

"엄청 미인이야. 뭐랄까, 눈앞에 있는데도 실감이 나지 않아. 행동하고 말하는 것도, 진짜 영화를 보고 있는 듯한 사람이라서."

"흐음, 좋겠다. 그런 말을 듣는 사람."

야마토는 오른손에 김을 올려놓은 채 용기를 내서 말했다.

"그, 그래도 야에코도 한 미모 하지 않나."

야에코는 "그렇지 않아" 하고 쌀쌀맞게 부정하더니 바로 쓰바키를 보았다.

"왜 그런 표정이야. 그 치열, 전혀 눈에 띄지 않아. 네가 지나치게 과민한 거라고."

야마토는 깜짝 놀라서, 덧붙였다.

"치열은, 그 정도인 편이 오히려 애교 있게 보여서 좋은데, 왜."

야에코는 난감한 듯이 웃고는, 장국 그릇에 입을 댔다.

불현듯 옆에서, 와삭와삭 김이 깨지는 소리가 울렸다.

야마토가 옆을 돌아보니, 구지라이가 새우 꼬리가 비죽 나온 김밥을 우물거리고 있었다.

"고하루 씨는 김밥이 어울리네요."

야마토가 무심하게 그런 감상을 말했다.

구지라이가 얼굴을 들고, 그쪽을 보았다.

다음 순간, 그 조그맣고 동그란 눈에서 눈물이 주르륵 흘렀다. 야마토는 놀라 아무 말을 못 하고, 다른 사람들도 놀란 듯 대화를 멈췄다.

구지라이는 당황해서 눈가를 닦았지만, 감정이 쏟아지는 속도를 따라잡지 못해 테이블의 나뭇결 사이로 눈물이 짙게 얼룩졌다.

그녀는 머리를 숙인 채 "갑자기 슬픈 일이 떠올라서 그래요" 하고는 의자에서 일어났다.

계단을 올라가는 소리가 멀어지자, 세우 씨도 젓가락을

내려놓고 자리에서 일어났다.

"세우 씨, 어디 가는 거야?"

와타누키 씨가 뭔가에 겁먹은 것처럼 그를 올려다보았다.

"어디는, 내 방으로 가지."

그는 담담하게 대답했다.

"그렇, 지. 미안해요."

세우 씨는 눈을 찡그리고 "너는" 하고 말을 꺼냈다가 이내 입을 다물었다. 그 미간에 잡힌 주름이 마치 동정하듯 보인 것은, 어쩌면 야마토 눈의 착각이었는지도 모른다.

그가 사라지고 나자, 쓰바키가 못 참겠다는 듯이 입을 열었다.

"치즈루 씨, 어떻게 이런 때도 자기 생각만 해. 그 나이에 부끄럽지도 않아?"

"내 생각을 할 수 있는 건 나밖에 없는데 뭐."

"정말 관리인답지 않은 이기적인 발언이네."

그 지적에 와타누키 씨도 울컥 치민 듯 반박했다.

"다들, 어중간하게 남을 배려하느라 자기를 뒷전으로 돌리니까, 그래서 결국 남에게 폐를 끼치게 되는 거라고."

쓰바키는 정말 기가 막힌다는 듯이 입을 다물었다. 야에코가 어색함을 감추려는 듯 김으로 손을 내밀었다. 지금 구지라이가 있었으면 잘 수습해줄 텐데, 하고 야마토는 새삼스럽게 생각했다.

"남기면 안 되니까, 싹 먹어치우자."

와타누키 씨가 담담한 말투로 제안했다.

쓰바키도 어쩔 수 없다는 듯이 "그래야지" 하고 맞장구를 쳤다.

"그런데, 고하루 씨가 왜 갑자기 운 거지."

쓰바키가 또 생각난 것처럼, 그런 말을 흘렸다.

"그 남학생이랑 싸우기라도 한 거 아닐까."

와타누키 씨가 김 위에 밥을 펼치면서 말했다.

"아, 그런 건가요. 난 그만, 내가 무슨 말을 잘못했나 싶었는데."

"그래요, 요스케 오빠도 무례한 말을 했어요. 김밥이 어울린다는 둥."

야에코가 나무라듯 중얼거리는 순간, 야마토는 오그라들고 말았다.

"그래, 너도 눈치가 좀 없었지. 밥 먹고 가서 사과해."

야마토는 오그라든 채 "네" 하고 대답했다.

식사를 마치고 뒷정리가 끝나자 야마토는 커피가 든 머그잔을 들고 2층으로 계단을 올라갔다. 이 마와타 장에 이사 온 얼마 후에 구지라이가 추천해준 잡화점에서 구입한 검은 고양이 일러스트가 그려진 머그잔이다.

구지라이의 방문은 꼭 닫혀 있었다. 안에서는 아무 소리도 들리지 않았다.

야마토는 잠시 망설이다가, 조심조심 문을 노크했다.

"고하루 씨, 아까는 이상한 말을 해서 미안했어요."

그렇게 말해보았지만, 대답이 없었다.

그녀가 누군가를 무시하는 일은 없을 것이다. 그렇게 판단한 그는 조금 세게 문을 두드려보았다. 얇은 문에서 자글거리는 소리가 반사될 뿐이었다.

야마토는 왠지 불안해져, 과감하게 손잡이를 돌렸다.

문이 열리자, 이내 다시 닫았다.

그는 머그잔을 복도에 내려놓고, 1층 식당으로 뛰어 내려갔다. 포렴을 들추자, 얘기하고 있던 쓰바키와 아에코가 무슨 일이냐는 듯이 돌아보았다.

야마토는 당황한 목소리로 말했다.

"고하루 씨가 없어요."

뛰어서 신사의 참뱃길을 빠져나가자, 대학 근처 길이 나왔다.

낮에는 오가는 사람들이 많아도 밤에는 한산한 길에, 지나가는 자동차 소리만 세찬 바람 소리처럼 울린다. 높은 담장과 캠퍼스 안의 나무들이 싸늘한 어둠을 부각시키고 있다. 야마토는 네리마 쪽을 향해 뛰어가면서 "고하루 씨!" 하고 불러댔다.

마와타 장에서 나온 후로, 남쪽 출구의 상점가를 샅샅이 뛰어다니다 끝내 여기까지 오고 말았다. 시간이 얼마나 지났을까. 지금쯤 쓰바키는 야에코와 함께 북쪽 출구 상점가에서 그녀를 찾고 있을 것이다.

전에 에마가 만두를 먹다 말고 마음이 상한 듯 돌아갔던 일이 문득 떠올랐다. 내게 남을 배려하는 마음이 부족한 것은 아닐까. 야마토는 그런 생각을 하면서 고가 밑으로 걸어갔다.

고가 밑 길옆에 고즈넉한 공원이 있었다. 은색 펜스에 둘러싸였고, 거의 어둠에 섞여 놓치고 지나치리만큼 작은 공원이었다. 밤하늘에 뜬 달빛도 그 공원까지는 닿지 않는다.

그네에서 낯익은 사람의 실루엣을 발견하고, 야마토는 걸음을 멈췄다. 구지라이가 그네에 앉아 있었다. 그 무릎에 남자가 기대어 있다. 검은 파카를 걸친 등. 청바지를 입은 무릎을 아무렇게나 땅에 대고서.

야마토는 전신주 뒤에 숨어서 거기 있는 사람이 틀림없이 구지라이라는 걸 확인했다. 머릿속에 찾아서 다행이라는 안도감과 역시 내가 괜히 좋았던 건가, 하는 비난이 혼재했다.

이런 곳에서 저렇게 꽁냥꽁냥하다니, 구지라이도 고지식하게 보이더니 요즘 여자가 맞군, 하고 야마토는 다소 실망한 기분으로 생각했다.

그런데 그 직후에 어둠 속에서 파카를 입은 등이 파들파들 떨렸다. 쥐어짠다는 표현으로는 모자랄 만큼 오열하는 소리가 들리고, 밤 속으로 가라앉을 듯하던 두 팔이 그녀의 옷소매를 잡았다. 야마토는 하마터면 아, 하고 소리를 지를 뻔했다. 그 남자는 여름 방학 전에 마와타 장을 찾아와, 자기 앞에서 갑자기 울음을 터뜨렸던 청년이었다.

구지라이는 그의 머리에 살며시 손을 올려놓은 채 잠자코 있었다. 표정까지는 알 수 없었다. 다만 감싸듯 머리에 댄 손과 앞으로 약간 굽힌 윗몸이 열심히 떠받치려는 의지를 전하고 있었다.

야마토는 손끝의 피가 갯강구처럼 사방으로 흩어지는 감각을 느꼈다. 손가락 하나하나와 다리와 머리를 끊어내는 것처럼 저릿저릿함이 퍼져간다.

두 사람이 키스를 하고 있었다면 못 본 척하고는 뒤돌아 사라질 수도 있었을 것이다. 그러나 눈앞에 있는 광경을 표현할 말이 없어, 그는 몹시 혼란스러웠다. 그 혼란은 이내 불안으로 옮겨갔다.

지금 눈앞에 지나가는 것은, 자신은 평생 가지려야 가질 수 없는 순간이 아닐까.

야마토는 전신주에서 손을 떼고, 짝짓기 놀이에서 마지막까지 선택받지 못한 아이 같은 기분으로 걷기 시작했다.

목욕을 하고 침대에 누워 있는데, 문밖에서 가는 목소리가 들렸다.

"요스케, 아직 안 자면."

구지라이였다. 그는 천장에 달린 형광등을 올려다본 채로 "네" 하고 대답했다.

"다 같이 나가 날 찾았다면서. 고마워, 그리고 걱정 끼쳐서 미안해."

"나야말로, 이상한 말을 해서 미안합니다. 그런데 화해를 한 것 같아 다행이에요."

순간, 틈을 두고서 그녀가 "무슨 말이지?" 하고 되물었다.

"고하루 씨가 배탈 났을 때, 문병을 왔던 사람이죠? 둘이 같이 있는 거 봤어요."

"무슨 오해가 있는 것 같은데, 나 고야 선배랑 사귀는 거 아니야."

그 말투에 위화감을 느낀 야마토는 미간을 찡그렸다.

그렇게 말하면 그 사람이 불쌍하잖아, 하는 마음과 왠지 따돌림을 당한 기분에 한참이나 아무 말도 하지 않았다.

"잘 모르겠어요."

자기도 모르게 불만스러운 말투가 나오고 말았다.

"나는 그런 거, 잘 모르겠습니다. 좋아하지도 않는데 좋은 척하거나, 사귀는 것도 아닌데 딱 붙어 있는 거."

문 밖에서, 공기가 팽팽해지는 게 느껴졌다.

야마토는 바로 후회했지만, 평소 같으면 바로 튀어나왔을 임기응변이 떠오르지 않아, 재채기가 나오려다 잦아든 때 같은 답답함만 가슴속에 고여 입을 열 수 없었다.

그녀가 문 앞을 떠나는 기척이 느껴져, 야마토는 몸을 크게 뒤척였다. 모든 것이 짜증이 날 정도로 이해되지 않아, 모공에서 혼란이 뿜어 나올 것 같았다.

에마와 하라다 선배의 진짜 관계. 그렇게 친밀함을 보였으면서 고야 선배와 사귀는 게 아니라는 구지라이. 세우 씨와 자기밖에 모르는 와타누키 씨.

야마토는 베개에 얼굴을 처박으면서, 미도리카와 집에 놀러 가고 싶다고 생각했다. 그 사람들만 정상이다. 그리고 홋카이도가 조금 그리워졌다.

울타리도 없고, 집이 드문드문한 주택가. 체인점이 난립한 큰길을 걸어가면, 연어가 바다로 내려가는 강의 다리에 도착한다. 강 건너 침엽수림은 겨울이 되면 광활한 눈의 벌판이 된다. 나무 막대기로 콕콕 찍은 것처럼 나 있는 여우 발자국. 밖은 온몸이 오그라들 정도로 추워도, 집 안에서는 티셔츠만 입고도 지낼 수 있을 만큼 스토브가 훨훨 타오른다. 한 동네에 사는 친구들이나 사촌이 게임을 하러 왔더랬지. 사촌 여동생은 피부가 뽀얀 미소녀였다. 돌이켜보면 자신의 첫사랑은 그 여자아이였다.

지금 야마토가 자신을 지킬 수 있는 길은 그런 기억을 더듬는 것밖에 없었다.

강의실 밖으로 나왔는데, 누군가 불렀다.

"요스케."

같은 학과의 하마다 아오이가 서 있었다. 가지런히 자른 앞머리에 언제나 흑백의 풍성한 옷만 입어, 남자 눈에는 좀 별나 보인다.

"어, 아오이. 웬일이야?"

그녀는 고개를 약간 갸우뚱하고는 미소를 머금었다. 눈이 너무 가늘고 주근깨가 많은 점을 제외하면, 애교가 없는 얼굴도 아니다.

"요스케, 나, 꼭 부탁하고 싶은 게 있는데. 시간 되면 이번 일요일에 나랑 같이 영화 보러 가지 않을래?"

나는 놀라서 "어?" 하고 되묻고 말았다. 이거 혹시, 데이트 신청이라는 걸까.

"영화? 무슨 영화?"

"호러 영화. 나 좀비나 공포영화, 엄청 좋아하거든."

그의 가슴에 암담한 기분이 번졌다.

"……아오이 너, 좀 별나다."

"역시? 내 친구들도 그런 소리 잘하는데. 아오이는 말이나 하는 짓이 평범하지 않다고, 개성이 너무 강하다고. 나는 내가 좋아하는 걸 할 뿐인데. 그런 숙명인 건가."

"그런 숙명이라니, 대체 어떤 숙명?"

야마토가 당황하면서도 그녀의 말에 응하고 있는데, 멧돼지 떼 같은 발소리가 울려왔다.

화들짝 놀라서 돌아보니, 씩씩거리며 뛰어오는 에마가 보였다. 영문을 모르는 채 야마토는 일단 도망쳤다.

하마다도 당황한 듯 뒤쫓아와 숨을 헉헉거리며 물었다.

"왜? 뭔데? 왜 그러는데?"

"아니, 잘 모르겠지만, 일단은 도망치는 편이."

그렇게 말하고 있는데, 한달음에 뛰어온 에마에게 걷어차여 땅에 무릎을 픽 꿇고 말았다. 먹은 게 다 올라올 것처럼 숨을 헐떡거리는 그에게 에마는 버럭 소리를 질렀다.

"야, 뭐야. 주제에 건방을 다 떨고."

"주제라뇨, 에마 선배."

"아, 아무튼 됐어. 조금 전에 건물 뒤에서 피어스 잃어버렸는데, 미안하지만 같이 찾으러 가자."

야마토는 "뭐요?" 하고 어이없음을 그대로 드러내며 되물었다.

"저, 요스케. 나, 먼저 갈게."

표정이 굳은 하마다가 그렇게 말하고는 붙잡을 새도 없이 사라져버렸다.

"아아."

"아아가 뭡니까."

에마가 웃으면서 손을 내밀어 야마토를 일으켜주었다. 야마토는 바지에 묻은 흙을 털면서 말했다.

"이제 찾으러 가죠."

에마는 태연하게 "뭘?" 하고 말했다.

"네? 피어스 잃어버렸다면서요."

"아, 그거 거짓말. 요스케가 이상한 여자랑 걸어가고 있어서, 훼방 놓으려고."

"헉!"

무던한 야마토도 기가 막혀 소리를 지르고 말았다. 에마는 그 비난에서 도망치듯, 건물 뒤로 똑바로 뛰어갔다.

어슴푸레한 어둠 속에, 낙엽과 쓰레기를 나르는 나무 손수레가 덩그러니 놓여 있었다. 흙이 잔뜩 묻었고, 군데군데 흠집이 나 있다.

그녀가 그 손수레에 올라탔다. 야마토가 멀거니 서 있자 "밀어" 하고 재촉하는 소리가 들렸다. 일부러 그러는 건지, 정말인지 알고 싶은 충동이 일어, 그녀가 하라는 대로 두 손을 내밀었다.

조심조심 손수레를 밀자 바퀴의 위력에 짓눌린 낙엽이 부서져 바람에 날아오른다. 에마가 소리를 질렀다.

건물 저 너머에 밝은 하늘이 펼쳐져 있다. 황금색 빛과 그림자가 단숨에 밀려온다. 낡은 손수레의 마디마디가 삐걱거린다. 이 사람은 정말 나이만 먹었지 아이네, 하고 생각하자 모든 비난이 사라지고 다른 감정이 솟아났다.

"에마 선배는 왜 나에게 마음을 쓰는 거죠?"

"네가 마음에 들어서."

조금도 거리낌이 없는, 올곧은 말투였다.

"하지만, 하라다 선배를 좋아하잖아요."

"하라다 선배와 넌, 관계없어."

이 사람은, 하고 야마토는 생각했다. 아주 당연하다는 듯 거짓말을 한다. 게다가 그렇다는 걸 본인은 자각하지 못한다.

야마토가 걸음을 멈추자, 에마도 쓱 웃음을 거뒀다.

마냥 입을 다물고 있자, 그녀가 아무 일도 없었던 것처럼 물었다.

"이제 끝난 거야?"

야마토는 눈을 커다랗게 뜬 저 표정도 이제 많이 익숙해졌군, 하고 마음속으로 중얼거리면서 그만 가자고 했다.

대꾸가 없는 에마의 눈에서 굵은 눈물이 뚝뚝 떨어져, 당황해서 말이 나오지 않았다. 그녀는 몇 번이나 어깨를 들썩거리며 숨을 들이쉬고는, 좋아하는 음식을 먹었다가 억지로 토해내는 소녀처럼 오래 주저하다가 입을 열었다.

"나, 지금도 하라다 선배랑 사귀고 있어."

이제야 이해가 갔다. 동시에 더 심한 혼란이 야마토의 소박한 머릿속으로 쏟아졌다.

에마가 아무 말도 못하는 그를 똑바로 쳐다보며 말했다.

"요스케, 나랑 떠나자."

마지막 전철 시간이 다가와 에코다 역까지 에마를 바래다 준 야마토는 인기척 하나 없는 주택가 길을 걸어 돌아왔다.

마와타 장 앞까지 왔는데, 식당에서 불빛이 새어나오고 있었다. 다른 창문은 전부 캄캄하고, 사람의 기척도 없다. 옷걸이가 달랑달랑 바람에 흔들리고 있다.

"다녀왔습니다."

스니커즈를 벗고 복도에 발을 내딛자, 끼이익 하고 소스라칠 만큼 크게 널마루가 울렸다.

야마토가 식당에 들어갔을 때, 와타누키 씨가 평상복 차림에 목에 수건을 걸친 모습으로 노트북을 열고 있었다. 눈썹이 가는 옆얼굴이, 평소보다 조금 하얗다.

"어서 와. 요즘 늦게 들어오네."

와타누키 씨는 수건 끝을 잡고 볼에 묻은 물방울을 닦아냈다.

"저."

야마토가 슬며시 말을 꺼냈다.

"응?"

"아니요, 아무것도 아닙니다. 우는 줄 알고, 그만."

그녀는 설마, 하고 웃고는 의자에서 일어났다.

"배는 안 고파?"

"아, 사실은 조금 고파요. 맥주 마셨더니 배가 더부룩해서 나중에는 거의 안 먹었거든요."

와타누키 씨는 그 사정을 헤아린 듯 재빨리 냉장고를 열어 명란과 찬밥을 꺼낸 다음 물을 끓이기 시작했다. 깨와 김을 뿌린 명란 오차즈케(녹차에 밥을 말아 먹는 일본 음식-옮긴이)는 짭짤한 소금 맛이 살아 있고 무척 맛있었다.

야마토가 오차즈케를 후루룩후루룩 먹고 있는 동안, 그녀는 놀랄 만큼의 속도로 키보드를 쳤다. 그 옆얼굴이 넋이 빠질 만큼 진지했다.

"이 정도면 되겠지."

그녀가 겨우 손을 멈추자, 야마토는 잘 먹었다고 하고서 물었다.

"일인가요?"

"응. 내일이 마감인데 마무리를 못 지었거든. 밤새는 건 싫어서, 보통 잘 안하지만."

"그렇군요. 그런데 자기 방에서는 안 쓰나요?"

"오늘은 세우 씨가 아침부터 계속 그림을 그리는 것 같아서. 옆방인데 타닥타닥 소리가 들리잖아. 오래된 집이라."

그녀가 유독 흐뭇한 표정으로 말했다. 그 웃는 얼굴에, 어째서인지 에마의 우는 얼굴이 겹쳐진다.

하숙집에 '사랑하는 사람과 떠납니다, 찾지 마세요' 하는 메모를 남겨놓고 내일 오전 10시에 도쿄역 은방울 광장에서 만나자.

하라다 선배는 이제 상관없어. 나는 요스케랑 같이 가고 싶어.

"참, 너 아까, 왜 내가 운다고 생각했어?"

와타누키 씨의 질문에 그는 슬쩍 콧잔등을 긁적거리고는 대답했다.

"요즘에 여자들이 내 앞에서 잘 우는 것 같아서요. 왜 그러는 건지, 내 분위기가 안심을 주는 걸까요?"

그녀는 오른손으로 노트북을 덮고는, 바로 고개를 까딱거렸다.

야마토의 표정이 굳자 와타누키 씨는 이상하다는 듯이 "왜?" 하고 웃으면서 물었다.

"……치즈루 씨, 혹시 나를 바보 취급 하는 건가요?"

그녀는 노트북 코드를 정리하다 말고, 놀랐다는 듯이 되물었다.

"그런 자의식이 다 있었어?"

야마토는 아무 대꾸도 할 수 없었다.

이제야 지금까지 만난 사람들이 자신을 어떻게 봤는지 깨달은 기분이었다.

"치즈루 씨."

"응?"

"슈뢰딩거의 고양이 얘기, 들어본 적 있어요?"

"아, 그 관측하기 전까지 알 수 없다는 건 이상하다는 얘기 말이지?"

"네?"

야마토가 한쪽 눈썹을 치켜 올리면서 되물었다.

"관측할 때까지 상자 속 고양이가 삶과 죽음 양 상태에 있다는 건 이상하다, 그런 내용일 텐데. 그런데 그게 뭐?"

"……나, 내일 아침 안 먹을 거예요. 좀 늦잠을 자고 싶어서요."

"알았어."

의자에서 일어서자, 배만 약간 부를 뿐 온몸이 납덩어리를 매달고 있는 것처럼 무거웠다.

야마토는 내일 떠날 준비를 하려고 2층으로 계단을 올라갔다.

멍하니 창밖을 내다보던 에마가 갑자기 한 손을 들고 판매원을 불러 세웠다.

"닭고기 솥밥이랑 맥주 주세요."

"나도 솥밥이랑 맥주."

여자 판매원이 미안하다는 듯이 "솥밥은 한 개밖에 안 남았어요" 하고 대답했다. 야마토는 이내 "그럼 커틀릿 샌드위치 주세요" 하고 양보했다.

에마는 꿀꺽꿀꺽 맥주를 마시고 솥밥 뚜껑을 열었다. 닭

고기와 메추리알과 채소가 섞인 솥밥을 보면서 야마토는 커틀릿 샌드위치를 우물거렸다. 두툼한 커틀릿은 적당히 눅눅하고, 혀가 찌릿해지는 머스터드향도 좋았으며, 의외로 맛도 있었다.

"요스케. 이거, 너 먹어."

에마가 먹기 시작한 솥밥을 쑥 내밀어, 야마토는 괜찮다고 하면서 고개를 저었다.

"쳇, 생각보다 맛이 없네. 알았어. 그냥 내가 먹을게."

토라진 것처럼 캔 맥주를 마시는 표정이 유독 귀여웠다. 그러나 차림새는 완전한 어른이다. 캔 맥주를 쥔 손은 커다랗고, 손가락은 길다. 검은 니트 원피스 밖으로 튀어나온 다리를 아무렇게나 꼬고 있다. 금방이라도 떨어질 듯한 꽃잎처럼, 도톰하고 붉은 입술.

그녀와 도쿄를 떠나 밤낮을 함께 지낸다는 스토리에 대해서도, 야마토는 이미 평소에는 잘하는 착각조차 발휘할 수 없었다.

"그런데 왜 하필 오이타 현입니까. 보통, 사랑하는 사람들은 도망칠 땐 북쪽으로 가잖아요."

문득 생각이 나서 묻자, 에마는 당연한 것을 묻는다는 듯이 대답했다.

"북쪽은 추워서 싫어. 그리고 지옥이라는 말의 뉘앙스가 왠지 옥신각신 끝에 겨우 여기까지 왔다는 분위기가 짙어

좋잖아."

야마토가 9시 55분에 만나기로 한 장소에 도착하자, 에마는 벌써 신칸센 승차권 두 장을 손에 쥐고 기다리고 있었다. 그리고 불쑥 "벳부 지옥 순례하러 갈 거야" 하고 선언했다. 서일본 관광지에 대해 지식이 없는 야마토는 지옥이라는 말이 무슨 저주처럼 들려, 오이타 현에 있는 온천지라는 걸 가르쳐주지 않았더라면 바로 도망칠 참이었다.

"묵을 곳은, 어떻게 할까?"

에마의 질문에 야마토는 일부러 아무 생각 없는 것처럼 "아아" 하고 무심하게 대답했다.

"현지에서 당일 예약도 가능한가요."

"성수기도 아닌데, 까다롭게 고르지 않으면 어떻게든 될 거야. 둘이니까 여차하면 러브호텔에 가도 되고."

그녀가 너무도 쉽게 말해서, 야마토는 반사적으로 호오, 하고 잘 알겠다는 표정으로 고개를 끄덕이고 말았다.

파란 하늘과 드넓은 전원이 이어지는 풍경이 눈에 띄기 시작하자, 에마는 "여행, 정말 오랜만이네" 하고 흥분한 목소리로 말했다.

"나는 도쿄에 온 후로 처음입니다" 하고 대꾸하면서 야마토는 가방에서 카드를 꺼냈다. 에마는 손뼉을 치면서 "너 초등학생이네" 하고 폭소를 터뜨렸지만 블랙잭을 시작하자, 의외로 진지하게 승부에 집중했다.

번갈아 이기고 지고를 반복하다 보니, 금방 나고야에 도착했다. 야마토가 놀라서 "나고야가 의외로 가까운 곳이군요" 하자 에마가 장난기 가득한 나고야 억양으로 "그런갑네" 하고 대답한 탓에 나고야에서 탄 손님이 인상을 찡그렸다.

"에마 선배는, 계속 도쿄에 살았나요?"

"그 질문 벌써 몇 번째야."

"그럼 집에서 다니는데, 외박 같은 거 해도 괜찮아요?"

에마는 말을 고르듯 잠시 침묵하고는 대답했다.

"딱히. 고등학교 때부터 일주일 정도 집에 안 들어가는 건 보통이었으니까."

"그럼, 하라다 선배와 사귀는 것도 모르겠네요."

"요스케는 자기 부모에게 오늘은 어떻게 흥분했다고, 그런 거 일일이 보고해?"

"할 리 없잖아요."

"마찬가지지. 친구에게도 못하는 말을 부모님한테 어떻게 하겠어."

"에마 선배가 친구랑 있는 건 별로 본 적이 없는데요."

그렇게 말해놓고서야 아차 싶어, 입을 다물었다.

에마는 어이없다는 듯이 피식 웃고는 "요스케는 간혹 엄하다니까" 하고 말했다.

신칸센이 하카타에 도착하자, 긴 여로의 여운에 잠길 새도 없이 쾌속전철로 갈아탔다.

계단을 뛰어 내려갈 때, 딱 한 번 휴대전화가 울렸다. 갈아타기 전에 열어보니, 구지라이의 이름이 떠 있었다. 야마토는 청바지 뒷주머니에 휴대전화를 밀어 넣고 좌석으로 걸어갔다.

각 자리의 등받이에 미키 마우스의 귀 같은 것이 붙어 있었다. 에마는 "뭐야 이거" 하고 잠시 흥미로워하더니 바로 잠들고 말았다. 그 잠든 얼굴 너머로 낯선 고장의 풍경이 펼쳐졌다. 희미한 금빛으로 물들어가는 산들과 해가 기울기 시작한 하늘. 모든 것이 가깝고도 멀었다.

벳부 역이 다가오자 야마토는 비서라도 되는 것처럼 에마를 흔들어 깨웠다. 에마는 짙은 속눈썹을 깜박거리다 백 년의 잠에서 막 깨어난 것처럼 멍한 눈길로 밖을 쳐다보았다. 내려요, 하면서 야마토는 둘의 짐을 들고 일어섰다.

에마 손을 잡고 플랫폼에 내려서는 순간, 전혀 다른 인생에 뛰어든 듯한 기분이 들었다.

그러나, 그 직후.

"윽, 추워."

에마가 소리를 지르면서 손을 뿌리쳐, 착각이 지워졌다.

"뭐야, 도쿄보다 춥잖아. 셔츠랑 재킷밖에 안 가져왔는데."

"예상했던 것보다 확실히 시원하기는 하네요."

그 침착한 말투에 그녀는 눈살을 찌푸렸지만, 뭐라 말은 하지 않았다. 그가 홋카이도 출신이라는 걸 떠올린 모양이었다.

"어쩌지. 할 수 없지 뭐. 좀 추워야 온천에 들어가는 기분도 날 테고."

"네? 그래서 어디서 묵는데요?"

"너는 저 김이 보이지 않니?"

에마는 먼 산에서 뭉글뭉글 피어오르는 대량의 김을 가리켰다. 게다가 한두 군데가 아니라 여기저기에서 온천물이 샘솟고 있는 듯했다.

역 앞에 있는 관광 안내소에 갔다가, 역에서 가깝고 가격도 설비도 그런대로 괜찮은 호텔을 발견했다. 호텔 프런트에서 체크인을 마치고 짐을 옮겨주는 직원과 함께 엘리베이터를 탔다.

안내받은 401호실은 널찍한 창문이 있는 양실이었다. 싱글 베드 두 개가 나란히 있고, 화장대 하나, 그리고 창가에 테이블 세트가 놓여 있다.

직원이 정중하게 인사하고 나가자, 에마와 야마토는 각자의 침대에 벌러덩 누웠다. 몇 시간이나 신발 속에서 구겨져 있던 발가락을 쭉 폈다. 탁상시계의 초바늘 소리가 크게 울렸다. 레이스 커튼 너머는 어둠으로 물들어 있다.

"요스케, 좀 쉬었다가 밖에 나가볼까."

말을 꺼내기 직전의 숨소리까지 또렷하게 들린다. 등골에 또 긴장감이 내달렸다.

"그러죠, 뭐. 온천이라도 찾아볼까요?"

에마는 "그래" 하고는 윗몸을 일으켰다.

그러고는 보스턴백을 들고서 욕실 문을 열고 들어가 바로 닫았다. 하지만 문을 잠그지는 않았다. 야마토는 잠깐 그 문을 보았다가, 자신도 나갈 준비를 하려고 일어났다.

어두컴컴한 탈의실에서 나오자, 지하 창고처럼 한층 더 캄캄한 욕탕이 있었다.

야마토는 한 손으로 수건을 누른 채, 밤바다처럼 새까만 물에 발을 밀어 넣었다. 미끄덩한 감촉이 휘감아, 얼른 발을 들어올렸다.

야마토는 어떻게 해야 할지 몰라, 그 자리에 멀거니 서 있었다. 머드탕에 들어가고 싶다고 한 쪽은 에마였다.

"물에 진흙이 섞여 있어서 걸쭉하대. 피부가 엄청 고와진 다던데."

그래서 안이하게 찬성하고는 산속 온천장까지 온 걸 후회하면서 야마토는 마음먹고 물에 들어갔다. 단숨에 어깨까지 잠기자, 미지의 감촉에 앞이 어질어질했다.

물은 겨우 떨지 않아도 될 정도의 온도였다. 해초처럼 둥 둥 떠 있는 진흙과 추적물이 거치적거리고, 몇 백 마리의 연체동물이 포옹하는 듯한 감촉에 몸을 바짝 오므려 그것들이 몸 안으로 들어오는 것을 저지한다.

마음은 나가고 싶은데, 물이 미지근해서 몸이 아직 써늘한 탓에 밖에 나가면 더 추워진다. 야마토는 누군가 자기를 덮치는 악몽을 꾸듯 가위에 눌린 기분이었다. 그래서 슬금슬금 이동해, 노천탕으로 향했다.

지하 창고 같은 욕탕에서 나오자 불쑥 환한 달빛 속이었다. 달이 노천탕과 중정을 비추고 있었다. 검은 물에서 피어오른 김이 살랑거리는 바람을 타고 흘러간다.

지금쯤 마와타 장 사람들은 저녁을 먹고 있을까, 하고 생각할 때 물이 흔들리면서 여탕 쪽에서 사람의 실루엣이 나타났다. 야마토는 얼른 어깨까지 물에 푹 잠겼다.

하얀 수건을 머리에 얹은 에마가 물에서 어깨를 약간 내밀고 달을 올려다보았다. 그 옆얼굴에서 늘 대범하고 정신없게 행동하는 것과는 전혀 다른, 왠지 모를 서글픔이 감돌았다. 하얗고 육감적인 목덜미와 어깨를 뽀얀 김이 뒤덮고 있었다.

말을 걸어볼까 했지만 왠지 부자연스럽다 싶어, 결국 잠자코 있었다. 그녀는 지금 보나 마나 하라다 선배를 생각하고 있겠지, 하는 생각이 들었다.

야마토는 이대로 반영구적으로 선잠을 자듯 몽롱하게 있고 싶은 유혹을 뿌리치고, 안쪽에 있는 머드탕으로 다시 돌아갔다.

따스한 어둠에 싸여 '내가 지금 왜 여기 있는 것일까' 하고 느꼈다.

"와, 맛있다."

오징어 회를 먹은 에마가 정말 놀랍다는 듯이 말했다.

야마토도 간장에 살짝 찍어 입에 넣어보았다.

"와, 진짜. 다네요."

"홋카이도 오징어하고 어느 쪽이 더 맛있어?"

에마가 장난치듯 물었다. 두 볼이 발그레한 것은 온천욕을 해서 몸이 따끈해진 탓도 있을 테고, 얼음만 넣어달라고 주문한 고구마 소주 탓도 있을 것이다.

"고구마 소주도 맛있는데요. 처음 마셔봅니다."

"호오. 너, 술 제법 잘 마시는데 의외다."

투명한 잔을 기울일 때마다 고구마 향이 둥실 피어오른다. 알코올은 분명한데, 자연의 풍성하고 달콤한 향이다.

아담한 선술집 안은 우리 외에도 학생들로 북적거렸다.

복어 튀김을 가져온 여종업원에게 "젊은 사람들이 많네요" 하고 말을 걸자 "근처에 대학교가 있어서요" 하는 대답이 돌아왔다.

"요스케, 너 지금 그 언니가 예뻐서 일부러 물은 거지?"

그녀가 테이블을 떠나자, 에마가 대뜸 물었다.

"그, 그런 거 아닙니다."

그렇게 부정했지만, 솔직히 기가 세 보이는 눈과 갈색으로 염색했는데도 윤기가 흐르는 머릿결에는 마음을 빼앗겼다.

"요스케는 어떤 타입의 여자를 좋아해?"

에마가 복어 튀김에 레몬을 짜 주르륵 뿌리면서 물었다. 오른손으로만 꾹 눌러 짜는 게 사뭇 그녀답다.

"고등학교 다닐 때 좋아했던 아이는 성격이 좀 강했어요. 불량까지는 아니었지만, 지방 학교에 흔히 있는 좀 화려하면서 귀여운 타입."

"청순한 타입을 좋아할 것처럼 보였는데, 역시 사람은 겉만 봐서는 모르는 거네."

"아, 하지만 그런 스타일도 좋아요. 지금 사는 하숙집, 마와타 장이라고 하는데, 거기에 놀러 오는 여고생이 진짜 천연 공기청정기 같아요."

"호오. 하숙집, 재미있겠는데. 또 어떤 사람들이 살지?"

"구지라이 고하루라고 체구는 좀 크지만 성격이 좋은 여대생과, 무뚝뚝하기는 해도 사람들을 잘 챙기는 쓰바키 씨. 그리고 진짜 수수께끼에 싸인 주인 여자."

그런 얘기를 하고 있자니, 가슴속에 따끈한 것이 점차 퍼져갔다. 마치 가족을 소개하고 있는 듯한 기분이었다.

"지금 서른 살이 좀 넘었나, 그 정도인데 하숙집에 같이 사는 남자를 내연의 남편이라고 해요."

에마는 호오, 하고는 한쪽 눈을 번쩍 떴다. 어째 상당히 관심이 가는 모양이다.

"양쪽 다 결혼을 한 것도 아니고, 한 지붕 아래 사는데 어떤 관계인지 도통 모르겠어요."

거기까지 말해놓고서, 야마토는 입을 다물었다.

에마는 아무 말 없이 젓가락 봉지를 접고 있었다.

"요스케. 너, 나랑 하라다 선배, 어떻게 생각해?"

그녀가 눈을 약간 치켜뜨고 그를 보면서 물었다.

"솔직히, 이상합니다. 하라다 선배는 결혼했잖아요. 그런데 에마 선배와 아직도 사귄다는 게."

"하라다 선배가 결혼한다고 했을 때, 나 무지하게 비난했어. 어떻게 그럴 수가 있느냐고. 그런데 그가 뭐라고 했는지 알아?"

야마토는 "나야 모르죠" 하고 대답했다.

"애당초 우리, 사귄 게 아니잖아. 내가 사귀자고 한 적도 없고. 그렇게 말하더라고."

"와, 정말 너무하네요."

만사에 무던한 야마토도 화를 내며 말했다.

"너무하지. 그런데 가장 분한 건, 나만 그걸 몰랐다는 거야. 그 사람이 전부 선수 쳤어. 그래서 지금도 난 그를 이길 방법을 찾으려고, 이런……."

그녀가 말을 하다 말았다.

그런 거구나, 하고 야마토는 생각했다. 이 여행은 하라다 선배에 대한 앙갚음이었다. 이제야 그렇게 이해되자, 화조차 나지 않았다. 처음부터 자신은 같이 가자고 해서 왔을 뿐이니, 화를 낼 이유도 없다.

"그런데 에마 선배가 이겨서 뭐 득 되는 게 있나요?"

순수한 의문을 던지자, 에마는 삼등분해서 접은 젓가락 봉투를 다시 반으로 접고 위를 꾹 눌렀다.

"자, 젓가락 받침, 완성."

그러고는 야마토에게 내밀었다.

기분은 아직 껄끄러운데, 그는 젓가락 받침을 받아 사용하던 젓가락 끝을 올려놓았다.

"아, 이거 좋은데요. 정말, 젓가락 받침입니다."

그렇게 칭찬하자, 그녀는 "그치" 하고는 웃었다.

막 끝난 여름의 바람 같은 웃음에 괜스레 흔들리려는 마음을, 야마토는 무심결에 꽉 잡았다.

호텔로 돌아가는 길에 에마가 편의점에서 맥주와 아이스크림을 살 때, 구지라이한테서 문자가 왔다.

야마토는 슬며시 편의점 밖으로 나갔다.

캄캄한 산 쪽에서는 여전히 대량의 김이 달빛을 향해 어두운 밤으로 뭉글뭉글 피어오르고 있었다.

자동문 옆에 있는 자판기 앞에서 화면을 다시 켰다.

'모두 걱정하고 있어. 시간 되면 연락 한 번 줘.'

그게 끝인가 했는데, 또 문자가 들어왔다.

보낸 사람은 역시 구지라이였다.

'……같이 떠난 사람, 혹시…… 전에 말한 그 여자 선배?'

"요스케, 누군데?"

언제 왔는지, 등 뒤에 에마가 서 있었다.

"같은 하숙집에 사는 여자예요. 걱정하고 있으니까, 연락해달라고."

"아. 걔, 널 좋아하는구나."

너무도 단정적으로 말해, 야마토는 웃어넘길 수조차 없었다.

"설마요. 고하루 씨는 남친 비슷한 사람이 있는데. 얼마전에도 공원에서 그가 몸을 기대고 울던데."

"허, 그거야. 그 남자는 푹 빠져 있는데, 구지라인가 뭔가하는 아이는 요스케를 좋아하니까, 그래서 운 거겠지. 흠, 요스케, 의외로 인기가 있네."

"어휴, 에마 선배. 말도 안 되는 소리 좀 하지 마세요. 그렇게 좋으면, 걱정돼서 문자 정도……."

"바로 그거야."

"네?"

"여자는 입으로 하는 말보다, 공백 쪽에 100만 배 더 큰의미를 담는다고."

야마토는 에마의 얼굴을 보았다. 전화기 화면에 비친 눈동자가 물을 머금은 것처럼 빛났다.

"내가 들게요."

그렇게 말하고 야마토는 빵빵한 편의점 봉지를 낚아채듯 들었다.

그녀는 순순히 "고마워" 하고는 옆에서 나란히 걷기 시작했다. 같은 높이에서 흔들리는 어깨. 길게 늘어진 그림자도 거의 비슷한 길이였다.

호텔 프런트에서 열쇠를 받아들고, 둘이 별말 없이 엘리베이터를 탔다. 저녁에 도착했을 때와는 좀 다른 긴장감이 밀려오는 것을 느끼면서 야마토는 빛이 옮겨가는 숫자를 올려다보았다.

문을 열자, 실내의 어둠에 심장이 쿵쿵 뛰었다.

에마가 불을 켜고는 침대에 쓱 걸터앉았다.

"내일, 어떻게 할까?"

그리고 올려다보는 얼굴에 약간 피로한 기색이 어려 있었다. 평소보다 안색이 창백해 보인다.

"에마 선배. 피곤한 것 같은데, 일단은 잠을 자는 게 좋지 않겠어요. 아침 식사는 8시라고 하니까, 7시 반쯤에 일어나서."

"너, 꼭 선생님 같다."

어렴풋 달콤함을 품은 목소리에 그는 잠시 망설이다가 "교원 자격증을 따는 게 좋을까요" 하고 일부러 장난스럽게 말했다.

"맥주, 줄래?"

오른손을 내밀며 재촉해. 야마토는 어이없어 하면서 침대로 다가가 편의점 봉투에서 맥주를 꺼냈다. 그 순간, 에마가 손목을 세게 잡아당겨 맥주 캔이 머리맡으로 굴렀다.

상상했던 것보다 훨씬 부드러워 밑으로 푹 꺼질 것 같은 몸이, 거기 있었다.

야마토는 두 손으로 살며시 에마의 머리를 감싸 쥐었다. 만지고 있다는 실감이 안 들 정도로 머릿결이 매끄러웠다. 숨을 깊이 쉬느라 오르내리는 가슴이 느껴진다.

"요스케. 나, 술 냄새 나지 않니?"

에마가 작은 소리로 물었다. 야마토는 슬쩍 숨을 들이쉬어보았다. 평소 풍기는 향에 따끈해진 피부의 기척이 섞여, 갓난아기 같은 냄새가 난다고 생각했다.

"전혀, 아닌데요."

"존댓말 그만해."

"네, 응."

말이 끊기자, 그대로 키스를 했다.

입을 딱 다물고 살살, 숨을 흘리지 않게 조심하면서.

살금살금 눈을 뜨자, 그녀가 눈을 깜박거렸다. 하얀 침대 커버 위로 음영이 짙은 에마의 얼굴이 애잔하도록 부각되어, 하라다 선배는 이런 얼굴을 몇 번이나 보았겠지 하고 생각했더니 처음 담배를 피웠을 때 목구멍이 조여드는 것처럼 아팠던 기억이 떠올라, 야마토는 그다음을 확인하려 했다.

그때 바닥에 놓은 가방에서 휴대전화가 진동했다.

에마는 잠깐 그의 눈치를 살피고서, 몸을 일으키고 침대에서 내려왔다. 카펫에 철퍼덕 앉은 그녀가 한참이나 말없이 휴대전화를 쳐다보았다.

야마토는 넓어진 침대 위에서 그 소리를 듣고 있었다. 한 번 끊겼다가 다시 울리기 시작했을 때, 결국은 참다못해 말했다.

"에마 선배, 받아도 괜찮아요."

"미안해."

그 말을 기다렸다는 듯이 그녀가 욕실로 획 사라졌다.

야마토는 머리맡으로 손을 뻗어 에마 손에서 미끄러 떨어진 맥주 캔을 집었다. 시원하지도 않고, 그래서 그런지 탄산마저 날아간 것처럼 느끼면서, 순식간에 500밀리리터를 들이켜고 말았다.

평소와는 다르게 빨리 취한 머리로, 지금 당장 욕실로 뛰어 들어가 전화한 상대에게 '그녀를 원하면 와서 빼앗아가든지, 아니면 내 거야' 하고 서부 영화의 주인공 같은 대사를 외치는 장면을 상상했지만, 정말 데리러 온 순간 여주인 공이 치맛자락을 잡고서 뛰어간다면, 순식간에 주인공이 역전되고 말 것이다.

마침내 문 안에서 울면서 푸념하는 목소리가 흘러나오자, 그는 침대에서 일어났다. 와타누키 씨가 예전에 했던, "어린 시절에는 키우는 개에게"라는 말이 상기되었다.

야마토는 복도로 나와 구지라이에게 전화를 걸었다.

두 번째 벨이 울리는 도중에, 목소리가 들렸다.

"요스케, 지금 어디?"

"고하루 씨, 죄송해요. 걱정 끼쳐서."

얇은 카펫이 깔린 호텔 복도에 그의 목소리만 울렸다.

"지금, 오이타 현의 지옥에 있는데요. 아, 지옥이 뭔지 알아요?"

"왜 그러는데, 좀 취했어?"

"고하루 씨."

그녀는 "응?" 하고 낮은 목소리로 되물었다.

나를, 하고 말을 꺼냈다가 지금 이 순간, 자신이 정말 저질스러운 짓을 하려 한다는 것을 깨달았다. 그는 눈을 꾹 감고 심호흡을 한 후에, 다시 말했다.

"고하루 씨. 나, 내일 돌아갈게요."

"정말? 다행이다, 치즈루 씨에게 그렇게 전할게."

"부탁할게요. 그리고, 사랑하는 사람과 떠난다는 말은 농담이었어요. 죄송합니다, 대학 선배가 같이 가자고 꼬드겨서."

"에이, 뭐야. 그런 거였어? 다들 진짜인 줄 알고 얼마나 법석을 떨었는데. 쓰바키 씨는 꽃병을 떨어뜨릴 만큼 놀랐다고."

야마토는 히죽 웃었다. 자신을 완전히 어린애 취급하는 쓰바키라면 그럴 수도 있다.

"치즈루 씨도 세우 씨를 깨워서, 같이 찾아보자고 하고."

"치즈루 씨가 세우 씨를?"

구지라이도 재미있다는 듯이 웃으면서 "응" 하고 대답했다.

"그렇게 법석을 떨었는데, 정작 전화를 건 사람은 고하루 씨뿐이었잖아요."

"세우 씨가 전화해보라고 시켰어. 그 소년에게는 소년 나름의 세계가 있을 테니까, 어른이 개입하는 건 좀 기다리라면서. 그래서 내가 대표로 전화한 거지."

세우 씨, 혹시 아직도 내 이름을 기억하지 못하는 게 아닐까.

"그런데, 왜 갑자기 오이타 현에 간 거야?"

야마토는 복도 창문에 이마를 댔다.

왜냐는 질문을 듣고서야 겨우 생각이 미쳤다.

달빛이 내리는 온천에서 품은 의문의 답에.

"돌아가서, 설명할게요."

그는 그렇게만 말했다.

구지라이도 "그래" 하고만 대꾸했다.

휴대전화기를 접고, 다시 401호실 앞에 선 그는 손잡이를 잡았다가 얼어붙고 말았다. 닫힌 문이, 안에서 잠겨 있었던 것이다.

건널목 앞에 서자, 상점가는 여느 때와 똑같은 저녁 어둠
에 싸여 있었다.

야마토는 지난봄에 도쿄에 왔던 오후를 떠올리면서, 오
른손바닥에 짐의 무게를 느끼고 있었다. 가방 안에는 소주
와 고추유자가루와 과자가 들어 있다.

줄줄이 늘어선 가게에서 장아찌와 된장, 간장 냄새가 풍
겼다. 그 냄새가 점점 진해졌다가 주택가로 향하는 도중에
희미해졌다.

좁은 길에 덩그러니 서 있는, 툭하면 장기 휴가를 쓰는
레스토랑에는 오늘도 휴업이라는 종이가 붙어 있고, 그걸
보는 순간 '아, 돌아왔구나' 하는 실감이 들었다.

마와타 장의 대문을 열자, 그를 맞아주듯 잔디가 살랑거
렸다.

그가 현관문을 열고 "다녀왔습니다" 하고 외치자, 2층에
서 쓰바키가 뛰어 내려왔다. 딱 붙는 청바지와 줄무늬 와이
셔츠에 검은 카디건. 눈에 익은 옷차림과 눈에 익은 화장기
없는 얼굴을 찡그리고는 슬쩍 빈정거렸다.

"참 내. 너 의외로 대담한 구석이 있다."

설교 투가 아니라, 정말 안심했다는 투다.

야마토는 머리를 푹 숙이고 "죄송합니다" 하고 사과했다.

얼굴을 들자, 어느 틈에 구지라이도 그 옆에 서 있었다.

"요스케."

그렇게 이름을 부른 순간의, 모든 것을 감싸 안을 듯 웃는 얼굴을 보고서, 왜 지금까지 눈치채지 못했을까, 하고 어리둥절해졌다.

지금은 '널 좋아하는구나' 했던 에마의 말이 확실한 고동과 함께 울린다.

"걱정 끼쳐서, 정말 죄송합니다."

"괜찮아. 이유가 뭐가 되었든, 이렇게 돌아왔으니까."

야마토는 아주 잠깐 말이 막힐 것 같았지만, 바로 평소의 둔감함을 가장하고는 말했다.

"다녀왔습니다."

구지라이는 긴 치마의 양 끝을 꼭 쥐고 웃으면서 "어서 와"하고는 고개를 끄덕거렸다.

저녁식사가 끝나자, 와타누키 씨는 할 일이 있다면서 자기 방으로 돌아갔다. 의자에서 일어나려는 구지라이를 제지하면서 쓰바키가 말했다.

"나도 나가서 한잔하고 올게."

배려라고 느껴지지 않을 만큼 무덤덤한 말투였다.

그렇게 식당에는 구지라이와 야마토만 남았다.

활짝 열린 창문으로 시원한 바람이 불어들어, 물고기 무늬 포렴이 흔들렸다.

"요스케가 사 온 과자, 먹어봐도 될까. 지금 차 끓이려고
하는데."

왠지 약간 초조한 기색인 구지라이는 오직 시선을 피하기
위해 일어나 부엌으로 갔다.

"요스케, 오늘 신칸센 타기 전에 뭐 했어?"

그녀는 머그잔 두 개를 수납장에서 꺼내면서 물었다.

"지옥 순례하고, 그다음에는 선물 사서 돌아왔어요."

"지옥 순례는 뭘 하는 건데?"

"간헐천을 돌아봤어요. 무슨 성분 때문에 물색이 각각 달
라서, 사진으로 보는 오키나와 바다처럼 코발트블루인 곳도
있고, 새빨간 곳도 있고. 아, 하마와 악어가 노는 노천탕도
있더라고요."

구지라이는 "신기하네" 하고 웃었다.

"저, 그리고."

"응?"

"무례한 말을 하고 사라져서 미안합니다. 저, 그 잘 우는
남자분과."

"고야 선배, 말하는 거야?"

"네. 다양한 인간관계가 있는데, 그런 건 사정을 모르면서
왈가왈부할 수 있는 게 아니라는 걸 깨달았어요."

구지라이는 놀란 듯이 작은 눈을 반짝 뜨고는, 갑자기 심

각한 말투로 물었다.

"요스케는, 왜 지옥에 갔어?"

스스로도 지금껏 미루고 있던 질문에, 야마토는 두 손바닥으로 시선을 떨궜다.

이 손이 아주 잠깐이라도 에마를 껴안았다는 것. 어린 시절에 꾼 꿈처럼, 흐릿하고도 먼 감각이 되살아났다. 호텔 복도에서 5분이고 10분이고 계속 문을 두드리고서야 겨우 알아차린 에마가 문을 열어주었다.

너무 지쳐서 침대에 드러누운 야마토에게, 그녀는 울어서 뻘겋게 충혈되고 퉁퉁 부은 눈을 한 채 미안하다고 말했다. 간접 조명 속에서 보는 얼굴이, 피로감이 역력하고 창백했지만, 그런데도 역시 아름다웠다.

뭐라 말을 더 하려는 에마를 가로막으면서 그는 "이제 됐어요" 하고 말했다.

"에마 선배가 하라다 선배를 이길 수 있는 건, 이제 하라다 선배를 이기지 않아도 된다고 여길 때라고 생각합니다. 아니, 그때가 아니면 없을 거예요."

에마는 미간을 약간 찡그리고는 "모르겠네" 하면서 고개를 저었다.

"요스케, 네가 무슨 말을 하는 건지 모르겠어."

"에마 선배, 아까 노천탕에서 달을 볼 때 한 번도 뒤돌아보지 않았잖아요. 내가 있을지도 모른다는 상상도 안 했다고요."

"그건."

뭐라 반박하려다가 겨우 뜻을 알아차렸는지, 그녀가 입을 닫았다.

야마토는 침대에서 일어나, 그녀를 똑바로 쳐다보면서 강한 어조로 말했다.

"에마 선배에게 나 따위는, 길거리에 있는 도로표지판 같은 존재겠죠. 여기 있는데, 보이는데, 보지 않아도 되는 존재. 이기고 지고를 따지자면, 둘이 이런 곳까지 왔는데, 노천탕에서 선배가 한 번 돌아봐주지도 않은 나 같은 사람, 평생 이길 수 없겠죠."

에마는 겁먹은 것처럼 입을 꼭 다물고 있었다.

그리고 그가 방 불을 끈 다음 이쪽을 등지고 침대에 파고들자, 그제야 중얼거렸다.

역시 미안해, 하고.

"그런 말을 듣자고 한 말이 아닌데."

"응?"

구지라이가 돌아보면서 되물었다.

"아무것도 아닙니다. 설명이 잘 안 되는 일이라서."

그녀는 그렇구나, 하고는 다시 고개를 돌린 후 "요스케가 전보다 어른이 된 느낌이야" 하고 중얼거렸다.

야마토는 "그런가요" 하고는 쑥스러운 듯이 웃어 보였지만, 그 직후 시야를 온통 뒤덮은 황금빛 저녁노을의 기억이 불쑥 떠올라 순간적으로 숨이 막혔다. 점차 눈시울이 뜨거워지면서 끓어오르는 걸 억누를 수 없어, 딱 한 번 울부짖듯이 소리를 질렀다.

미안하다는 말을 듣고 싶은 게 아니었다. 자기도 모르게 에마 선배를 좋아하게 되었다는 걸 전하고 싶었을 뿐이었다.

구지라이가 아무 말 없이, 끓고 있는 주전자의 불을 껐다.

하얀 블라우스에 싸인 둥그스름하고 넓은 등, 야마토는 왜 그 남자가 몇 번이나 울었는지 문득 이해가 될 듯했다. 그래서 더욱이, 나는 지금 여기서 울어서는 안 된다고 생각했다.

구지라이는 차통 뚜껑을 열고 숟가락으로 조심조심 찻잎을 떠서 찻주전자에 담고 뜨거운 물을 부었다. 그리고 그 앞에 뜨거운 김이 오르는 머그잔을 내밀고 말했다.

"이거, 복숭아 홍차. 설탕은 넣고 싶은 만큼 넣어."

야마토는 "고맙습니다" 하고 작은 소리로 말하면서 머그잔을 받아들었다.

눈에 익은 검은 고양이가 오른손 손가락 사이에서 꼬리를 쳐들고 있다. 녹아내릴 듯 달큼한 향의 액체가 조용히 몸속으로 흘러들었다.

에마 선배는 언젠가는, 그 여행 따위 잊고 말 것이다. 하지만 자신에게는 강렬하고 즐겁고 뼈아픈 여행이었다는 걸,

누구에게 말은 못 해도 또 누가 알아주지 않아도, 기억하고 있을 것이다.

상자 속 고양이가 어떤 상태에 있는지는, 뚜껑을 열어보기 전까지 아무도 단언할 수 없지만, 고양이 자신은 그 모든 것을 알고 있는 것처럼.

벽장 속 방관자

이 얼굴의 흉터가 신경 쓰이나.

아, 좀 기다려봐. 형씨. 그렇게 겁먹을 거 없잖아, 시비를 거는 것도 아닌데. 지금 우리 집 사람이 오는 걸 기다리고 있는데, 야구 중계도 이렇게 맥이 빠지는 데다 시간은 남아 돌아가서 말이야. 이봐, 그러지 말고 같이 한잔하자고. 맥주 한 잔 정도는 내가 살 수 있어.

여기 대학생이 아니라고? 졸업 여행 삼아 혼자 여행을 하고 있다, 거 제법이군. 그런데, 이렇게 불편한 벽지를 선택하다니 요즘 대학생치고는 소탈한데.

이 부근도 얼마 전까지는 관광지로 꽤 인기가 있었는데, 지금은 옆 동네에 거대한 쇼핑몰이 생기는 바람에, 확 죽었어. 아, 이 튀김도 먹어봐. 아무것도 없는 곳이지만, 생선과 채소만큼은 어디 내놔도 손색이 없으니까.

무슨 얘기를 하고 있었더라. 아, 그렇지, 이 얼굴 흉터. 진짜 엄청나지. 벌써 20년 가까이 지났군. 싸우다 당했어. 어이, 역시라니. 내가 그렇게 인상이 나쁜가.

그런데, 형씨는 일자리가 정해졌나. 오, 대단하군. 요즘 젊은이들은 정말 일하는 걸 좋아한다니까. 나는 말이야, 경기가 나빠서 할 수 있는 일이 없다고 징징거리는 놈들의 속을 모르겠어. 자기가 돈을 벌 수 없으면, 여자에게 벌어오라고 하면 되잖아. 나는 젊은 시절 내내 그렇게 살았지만 밥 굶은 적은 없었다고.

이 흉터가 생겼을 때도, 여자 집에 얹혀살고 있었어. 얘기가 좀 길어질 텐데, 여행에서 얻어가는 기념품이라 여기고 들어볼 텐가.

딱 이런 밤이었지. 그때 난 도쿄에서 살았는데, 근처에 있는 술집에 들어갔더니 안쪽 방에서 꽤 괜찮은 여자가 자기 딸을 앞에 앉혀놓고 술을 거나하게 마시고 있더군. 미인? 미인이라기보다 성적으로 매력 있는 여자였어. 쓱 흘겨보는 눈매하며, 입술 위에는 점까지 있고 말이야. 그 왜, 어떤 표정을 지어도 섹시미가 철철 흐르는 얼굴이 있잖나. 모른다고? 형씨, 혹시 그건가. 아직 여자를 사귀어본 적이 없는 거야. 하하, 화를 내기는. 나도 처음에는 다 그랬어.

나는 방으로 들어가서, 술값을 내가 내겠다고 하고서 그 여자에게 어디 얘기를 좀 해보라고 했지.

이름은 치후유, 나이는 나보다 조금 많았어. 젊었을 때 결혼해서 딸아이를 낳은 것까지는 좋았는데, 남편이 바람은 피우지 돈은 빌려다 쓰지, 그래서 넌더리가 난 끝에 이혼. 거기까지는 대충 짐작한 대로였어.

그런데 얼마 전에 친아버지가 죽어서 땅을 물려받았다고 하지 뭔가. 야, 이거 호박이 넝쿨째로 굴러떨어졌다 싶었지. 딸 앞에서 술에 취해, 남자 손은 뜨거울수록 기분이 좋다면서 내 손을 꼭 잡으니, 왜 안 그렇겠나. 자네, 이런 건 말이야, 다 잡은 거라고.

뭐? 그런 생각은 뭐가 어떻다고? 이런 숙맥이 있나. 그런 여자는 줄줄이 불행을 불러들인다고. 내가 꼬드기지 않아도, 어디서 굴러먹던 말 뼈다귀 같은 도박꾼에게 걸려, 땅까지 고스란히 압류당하는 게 고작이라고. 나는 그런 점에서는 의외로 정이라는 게 있어서 말이지. 여자에게 돈을 뜯어내거나 손찌검을 한 일은 한 번도 없어. 거짓말이 아니라고. 그야 뭐, 말귀를 못 알아먹어서 한두 번 손댄 적은 있을지 몰라도, 그런 건 남자라면 모두들 하는 짓이잖아. 폭력은커녕 훈계 축에도 못 드는데.

치후유가 완전히 고주망태가 되어서 내가 업고 집에 데려다주었지. 딸 치즈루도 늘 있는 일인지 밤길을 타박타박 걸어가면서 "엄마가 폐를 끼쳐서 죄송합니다" 그러는 거야. 어린애가, 내 속은 모르고.

집이 좁은 골목 안에 있었는데, 그런대로 꽤 큰 목조 단독주택이더라고. 넓은 마당에서 흔들리는 하얀 꽃을 가리키면서 치즈루가 가냘픈 목소리로, 협죽도라고 중얼거리더군. 형씨, 혹시 아나. 협죽도는 말이지 아주 심한 독이 있어. 개나 고양이쯤은 그냥 단번에 꼴까닥이야.

그 집이 하숙을 하고 있어서, 나도 거기에 묵게 되었어.

처음 한동안은 술술 풀렸어. 나야 당연히 돈 한 푼 벌지 않았지만, 물이 새면 고치고 텔레비전이나 선풍기가 망가졌다고 하면 그것도 다 고쳤어.

저녁때가 되면 1층 식당에서 치후유가 도마를 타닥타닥 두드리는 소리가 들려오고, 참기름과 가다랑어포와 간장 냄새가 흘러들었지. 그리고 치즈루는 마당으로 쪼르르 달려 나가고. 마당에다 방울토마토랑 자소 같은 식물을 심어놔서, 슬리퍼를 신고 그걸 따러 나가는 거였어.

식물은 말이야, 손질을 아예 안 하면 잘 자라지 않지만 너무 해줘도 말라버리는 모양이더라고. 뭐가 되었든 애정이 과도하면 어떻다느니 하는데, 남녀 관계도 마찬가지지.

그 모녀는 뭐든 참 잘 키웠어. 그런데 막 알이 맺힌 딸기나 방울토마토를 치즈루가 똑똑 따먹곤 해서 치후유가 종종 이 집에는 너구리나 여우가 있나 보다, 하고 놀려댔지. 그러다 달린 게 싹 없어지면 또 너구리가 나왔나 보네, 하고 말이야. 음, 그랬어. 그 사람이 참 형편없는 구석도 많았지만 애교는 있는 여자였거든. 그래서 좋았는데.

친구들을 불러서 술판을 벌여도 뭐라 투덜거리기는커녕 안주를 만들어주었고, 밤중까지 포크 기타를 치면서 노래를 불러도 누구 하나 쓴소리를 하지 않았어. 언제나 떠들썩했지.

밤늦게 이불 속에 기어 들어가면, 언제 어디서나 조잘조잘 얘기하는 소리, 마룻바닥이 삐걱거리는 소리가 났지. 양철 지붕에 비가 내리는 소리도 나고 풀벌레 소리도 나고.

그런 소리를 듣다 보면, 오늘같이 잠이 잘 안 오는 밤에도 절로 깊은 잠에 빠지곤 했어. 집에 사람의 기운이 있다는 거, 그거 정말 안심되는 일이더군. 남보다는 낫고 가족보다는 못한 거리감도 딱 부담 없었고. 마음 편하게 잘 지내고 있었어. 그놈이 나타나기 전까지는 말이야.

발단은 2층에서 하숙하던 사람이었어.

미대 출신의 고등학교 선생이었는데, 이름이 세이코였지 아마. 그 세이코 씨가 이제 하숙집에서 나가겠다고, 아는 사람을 새로 들여달라고 한 거야.

그래서 당연히 여자친구인 줄 알았지.

그런데 남자였어.

그래, 형씨도 그렇게 생각하겠지. 나도 딱 감이 오더군. 그런데 그런 게 아니었어. 일방적인 짝사랑이었던 거지.

세이코 씨는 제법 글래머에 귀염성도 있는 여자였지만, 섹시함은 좀 덜했어. 늘 청바지에 커다란 스니커즈를 신고 다니고, 술에 취하면 목소리가 커지는 사람이었으니까.

나와 세이코 씨는 성격이 잘 맞아서 남자 형제처럼 같이 맥주도 잘 마시곤 했어.

상당히 호방한 사람이라 취하면 "나의 이상형은 큰곰보다 강한 남자다, 그런 남자를 데리고 와봐라" 하고 소리를 지르는가 싶으면 옆으로 폭 쓰러져 잠이 들었지. 내가 업어서 방에 데려다주기 일쑤였어.

그 세이코 씨 말이, 그 남자는 미대 시절 선배인데 재능이 엄청나다는 거야. 재학 중에도 드나드는 곳마다 그를 떠받들었고, 졸업한 후에는 개인전을 열기도 하고, 기업에서 스카우트가 오는 등, 순풍에 돛단 배격이었다는 거야. 그렇지? 그렇다면 좀 더 좋은 곳을 빌려 살아야 하잖아. 그런데, 그게 아니었어. 아니아니, 그쪽은 아니고. 여자는 여자인데, 엄마야.

장애가 있었던 모양이야. 팔다리 어디였는지는 잘 모르겠고, 어느 정도 심했는지도 모르겠지만. 그래서 얌전히 살았는데, 아들이 갑자기 유명해지다 보니까 뭐 엄마 콧대도 높아졌겠지.

주머니 사정이 좋아 씀씀이가 헤플 때는 아들이 그 엄마를 데리고 여행도 하면서 효도를 했다는데, 그게 잘못이었어. 낳아준 자식 입장에서 엄마라는 존재는 말이야, 갚아야할 빚이 있는 사람이거든. 그러니 그걸 빌미로 삼는 거지. 아들에게는 자신이 신이라고 생각하고. 뭐, 말이 지나치다고. 형씨는 아직 젊어서 모르는 거야. 부모님도 아직 팔팔할 테고. 나이 들어서 몸도 마음도 약해지면 본성이 드러나는 법이라고.

그래서 그렇게 본성을 드러낸 엄마가 하도 손을 내미니까 점점 짜증도 나고 지겹기도 하고, 그래서 갑자기 붓을 꺾고 엄마를 먼 친척에게 떠넘긴 다음에 세상을 등지게 된 거지. 그러게, 참 박정한 인간이지. 아무리 그래도 그건 좀 심했잖아. 뭐, 그래도 처음부터 정신이 유약한 인간도 있는 법이니까. 반대로 엄마에 대한 애착은 아주 강했어. 한마디로 마더 콤플렉스였던 거지.

결국 세이코 씨가 나가고, 어느 화창한 봄날에 표정까지 침울한 그 남자가 산더미 같은 짐과 함께 하숙집을 찾아온 거야. 한눈에 영 마땅치 않더군.

나는 원래가 당신은 예쁘다, 요리도 잘한다 하고 이런저런 말로 여자를 기쁘게 하는 게 일이라고 생각하는 사람이야. 경우에 따라서는 남자에게도 그렇게 하지. 그렇게 살아가는 기력을 북돋는다고 여겼는데.

그런데 그 자식은 누가 말을 걸어도 가타부타 말이 없는 거야. 내가 인사를 해도, 턱을 내밀었다가 고개만 약간 숙이고는 방으로 사라져버리고 말이야.

꿈을 이루지 못한 불쌍한 젊은이였다면 귀엽기나 하지. 그런 것도 아닌 데다, 우선 체구가 나보다 훨씬 컸어. 게다가 그 눈초리가 무엇보다 마음에 들지 않았어. 무슨 생각을 하는지는 모르겠지만, 아무튼 깔보고 있다는 건 알겠더군. 보고만 있어도 목이 칼칼하게 마르는 듯한 눈이었어.

게다가, 그놈이 들어온 후로 하숙집 여자들이 욕실이나 화장실을 마음대로 드나들 수 없게 된 거야. 부끄럽다느니, 젖은 머리를 보이고 싶지 않다느니, 그러다 결국 각 방에 화장실을 만들게 되었을 정도로 말이지.

치후유 그 사람까지 농담처럼, 나이가 이렇지만 않았어도 내가 어떻게 해보는 건데, 하니 내 꼴이 뭐가 되겠느냐 말이야. 뭐 남자가 질투하는 것도 형편없는 짓이라 겉으로는 아닌 척했지만.

아차차, 내가 치즈루 얘기를 어디까지 했더라.

치즈루가, 처음에 그렇게 만난 것치고는 나를 잘 따랐어. 학교에서 돌아오면 내 방에 와서 텔레비전을 보면서 숙제도 하고.

그 녀석이 학교를 땡땡이치는 바람에 학교에서 전화가 걸려왔을 때도, 내가 받아서 삼촌 되는 사람입니다, 그랬어. 감기 걸려서 못 갔다고 하고 전화를 끊은 다음에 방에 돌아왔더니, 벽장에서 얼굴을 쏙 내밀고 고맙다고 하면서 수

줍어하고 말이야. 그 녀석, 후덥지근한 벽장 속에 얼마나 있었는지, 바다에서 건져 올린 것처럼 푹 젖어 있더군. 그래서 동네 찻집에 데리고 가서 빙수를 사 먹였지. 빙수를 막 팔기 시작한 때였어. 레몬 맛 빙수를 허겁지겁 먹으면서 치즈루 그 녀석이 하는 말이, 이렇게 맛있는 빙수는 처음 먹어 본다더라고.

정말 부녀지간 같다고? 그게 사실이 그랬으면 좋았을지도 모르지만. 무슨 뜻이냐고? 형씨, 형씨도 남자니까 그 정도는 눈치를 채야지. 아니, 그건 오해야. 그쪽에서 다가왔어. 알았으니까, 잠자코 계속 듣기나 하라고.

어렸을 때부터 그런 엄마를 보면서 큰 탓이겠지. 어떻게 하면 남자의 관심을 끌 수 있는지를 알고 있었어. 아니지, 오히려 몰라서 그렇게 천진하게 흉내를 낸 거라고 해야 하나. 생긴 건, 이렇게 말하기 좀 뭐하지만, 엄마보다 훨씬 수수했어. 그냥 청순한 얼굴에 또래에 비해도 깡마른 체구, 그리고 피부는 가무잡잡했지.

그런데, 그런 꼬맹이가 아까 얘기한 세이코 씨보다 훨씬 섹시한 몸짓을 보여주는 거야.

양말 하나 벗을 때도, 이렇게 오른쪽 어깨를 축 늘어뜨리고 손가락으로 살며시 벗기고 말이지. 긴 머리를 이렇게 묶을 때도, 잠깐 멈칫하고는 이쪽을 힐긋 보는 거야.

한 번은 치즈루가 욕실 청소를 하고 있어서 내가 들여다본 적이 있는데, 그때는 쪼그리고 앉아 발가락 사이를 씻고 있었어.

나는 갈라진 파란 타일 위로 하얀 거품이 흘러가는 걸 보면서, 동시에 치즈루를 내려다보고 있었지. 그런데 녀석이 아무 말 않고 태연하게 발을 보여주는 거야. 그때 엄마가 부르지 않았으면 나를 욕실로 끌어들였을지도 모르지.

망상이라고? 형씨, 내가 지금은 이런 몰골을 한 아저씨지만, 17년 전에는 10대 아이들이 좋아해도 이상하지 않을 만큼 조각남이었다고. 안 그랬으면, 여자들에게 어떻게 얹혀 살았겠어.

그때부터 나는 치즈루와 좋은 사이가 되어야겠다고 생각했지. 물론 엄마 모르게 말이야.

지금도 가끔 그런 꿈을 꿔.

창문 밖에서, 잡초를 헤치면서 이쪽으로 오는 소리가 들리지. 일어나 창밖으로 얼굴을 내밀면, 달빛이 애처로우리만큼 가물거리는데 잠옷 차림인 치즈루가 뒷마당에 쪼그리고 앉아 길고양이에게 먹이를 주고 있는 거야. 그 녀석이 딱히 동물을 좋아하는 건 아니었는데, 고양이만은 달랐어. 특히 길고양이는, 겉은 퍼석퍼석한데 안은 몽글몽글하고 오래 써서 길이 잘든 수건처럼 손이 포근해진다면서 무척 좋아했지.

치즈루는 정신없이 먹이를 먹고 있는 고양이 등을 쓰다듬고 있었어. 마치 자기 아이처럼 사랑스럽게 말이야. 그 녀석과 고양이의 큰 그림자가 한 덩어리가 되어 땅에 늘어져 있었지. 지금 생각하면, 그 녀석이 내내 외롭지 않았을까 싶군.

그런데 가엾게, 그 고양이가 겨울을 넘기지 못하고 죽었어. 어쩌겠나, 길고양이의 숙명인데.

수국꽃 아래 묻어주었지. 그런 다음부터였어. 치즈루가 식물을 아예 거들떠보지도 않게 된 게.

내가 그 하숙집에 얹혀산 지 1년쯤 되었을 때야. 치후유는 마흔 살이 가까워지자 체형이 무너지는 게 거슬렸는지 역 앞에 있는 사교댄스 학원에 다니더라고.

그러다 학원 친구들과 심심하면 외식을 하고, 또 술을 마시러 나다니게 되었어. 그리고 취한 김에 화풀이를 하듯 괜히 나한테 트집을 잡는 일도 늘어났지. 참, 어이가 없더군. 바로 얼마 전까지 떨어진 내 옷 단추를 다부지게 달아주던 사람이 도깨비 같은 꼴을 하고 고함을 질러대니. 그러니 나도 한두 번쯤 손찌검을 했을 거야.

그렇다 보니 화는 나지 시간은 남아돌아가지, 그래서 더 치즈루만 상대하게 되었어. 그리고 치즈루 역시 엄마가 없을 때는 한층 대담해졌고. 텔레비전을 보는 척하면서 내 어깨에 머리를 기대기도 하고. 그러다 다른 하숙생이 돌아오면 휑하니 가버리고. 그 나이에 즐겼던 거야, 그런 밀당을.

그런 때, 그놈의 시선이 문틈 사이를 가로지르면 흥이 싹 달아났어. 그 자기 엄마를 버린 화가 놈 말이야.

그놈은 밖에 나가는 일도 없이, 거의 종일 자기 방에서 그림을 그렸어. 도구를 씻을 때만 식당에 나와서 덜그럭거렸지. 다른 사람들이 어떤 그림을 그리고 있느냐고 물어도, 완전 무시. 우리를 바보 취급했어. 그야 뭐 그쪽은 예술가님이니까.

아, 딱 한 번, 치즈루가 그놈 방에서 그림을 봤다고 한 적이 있군. 감상을 말해보라고 했는데, 치즈루가 뭐라고 한마디했는지 알아? 그림을 그릴 때 얼굴이 더 착해 보이네요, 그랬다는 거야.

그 순간 그놈이 불쾌해하면서 치즈루를 방에서 내쫓았다고 하니까, 웃을 일이지. 예술은 어차피 타인의 평가 없이는 성립하지 않는데 말이야. 매일 복도 먼지나 털고 있던 내가 오히려 사회에 공헌한 거라고.

치즈루와 그놈 관계? 형씨, 아주 날카롭구먼.

솔직히, 좋지도 나쁘지도 않은 정도였어. 치즈루는 얌전한 편이었지만 붙임성은 있어서, 그놈에게도 말을 걸었다는 기억이 있는데, 오히려 화가 그놈 반응은 시큰둥했어.

그놈이 치즈루에게 뭘 해준 게 있나…… 아, 느슨해진 게

다(일본 사람들이 신는 나막신-옮긴이) 끈을 고쳐주는 걸 본 적이 있군. 그 정도야. 게다를 뒤집어서 끈을 꽉 묶은 다음에 캔버스에 천을 붙일 때 쓰는 스테이플러 같은 걸로 고정해주었지. 그게 뭐 그렇게 대수로운 일은 아니니까.

치즈루가 현관 마루에 앉아서 고친 게다를 신고 고맙다고 했는데도, 그놈은 매정하게 자기 방으로 휙 가버렸어. 그래, 그 정도 사이였던 거지. 그런데 말이야. 아니지, 이제 그 얘기를 해야겠군.

그날은 아침부터 바람이 얼마나 세게 불던지. 태풍 때문이었는지, 오후 들어서는 비도 양동이로 물을 쏟아붓듯 내리기 시작했고.

치후유는 댄스 학원의 발표회가 머지않았는데 날씨가 이렇다고 투덜대면서 밖에 나갔어. 다른 사람들도 학교에 가거나 일하러 나가고 없었지. 그 얼간이, 아니지, 화가도 웬일로 나가서 없었고.

나 혼자 방에서 처량하게 맥주를 마시고 있는데, 젖은 창문 너머로 교복 차림으로 뛰어오는 여자애의 모습이 보이는 거야. 묶은 머리까지 쫄딱 젖어서.

현관으로 뛰어 들어온 치즈루는, 오후에 휴교령이 내렸다 하고는 하얀 양말을 벗어던지고 맨발로 복도에 올라왔어. 널마루에 발자국이 점점이 찍혔지. 나는 그랬구나, 하면서 어두컴컴한 복도에서 하얗게 빛나는 치즈루의 목덜미를 보고 있었어.

그리고 얼마 지나서, 내가 심심한 척하면서 치즈루 방문을 두드렸지. 안에서 "네에" 하고 다정하게 대답하는 소리가 들려서 나는 문을 열고 들어갔어. 녀석은 마침 옷을 다 갈아입고, 하얀 티셔츠에 트레이닝바지 차림으로 바닥에 벗어던진 교복을 정리하는 중이었지.

창밖에서는 여전히 비가 엄청나게 내리고. 지붕은 떨어져 날아갈 것처럼 끼익끼익거리고, 방 안은 어두컴컴했어.

치즈루가 "왜 왔어요?" 하기에, 심심해서 숙제하는 거나 봐주려고 왔다고 적당히 대답했어.

치즈루는 책상 앞에 앉더니 가방에서 노트와 교과서를 꺼내더라고. 그런데 잘 보니까, 목덜미에 땀이 방울방울 맺혀 있는 거야. 근육이 뭉친 것처럼 등에는 힘을 꽉 주고. 하얀 티셔츠에 등뼈의 그림자가 비쳐 보였어. 그런데도 나를 쫓아낼 기미는 없었지. 이건 신호다, 감이 왔어.

치즈루의 어깨에 손을 얹고 슬쩍 내려다보니까, 아니나 다를까 그 녀석, 연필을 쥐고만 있었지 노트에 뭘 쓰고 있는 게 아니었어. 그리고 꼭 껴안았더니 숨이 약간 가빠지더군. 그 녀석 입에서, 내장이 아직 조금도 더러워지지 않은, 빙수 같은 냄새가 났어. 나는 그 조그만 귀에 알고 있었어, 하고 속삭였지.

그때야, 현관문이 쾅당 열리는 소리가 난 게.

우리는 얼굴을 마주 보았어. 치후유가 돌아온 줄만 알았지. 방문을 열면 그대로 발각될 텐데. 이런 멍청하기는, 여자란 말이지, 그런 냄새는 경찰견 이상으로 잘 맡는다고. 나는 후다닥 벽장 안으로 숨었어.

어슴푸레한 어둠 속에서 몸을 웅크리고 숨죽이고 있었지. 약간 열린 문틈으로 보니까, 치즈루가 반듯하게 앉아 시치미를 떼고 있더군.

그런데 방에 들어온 사람이, 웬걸 그 화가였어.

치즈루는 깜짝 놀라 고개를 들고 "왔어요" 하고 말했어.

화가는 퉁명스럽게 읽을 책 좀 빌려줘, 하더군. 마치 매너 없는 아버지처럼 말이야. 나도 속으로 놀랐지. 무뚝뚝한 건 그렇다 치고, 좀 더 거리를 두는 놈이라고 여겼으니 말이야.

치즈루 생각도 비슷했는지, 당황해서 몸을 돌리고 책꽂이로 손을 뻗더군.

그때, 그놈이 치즈루를 확 덮쳤어.

대체 무슨 일이 벌어진 건지, 나도 한참이나 영문을 모르겠더군.

치즈루는 물에서 막 건져 올린 물고기처럼 팔다리를 파닥거렸지만, 힘으로 억누르니 어쩌겠나. 바로 축 늘어져서 얌전해졌지.

그야 당연히 나는 뛰쳐나가려고 했지. 그런데 나갔다가

만에 하나, 그놈이 만에 하나 내게 달려들면 어떻게 하느냐 그 말이야. 한 대 치면 차라리 낫지. 나는 정의의 편이 되어 그놈을 쫓아낼 수 있으니까. 그런데 사리정연하게 따지고 들면 어쩌느냐고. 왜 이런 곳에 있느냐고 말이야. 게다가 치후유는 칠칠치 못하기는 했지만, 나쁜 남자에게 걸려 시달린 여자의 지혜는 수두룩하게 터득하고 있었으니, 보나 마나 내가 쫓겨나겠지.

그리고 그놈은 치즈루를 겁탈했어.

시간으로 치면 그렇게 길지 않았을 거야. 참 웃음이 나올 정도로 허망하더군.

그놈이 방에서 나간 후에도 치즈루는 얼이 빠진 것처럼 방바닥에 앉아 있었어. 티셔츠를 부둥켜안은 깡마른 등이 얼마나 애처롭던지……. 그렇다고 그런 광경을 두 눈으로 본 내가 뭘 어떻게 하면 좋을지 아는 것도 아니고. 벽장에서 나와 위로해봤지만, 그 녀석은 대꾸조차 제대로 하지 않았어.

할 수 없이 방에서 나갔지. 기분이 정말 더럽더군. 기름 범벅인 음식을 억지로 먹은 것처럼 말이야. 지금도 눈앞에 떠올라. 그놈의 역겨운 허리와 치즈루의 가녀린 발목이. 그러고는 치즈루와 왠지 서먹해졌어. 내가 피한 게 아니야, 그 녀석이 나를 피했지.

학교에서 조퇴하고 대낮에 돌아와서는 아무 말도 않고

이불을 덮고 누워 있는 모습을 자주 보게 되었어. 내가 과자나 주스를 갖다줄까 하고 말을 걸어도, 고개를 저을 뿐이었지.

급기야 어느 날, 나는 그 녀석 머리맡에 앉아서 등에 대고 물어봤어. 그 화가를 어떻게 생각하느냐고 말이야.

치즈루는 끊길 듯 작은 목소리로 "그 사람은 인간이 아니니까" 하고만 말하더군. 맞는 말이야, 나도 같은 생각이었으니까. 그놈은 인간다운 감정이란 게 없었어. 있는 것이라고는 자기 위주의 욕망뿐이었지.

나는, 언젠가는 그놈을 내가 쫓아내겠다고 말했지만, 치즈루는 아무 대꾸가 없었어.

치후유도 어째 좀 이상하다면서 걱정했지만, 그 사람은 언제나 자기밖에 몰랐으니까. 딸에 대한 애정은 나름 있었지만, 나 말고도 남자가 있었으니. 아, 그런 여자였어. 여자란 주목을 받지 못하면 성이 안 차거든. 그 어떤 악덕을 저질러놓고도, 남자가 잘 돌봐주지 않아서 어쩔 수 없이 그랬다고 주장하니, 참 끔찍해.

그런데도 그 화가 놈은 여전히 태연하게 하숙집 안에서 어정거렸어. 식사 때 얼굴이 마주쳐도, 그놈은 아무 일도 없었던 것처럼 흰밥을 두 공기나 먹었고. 나도 뭐 인간 말종이지만, 정말 기분이 더럽더군.

이래저래 한 반년 정도는 어색한 분위기가 계속되었을 거야. 치즈루도 그 무렵에는 기력을 되찾아, 만점 받은 시험지를 보여주러 내 방을 찾게 되었고. 그래, 다시 나에게 접근하게 된 거지.

그 화가 놈이 가까이에 있으면 내 팔을 잡기도 하고, 코끝이 닿을 정도로 얼굴을 들이밀고 이쪽을 보기도 하고 말이지. 글쎄, 치즈루가 나를 좋아한 것만은 틀림없지만.

하지만 그 화가 놈과의 일도 있고, 솔직히, 그 일 때문에 기가 꺾였지, 뭐. 그 집에 빌붙어 있는 한 배 곯을 일은 없는데, 굳이 또 말썽을 피워서 뭐하랴 싶어 내가 주춤했던 거야. 그런데 치즈루가 그런 내 속을 훤히 들여다본 것처럼 나를 찾아왔어. 그 폭풍의 오후를 다시 한 번 재현할 것처럼 말이야.

막 목욕을 하고 나와 창문 틈으로 불어드는 바람에 살이 따가운 밤이었지.

욕실 앞 세면실에서 얼른 옷을 입고, 이를 닦고 있는데 치즈루가 다가오더군. 오늘 밤 엄마가 안 들어올 거라고 해서, 나는 바로 거품을 뱉어내고 "그래" 하고만 대답했어. 그런데 치즈루가 도통 가지 않는 거야.

나는 조금 망설이다가, 욕실에 들어가서 샤워를 틀어놓았지. 그리고 세면실로 돌아와 녀석 어깨를 꼭 안아주었어. 그 녀석이 그 태풍이 몰아치던 오후처럼 내 쪽으로 등을 돌려서, 나는 또 뒤에서 치즈루를 꼭 안았지. 그리고 고개를 한껏 돌려 그 조그만 입술에 키스를 했어. 치후유 때문에 속이 부글부글한 탓도 있었지. 녀석도 여전히 도망칠 기미가 없었고.

그 순간, 갑자기 문이 획 열리면서 관자놀이에 주먹이 날아왔어. 나는 바닥으로 퍽 하고 나가떨어졌지. 눈을 떠보니, 그 화가 놈이 이쪽을 내려다보고 있는 거야. 전구 갓이 머리에 부딪혔어. 거대한 그림자와 까만 얼굴이 있었어.

내가 일어설 새도 없이 놈이 내 몸에 올라탔어. 그리고 냅다 갈겨대기 시작했지. 반격? 그런 틈이 어디 있었게. 나도 싸워본 적이 없는 건 아닌데, 첫 한 방의 타격이 너무 크기도 했고, 무엇보다 그놈 눈이 험악했어. 내 목숨이 끊어질 때까지 얼굴 색 하나 변하지 않고 계속 치지 않을까 싶을 정도였지.

이마 위에서 뭔가가 깨지면서 눈 속으로 피가 흘러 들어왔어. 그리고 남은 여백에 치즈루의 모습이 보이고. 거기에 우뚝 선 채 우리를 쳐다보고 있더군. 관자놀이에 코에 앞니에, 정말 비겁한 놈이야. 약한 곳만 골라서 얻어맞은 나는 끝내 기절하고 말았지. 이게 바로 그때 흉터야.

정신을 차리고 보니, 내가 병원 침대에 누워 있더군.

치후유가 얼음처럼 차가운 눈으로 나를 보고 있었어.

내가 입을 벌려 뭐라 말하려고 했더니, 아무 말 말라는 식으로 노려보고는, 딸에게 손을 댄 것도 그렇지만 좋은 사람이 생겼다고 하는 거야. 그리고 퇴원하자마자 바로 하숙집에서 쫓겨났어.

복수는, 물론 생각했지.

한동안 여기저기 정처 없이 떠돌다, 이케부쿠로에 있는 펍에서 설거지 같은 허접한 일을 하면서 그 화가 놈이 마음을 놓을 때쯤 하숙집 근처에서 망을 보다가 내가 당한 만큼 똑같이 갚아주려고 했지. 그놈이 밖에 나가는 일은 잘 없으니까, 틈만 나면 하숙집 앞에서 망을 봤어.

겨울이 끝나가는 어느 저녁에, 그놈이 드디어 물이 든 커다란 양동이를 들고 마당에 나오더군. 놈이 붓과 팔레트 같은 화구를 밖으로 꺼내오기에, 나는 거기서 그림이라도 그리려나 보다 했어. 그럼 그림에 집중한 틈에 뒤에서 두들겨 패주자는 속셈이었지.

마지막으로 조그만 의자를 갖다 놓더니, 우거진 협죽도 앞에 앉더군. 그런데 참 이상하지, 이젤과 캔버스가 없는 거야. 그놈이 협죽도 이파리로 손을 내밀더군. 그러더니 대체 무슨 생각인지 물감으로 이파리 하나하나를 칠하기 시작하는 거야.

금색, 이었어. 꽃은 피어 있지 않았지. 아담한 이파리만 붙어 있었어. 『마지막 잎새』처럼 말이야. 뭐야, 몰라? 병든 아이가 마지막 잎새가 떨어지면 자기는 죽는다고 믿어서, 그

딸을 위해 노인이 잎새 그림을 그린다는 이야기인데. 그러나 그놈에게 그런 친절함이 있을 리 없고, 게다가 그 하숙집에는 병든 사람도 없었어.

추운 하늘 아래, 그놈은 셔츠 한 장 차림으로 끝없이 이파리에 색을 칠했어. 기우는 햇살에, 금색 물감의 가슬가슬한 광택이 도드라졌어. 참 묘한 광경이었지.

언젠가 치즈루가 협죽도에는 독이 있다고 했던 말이 생각나, 저놈이 무슨 표시를 하고 있는 건가, 그렇게까지 생각했어. 그런데 말이야, 그것도 당최 말이 안 되잖아.

결국 내가 안 것은, 그놈은 근본이 끔찍한 사내라는 것뿐이었어. 그 광경을 보는 사이에 썰물이 빠져나가듯 울분도 식어서, 더는 그놈에게 신경 쓰지 않기로 했지. 그러고는 전에 빌붙어 살던 여자가 마침 신주쿠에 가게를 냈는데, 그런대로 벌이가 괜찮은 것 같아서 다시 한 번 그 여자에게 신세를 지기로 했어.

그 후에도 여러 여자를 전전했지만, 그래도 예전만큼은 잘 풀리지 않았지.

뭐랄까, 유령에게 홀려 죽을 뻔한 듯한 기분에서 헤어나지 못했던 거지. 여자를 구스를 때도 그 화가 놈 눈이 떠오르면, 취기가 싹 가시면서 내 한심한 처지를 돌아보게 되더군.

그러다 알게 된 여자가 이 지방 양조장의 외동딸이었는데, 마침 데릴사위를 찾고 있어서 결혼을 한 거야. 여자 쪽

친척들이 심하게 반대했지만, 여자가 나한테 푹 빠져 있었으니 어쩌겠나.

둘이 같이 자살이라도 하는 것보다는 낫다고 해서 결국에는 인정했지만, 지금은 보다시피 가업을 거들면서 성실하게 살고 있어. 애당초 내가 좋아하는 건 술 정도였으니까. 쌀누룩의 달달한 냄새가 내 몸에도 완전히 배어서, 밤이 되면 취한 것처럼 지쳐서 아주 곤하게 잠들어. 사실은 매일 밤 취해 있기도 하지만. 지금의 이 훤칠한 모습을 젊은 시절의 나에게 보여주고 싶군.

형씨! 어이쿠, 술이 다 비었군. 한 병 더 주문하자고. 뭐야, 벌써 취한 건가. 하기야, 우리 마누라도 곧 올 테니까, 나도 이 정도로 끝내야겠군. 무슨 소리. 주인장, 여기 한 병 더 줘. 그리고 다진 전갱이도.

그 후에 다른 사람들은 어떻게 되었느냐고. 글쎄다. 그 화가 놈은 아마 인생이 녹록지 않았을 거야. 벌써 죽지 않았을까. 뭐 내가 그렇길 바라는 게 아니라, 십 몇 년 전에도 그 놈은 이 세상 사람이 아니지 않았을까 하는 기분이 들었어. 아니면 혼이 되어서도 그 하숙집을 떠나지 못하고 있는지도 모르지.

치즈루야 조금 마음에 걸리지. 그런 환경에서 자랐으니, 세상일에 아주 무심한 여자가 되지 않았겠나.

뭐라, 내가 치즈루에게 반했던 게 아니냐고. 설마, 그렇게 어린애를. 하기야 같이 살았던 정이랄까, 딸인 동시에 어린 연인처럼 생각했던 점이 없지 않았겠지.

그 녀석, 지금쯤 엄마처럼 남자에게 속아 물장사나 하고 있으려나. 아니면 의외로 순조롭게 결혼해서 아이 낳고 행복하게 살고 있으려나.

아, 그런데 오늘 밤은 정말 푹푹 찌는군. 독이 퍼진 것처럼 어질어질해. 오래전 일을 떠올려서 그런가. 어이, 형씨. 이제 숙소로 돌아가야겠다는 말은 하지 마. 밤은 이제부터 시작이라고.

마와타 장의 연인

5분 늦게 가게 안에 들어갔더니, 스마 씨는 창가 자리에서 두꺼운 추리 소설을 탐독하고 있더군요. 라운드넥 티셔츠에 스웨터를 걸친, 쉬는 날의 사립대생 같은 차림을 하고서 말이에요.

내가 그와 마주 앉아 "미안해요, 기다리게 해서" 하고 사과하자, 그는 미소를 머금으며 고개를 젓고는,

"올해도 벌써 다 끝나가는군요. 어제, 로프트에서 내년도 수첩을 샀습니다."

하면서, 메뉴를 내밀었어요.

내가 주문한 레몬 티와 블루베리 파이가 나오자, 그가 재빨리 클리어파일에 끼어 있는 기획서를 꺼냈어요.

찻잔을 들면서,

"이게, 뭔데요?"

하고 내려다보는 나에게, 그는 아주 침착하게 설명을 시작했죠.

"텔레비전 프로그램의 기획서입니다. 아, 물론 수락할지 안 할지는 차치하고, 그냥 살펴만 보세요."

"하지만 나는, 잡지 인터뷰도 거의 거절해왔는데."

스마 씨는 그렇죠, 하고 이내 포기한 듯이 머리를 긁적거리면서도,

"그게 말이죠, 예전부터 좀 아깝다는 생각이 들어서요. 텔레비전이나 잡지에 나가는 거, 그렇게 어렵게 생각할 필요 없어요. 물론 경박한 곳에 나갈 필요는 없지만, 기획안만 반듯하면 와타누키 선생님의 정확한 생각을 전할 수도 있고, 독자도 좋아할 겁니다. 좋아하는 작품의 작가가 무슨 생각을 하며 사는지 알 수 있는 기회니까요."

"스마 씨."

"검토해보실 수 있을는지요?"

"요즘, 내 책, 별로 팔리지 않잖아요."

스마 씨는 여전히 미소를 머금고 있으면서도 말이 막히자 이내 풀이 죽어,

"죄송합니다, 제가 역부족이라서. 와타누키 선생님은 변함없이 훌륭한 작품을 쓰고 계십니다. 다만, 사람들이 늘 서점에 가는 건 아니라서요. 광고의 격차가 매출에 영향을

미치는 일은."

"스마 씨는, 언제나 나한테 잘해줬어요. 나는 스마 씨와 함께 일하는 게 제일 좋아요. 하지만, 최근의 내 소설, 좀 어두침침하잖아요."

하고 지적하자, 그는 말이 더 궁해진 것처럼 우물쭈물하더니,

"어두…… 어, 아닙니다. 그렇지 않아요. 그게 요즘은 가벼운 읽을거리가 넘쳐나고 있지만. 저는 와타누키 선생님의 소설을 정말 좋아하고, 특히 데뷔작을 읽었을 때의 감동은 지금도 기억하고 있습니다. 그래서 책을 정말 좋아하는 독자만이 아니라 일반 사람들에게도 선생님 소설을 전할 수 없을까 해서."

나는 달콤한 블루베리 파이를 잘라 입에 넣으면서, 해봐야 소용없는 말을 했다고 후회했습니다.

"미안해요, 그러나 역시 텔레비전은 좀."

또 거절하자, 스마 씨는 바로 "알겠습니다" 하고는 아무 일도 없었던 것처럼 기획서를 집어넣고, 이번에는 티켓 두 장을 꺼내더군요.

"이거, 시간 되면 같이 보러 가실래요? 전에 얘기했던 재즈 피아니스트의 콘서트입니다. 다음 주말에 이케부쿠로의 도쿄예술극장에서 하는데."

언제 그런 얘기를 했었나, 하고 불확실한 기억을 더듬고

있는데, 다른 생각이 문득 떠올랐어요. 그러고 보니까 오늘 아침에 세우 씨가 어딘가에 전화를 걸던데 무슨 일이지, 하고요. 약속이 있어 나갈 준비를 하느라 그만 묻지 못했거든요. 그 순간, 갑자기 피부를 쥐어뜯고 싶어지는 기분을 느꼈어요.

장 봐온 물품들을 식당 바닥에 내려놓고, 우편물을 살펴보고 있는데 인터폰이 울렸어요. 나는 사진까지 붙어 있는 청첩장을 내던지고 현관으로 뛰어나갔죠.

"실례합니다. 아카쓰키 사의 다카하시라고 합니다."

나는 미간을 찡그리고 머리를 가다듬으면서, 문을 열었습니다.

저무는 햇살 속에, 코트 차림의 본 적 없는 남자 둘이 미소를 띠고 반듯하게 서 있더군요.

"저, 제가 아카쓰키 사와 무슨 약속을 했던가요?"

무슨 일인지 몰라 난감해하는 내게, 그들은 놀란 표정을 짓더니,

"혹시, 와타누키 치즈루 선생님이신가요? 죄송합니다, 이 댁에 사시는 줄은 전혀 몰랐습니다. 저는 다카하시라고 합니다."

그가 명함을 내밀어, 더욱 당황스럽더군요.

"실은, 이번에 저희 회사 창립 50주년을 기념해서, 절판된

문고를 복간하게 되었습니다. 그 장정에 마지마 세우 선생님의 작품이 사용되었던 터라. 그래서 연락을 드렸더니 신작을 보여주시겠다고 하셔서, 이렇게 찾아뵈었습니다."

"신작?"

나도 모르게 튀어나온 말에 저항감이 배는 것을 어떻게 막을 수 없었어요.

"네. 그런데, 마지마 선생님은 지금?"

"실례, 잠시 나갔다 왔습니다."

그들의 등 뒤에서 세우 씨가 손을 쑥 내밀고 문을 잡아, 나는 너무 놀라서 소리를 지를 뻔했습니다.

"선생님, 처음 뵙습니다. 전화 드린 다카하시입니다."

"마지마입니다. 들어가시죠."

아직 사태를 파악하지 못하고 있는 나를 내버려둔 채, 그들은 복도를 지나 세우 씨 방으로 들어갔습니다. 나는 영문을 몰랐지만, 일단 세 명분의 차를 끓이려고 포럼을 들추고 식당에 들어갔어요.

셀러리를 잔뜩 썰고 있는데, 그들이 현관에서 나가는 소리가 들리더니 세우 씨가 바로 부엌에 나타났어요. 그가 수납장에서 컵을 꺼내고, 파란 법랑 설탕통으로 손을 내밀더군요.

"곧 저녁 먹을 거라 커피 너무 마시면, 속이 부대낄 텐데."

"저녁은 됐어. 밤늦게까지 안 나올 거야."

나는 한숨을 쉬고 돌아보았죠.

세우 씨는 유화 물감이 예쁘게 얼룩진 셔츠를 입고 있었는데, 그 깃과 소맷자락의 구겨진 주름이 예전과 똑같이 사랑스럽게 느껴졌어요.

내가 안도하고는 "저기" 하면서 한 손을 내밀자, 그는 당연하다는 듯이 그 손끝을 쓱 지나 나의 다른 손을 내려다보았어요.

"셀러리가 왜 이렇게 많아?"

"드라이 카레 만들려고. 그런데, 당신이 안 먹는다면."

"나는, 오늘 저녁은 됐다고 했을 뿐이야. 내일 아침에 먹을게."

"지난 반년 동안 꽤나 열심히 그리는 것 같던데, 웬일이야. 게다가 신작이라니, 나는 그런 말은 한마디도."

"갑자기 그런 거 아니야. 지금까지도 자잘한 일은 하고 있었어."

"그래도 당신이 이 집으로 다른 사람을 부르는 일은 지금까지 단 한 번도."

"앞으로도 계속 이렇게 지낼 수는 없으니까."

나는 당장 무슨 뜻이냐고 따지고 싶었지만, 간신히 참고서 다시 도마와 마주했어요.

"당신이 처음 이 집에 왔던 17년 전부터 멈춰 있던 시간이 그렇게 쉽게 움직이다니, 어떻게 그런 일이."

그는 정말 매정하게 "그렇게 단정하면 곤란하지"라고 부정하고는,

"너는 나에 대해서 아무것도 모르잖아."

나도 모르게 채소를 써는 손길이 난폭해진 걸 깨달았어요. 환풍기 저쪽에서 바람 소리가 울리고 있었죠. 양말 신은 발끝이 싸늘해서, 스토브를 꺼내야겠다고 생각하면서,

"그래요, 난 잘 몰라. 당신이 왜 갑자기 없어졌는지도, 왜 다시 돌아왔는지도."

내가 열여덟 살이던 겨울에, 그는 짐만 꾸려서 없어졌어요. 한 달치 집세만 놔두고.

엄마는 그렇게 신경 쓰는 눈치도 아니었어요. 담배를 피우면서 빈껍데기가 된 방을 바라보다 "지금 할 말은 아니지만, 참 정체를 알 수 없는 남자였지" 하고 중얼거려서, 그 말에 나는 엄마와 그 사이에 남녀 관계는 없었다는 걸 알았죠. 안도한 나머지, 버려진 아이처럼 눈물을 쏟았습니다.

"그때 일은 얘기했잖아. 넌 그걸 소설로 쓰기도 했고."

"지금도, 그 책이 제일 좋다는 사람이 많아."

"그래? 난 안 읽어봐서 모르겠지만, 주위에서 그렇다고 하면 그런 거겠지."

"스마 씨 역시 그런 소설을 다시 써줬으면 하는 눈치야. 아 맞다, 다음 주에 그 사람과 콘서트에 가는데."

나는 스마 씨의 차분하게 웃는 얼굴을 떠올렸어요. 그가 내 담당 편집자가 된 건 1년 전인데, 나이도 세 살밖에 차이 나지 않아서 금방 친해졌습니다.

"가면 되잖아. 내가 너를 그런 데 데리고 가는 일은 없을 것 같으니까."

"그러고 싶었던 적, 당신은 없어?"

내 물음에, 세우 씨는 아무 대답도 않고 컵과 설탕통을 챙겨 들고 가버렸어요. 그에게 전기 주전자를 사준 걸 후회하면서 나는 다 썬 채소를 옆으로 밀어놓고, 커다란 양수 냄비를 꺼내 불에 올렸죠.

평생 옆에 있어만 줘도 좋겠다고 생각했는데 최근 들어 이상하게 감정이 흔들리는 게, 일이 순조롭지 못하기 때문인지, 아니면 먼 옛날에 사라졌다 여긴 지인이 무심하게 보낸 청첩장 때문인지. 아니, 아마 그 어느 쪽도 아닐 거예요.

나는 싱크대를 잡고 선 채, 여름이 끝나갈 때 씻은 후로 씻지 않아 지금은 기름때가 잔뜩 낀 환풍기를 쳐다보았습니다.

델 것처럼 뜨거운 난간에서 손을 떼고 하얗게 빛나는 외벽을 따라 세찬 바람을 피하듯 등대 내부로 들어가자, 나선형 계단은 심하게 녹이 슬었고, 불안할 정도로 좁고, 그리고 싸늘했다.

한 칸, 또 한 칸 발을 올려놓을 때마다 고동 속으로 숨는 것처럼, 어두운 곳으로 빨려 들어간다. 우웅, 우웅, 파도 소리도 바람 소리도 아닌 소리가 울렸다.

눈을 감자, 자신이 아직도 높은 곳에 있는지, 아니면 깊은 곳에 있는지 판단이 되지 않아, 나는 등 뒤에서 숨죽이고 가만히 기다리는 남자에게 물었다. "아저씨는 나쁜 사람이야?" 하고.

공동 안에, 자신 없게 들리는 쉰 목소리가 조용히 울려 퍼졌다.

"아저씨는 네 편이야."

"이런 장면, 역시 실제로 모델이 있는 건가요?"

구지라이가 읽던 페이지를 펼쳐놓은 채로 물었습니다.

신기한 일이지만, 그녀는 내가 쓴 글을 좋아하는지 지난주에 출간된 신간도 벌써 절반 이상 읽었더라고요. 나는 토막 낸 돼지고기와 무를 찐 압력솥을 들여다보면서,

"반반이야."

하고 대답인 듯 아무 대답도 아닌 말을 하고는 뚜껑을 닫았어요. 식기장에 비친 옆얼굴을 보고 입술에 색이 없다는 걸 알고,

"립글로스를 깜박했네."

허둥지둥 에나멜 백을 열어 화장 파우치를 꺼냈는데, 구

지라이는 그런 나를 웬일이냐는 표정으로 바라보다가 불쑥,

"치즈루 씨가 준 목걸이, 잘 어울린다고 칭찬 들었어요."

여름에 유행하는 구불구불한 스타일로 파마한 그녀의 머리가 지금은 어깨에 닿을 정도로 자랐더군요. 여기에 처음 왔을 때에 비하면 정말 여자다워졌어요.

"그 남자랑은 자주 만나?"

크리스찬 디올 립글로스를 바르고서 화장 파우치를 다시 백에 밀어 넣는데, 그녀가 왠지 수줍은 듯 눈을 내리깔고,

"사실은, 우리 사귀게 되었어요."

하고 중얼거려서, 나는 약간 놀라며,

"축하해."

하고 말했죠. 그러자 그녀가,

"치즈루 씨에게 제일 먼저 말하려고 했어요."

뜻밖에 그녀가 그런 말을 해서 "왜?" 하고 되묻자,

"연애의 선배라서일까요. 저, 정말 누구와도 사귄 적이 없거든요. 앞으로 잘 모르는 일이 많이 생길 텐데, 그러면 의논을⋯⋯."

그 말을 듣는 순간 어째 울음이 터질 것 같았지만, 긴 시간 마스카라를 발라 끌어올린 속눈썹이 떠올라 겨우 참았어요.

나는 "돌아와서 천천히 들을게" 하고는 핸드백을 들었습니다. 그런 나를 요리조리 꼼꼼히 다시 보고서,

"치즈루 씨가 오늘따라 한결 여성스럽네요. 부러워요."

하지만 나로서는 아무런 악의도 독도 없는 예쁜 목소리로 솔직하게 말하는 구지라이 쪽이 훨씬 멋진 여자로 느껴졌습니다.

스마 씨가 전면이 유리인 극장 입구에 서 있더군요. 그의 등 너머에는, 달까지 닿을 것처럼 거대한 에스컬레이터가 위로 쭉 뻗어 있었어요.

"미안해요, 또 기다리게 해서."

내가 사과하자 그가 바로 웃으며 고개를 저어서, 그 관대함이 성격에 따른 것인지 일 때문에 만나는 사람이라 그런지 여전히 판단하지 못하고 있는데,

"실은 저, 이 피아니스트의 연주를 라이브로 듣는 건 처음입니다."

하고 겸연쩍은 듯이 말해서, 나는 약간 의외였어요.

"그럼 평소에는 CD로?"

"네. 학생 시절부터 죽 좋아했는데. 여기요, 상당한 미인이죠."

그가 내 쪽으로 내민 팸플릿에 등을 꼿꼿하게 편 여자 사진이 있었어요. 정말 얼굴이 화사하게 생겼더군요.

"정말이네요."

하면서 살짝 웃고는, 에스컬레이터 난간을 꽉 잡았습니다. 저 높은 천장과 너무 긴 에스컬레이터가 왠지 불안했는

데, 스마 씨의 향수 냄새를 맡고는 조금 안심했어요.

어두컴컴한 콘서트장 안으로 들어가서 앉았더니, 의자가 온몸을 감싸는 것처럼 푹신해서 나는 그제야 숨을 천천히 쉬면서 무대에 나타난 피아니스트에게 박수를 보냈죠.

빨간 드레스를 입은 그녀는, 건반에 손가락을 올려놓는 순간 표정이 전쟁터에 나간 군인처럼 변했습니다.

소리의 불똥이 튀자, 오른손과 왼손이 번갈아 목숨을 노리듯 격렬하게 움직이고, 그 폭발하는 듯한 음악에 나는 숨 죽인 채, 두 손을 꽉 쥐고 집어삼킬 것처럼 무대를 쳐다보았어요.

모든 연주가 끝나자, 장내는 기립박수의 물결. 평소에는 일본 사람답지 않은 그런 반응을 일종의 작위적인 퍼포먼스처럼 느끼곤 했는데, 그날만큼은 나도 덩달아 일어나고 싶을 정도였어요.

콘서트장에서 나오는 순간 "정말 멋졌어요" 하고 감상을 말하자, 스마 씨는 고개를 깊이 끄덕이고는,

"저도 감동했습니다. 그렇게 굉장할 줄은 몰랐어요. 폭력적일 정도인데 곡에 딱 맞는 연주다 싶기도 하고."

"무엇보다 자기 테크닉에 취해 있지 않아서 좋았어요."

"격렬해질수록 오히려 냉철하다는 인상이 들고 말이죠."

얼굴을 들어 바라보니, 그는 흐뭇하게 웃고 있었죠. 그 청결한 웃음에, 나는 이렇게 말했어요.

"고맙습니다. 스마 씨와 같이 보러 와서 좋았어요."

그는 약간 당황한 듯이 눈을 깜박거리더니 이내 다시 웃으면서 "제가 영광이죠" 하면서 고개를 끄덕였습니다.

"괜찮으시면, 식사를 하러 갈까요?"

그래요, 하고 대답하자 스마 씨는 거기서부터 복잡한 좁은 길을 조금도 헤매지 않고 걸어가, 이탈리안 레스토랑을 안내해주었습니다.

그런데 문이 열렸을 때, 힐이 문턱에 걸리는 바람에 나는 강렬한 빛 속에서 그만 주저앉고 말았어요. 스마 씨의 반짝거리는 갈색 구두코가 보여서 '키는 그렇게 크지 않은데 발은 참 크네' 하고 생각하면서 얼굴을 들었더니, 그가 조금 걱정하는 표정으로 내려다보고 있더군요.

"스마 씨는."

그가 "네?" 하고 공손하게 되물었어요.

"남자네요."

"지금까지 뭐라고 생각했는데요?"

그가 농담처럼 말하고 웃어서, 나도 미소 지으며 일어났습니다.

유리잔에 세 잔째 레드와인을 따를 무렵에는 스마 씨 말투도 상당히 풀어져서, 주말에 봤던 영화와 시시하지만 웃기는 친구의 농담을 늘어놓았습니다.

나는 두 잔째 스파클링와인을 마시면서 '이제 꽤 어질어
질하네' 하고 생각했어요. 취하고 싶어 하는 인간의 심리를
태어나 처음 체감하면서 말이죠. 불쑥 다음 주 초까지 해야
하는 일이 한 가지 남아 있다는 게 기억나서,

"오늘, 금요일이죠?"

하고 그의 얼굴을 보며 물었더니,

"토요일인데요."

하고 스마 씨는 뭔가 모르게 즐거운 듯이 정정하고는,

"요일 감각이 없는 건 아닌데, 저 역시 평범하게 회사 다
니는 사람들과는 약간 어긋나더군요. 올해는 크리스마스에
도 일을 해야 하고."

"그럼 데이트도 못 하겠네요."

그에게는 오래 사귀는 연인이 있다고 알고 있었거든요.

"그녀와는 지난봄에 헤어졌습니다. 그래서……."

"그 여자가 평범하게 회사 다니는 상대?"

그가 잠시 머뭇거리다 "뭐 그렇다고도" 하고 대답하더니,

"헤어지기 전에도 거의 만나지를 않아서, 괴롭다거나 힘
들다는 감정이 없었습니다. 와타누키 선생님은, 여전히."

"나는, 계속, 혼자예요."

조명이 비친 컵받침이 얼룩져 있기에 잘 보니, 잔에서 흐
른 물방울에 푹 젖어 있더군요.

나는 살며시 잔을 감아쥐고, 물을 마셨습니다.

"내연의 남성은?"

"그러니까 그 말은, 혼자라는 말과 동의어인 거죠."

내가 단언하자, 스마 씨는 작은 소리로 "그렇군" 하고 중얼거렸습니다. 그러곤 와인 잔에 입을 대고서, 나는 평생 그 맛을 이해하지 못할 새빨간 액체를 비우고는,

"이제 그만 갈까요?"

하고 무척이나 부드러운 눈빛으로 말했습니다.

그래서 나는 고개를 끄덕이고 자리에서 일어났어요.

"일방통행이라, 지나갈 수가 없는데요."

택시 운전사의 말에 내가 뭐라 대꾸하기 전에, 스마 씨가 지갑에서 카드를 꺼냈어요.

택시에서 내리자, 덩그러니 서 있는 가로등이 어두운 길을 비추고 있었죠.

스마 씨는 밤하늘을 우러르고 하얀 숨을 토하면서, 무슨 생각을 곰곰이 하는 것 같았어요.

나는 곱은 손을 코트 주머니에 넣으려고 했습니다. 그런데 스마 씨가 그 손을 떠올리듯 살며시 잡았어요. 눈을 살짝 깜박거리면서 말을 않자, 스마 씨는 평소의 차분한 말투로,

"오늘 밤은, 줄곧 궁금했던 것을 물을 수 있어서 좋았습니다."

감싸준 손바닥이 커다랗고 뜨겁고, 먼 옛날에 포기했던 감촉이 포근해서 움직일 수가 없었어요. 스마 씨가 내게 호감을 품고 있다는 것은 암암리에 짐작하고 있었습니다. 하지만 그게 내 행동거지에서 비롯된 감정이라는 걸, 그는 알고 있었을까요.

나는 늘 그랬어요. 예의를 차리듯 관심을 끌려고 했죠. 또는 잠재적인 공포 때문에.

그런데도 고급스러운 코트로 몸을 휘감은 스마 씨에게서 기품 있는 성(性)의 기척이 떠돌아, 거기에 기댈 수 있다면 내 인생이 얼마나 간단해질까. 휴일의 데이트, 식사 후의 두서없는 대화, 불안에 시달리지 않는 포옹. 수많은 평범함.

나는 그 정상적인 사고를 떨쳐내듯 손을 쏙 빼고는 "데려다줘서 고마워요" 하고 말했어요.

그리고 잠시 망설인 후에,

"그럼, 또."

하고 말한 자신에게 놀라, 스마 씨의 표정을 확인도 하지 않은 채 마와타 장을 향해 뛰어갔습니다.

불을 켜자, 식당 테이블에 랩을 씌운 접시가 놓여 있더군요. 랩 안으로 옅은 색의 파운드케이크가 비쳐 보였어요.

내가 주전자를 불에 올려놓고 있는데, 쓰바키 씨가 수건으로 머리를 닦으면서,

"왔어요. 그 케이크, 괜찮으면 먹을래요?"

하고 물어서, 나는 바로 먹겠다고 대답했습니다.

"어땠어요, 오늘 미팅은? 아, 가끔은 내가 차를 끓일게요. 늘 밥도 지어주는데."

그러곤 부엌으로 가기에 나는 약간 당황해서 "친절하네" 하고 대답했습니다.

"친절은요. 늘 청소다 뭐다 해주는데, 이 정도는."

"실제로?"

실제로, 하면서 쓰바키 씨가 어깨를 으쓱하고는 접시를 가져와 케이크를 예쁘게 잘라주었어요.

형광등 불빛 아래 둘이 마주 앉자, 아직 20대인 그녀의 피부가 알알이 보이더군요.

눈 아래의 검푸른 다크서클 외에는 주름 하나 없는 눈가와 매끈한 턱 선에 나이 차라는 현실을 직시하고 있자니,

"왜 그래요?"

쓰바키 씨가 이상하다는 듯이 물었습니다.

"음, 오늘 밤은 놀란 일이 있어서."

"호오, 어떤 일인데요?"

예전에 딱 반대 대화를 나눈 적이 있었지 아마, 하고 생각하면서 조금 전에 있었던 일을 쓰바키 씨에게 얘기했어요. 얘기가 끝나자 쓰바키 씨는,

"난감하게 됐네요."

하고 말하더군요.

"그러게. 일 때문에 얼굴을 마주하는데."

하고 대답한 다음 나는 파운드케이크를 입에 넣었습니다.

"오늘 같은 일은 처음이었나요?"

나는 고개를 끄덕이려다 다시 옆으로 젓고는,

"직접적으로 이해관계가 없는 상대는……. 전부 하룻밤 같이 놀자는 유혹뿐이었지만."

"아아, 하긴 치즈루 씨에게는 그쪽이 어울리죠."

쓰바키 씨는 수긍이 간다는 것처럼 중얼거리고는, 파운드 케이크를 손가락으로 집었어요.

"이거, 버터가 듬뿍 들어가서 맛있네. 야에코가 가져온 거야?"

"네, 자기가 만들었대요. 틀에 넣을 때 조린 사과와 반죽이 잘 섞이지 않았다고 속상해했지만요. 그래도 충분히 맛있잖아요."

나는 아무 말 못 하고 미소만 지었어요. 어째 버터 맛밖에 안 난다 했거든요.

"그래도 지금까지는 단호하게 거부해온 거죠?"

"그건, 그때 기분에 따라 달랐지."

그렇게 말하고 보니, 쓰바키 씨는 어이없다는 표정으로 이쪽을 쳐다보고 있었어요.

"당신, 혹시 몇 번이나 바람을 피운 거야? 자기는 그렇게 대놓고 독점욕을 드러내면서?"

"서로가 원하는 게 다르니까, 반드시 상대에 대한 요구와 자신의 행동을 일치시킬 필요는 없잖아. 나는 세우 씨에게, 다른 남자에게 안기지 말라는 말은 한 번도 들은 적이 없다고. 그를 사랑하기는 하지만, 17년 동안 아무도 만나지 않는다는 건 비현실적이지."

"……그럼, 당신에게 나는 거의 판타지 같은 거겠네."

쓰바키 씨는 실망한 듯 중얼거리더니 짧은 한숨을 내쉬고서,

"뭐, 차라도 마시면서 천천히 생각해봐요."

그렇게 말하고는 차를 따라주었어요.

나는 컵을 얼굴에 갖다 대고,

"아, 혹시 홍차, 떨어졌어?"

하고 불쑥 물었어요.

"그렇던데요. 녹차와 호지차(찻잎을 센 불로 볶아 만든 일본의 전통차로 떫은맛이 적고 구수한 맛이 난다-옮긴이)밖에 없어서."

나는 호지차에서 오르는 김을 보며 겨우 정신을 차리고,

"냉정하게 생각해보니까, 역시 안 되겠네."

하고 선언했습니다.

"결론을 빨리 내리네요. 실제로, 뭐가 안 되는데요?"

쓰바키 씨가 턱을 괸 채, 누가 되었든 세우 씨보다는 낫

다는 투로 물었어요.

"학력도 좋고, 남들 이상의 수입이 있고, 에스코트도 잘하고."

"그런데?"

"공과 사의 경계선이 모호."

쓰바키 씨는 딱 몇 초 동안 침묵하고는 바로 얼굴을 들고서는,

"진짜 안 되겠네요."

"어, 이해해주는 거야?"

나는 놀라서 되물었어요.

"자, 마음껏 바람피워도 되겠네. 그렇다면 9시에서 5시까지 일하는 평범한 사람이."

"그, 그렇겠지. 내가 잘못 생각한 거 아니지?"

"그런 남자와 사귀고 싶은 여자도 많겠지만, 치즈루 씨처럼 유별나게 질투가 심한 타입은 어렵지 않겠어요."

쓰바키 씨의 단언에, 나는 고개를 깊이 끄덕거렸어요.

"그래서, 미안해요."

스마 씨는 집게손가락으로 미간을 긁적거리고는,

"마와타 장에 사는 여자들, 뭐랄까 좀 남다르군요."

하고 쓴웃음을 지으면서 옆 의자에 놓아두었던 백합 꽃다발을 들어,

"그럼 이건, 담당 편집자로서. 지난주에 생일이었죠?"

나는 놀라 꽃다발을 받으면서, 생일을 까맣게 잊고 지났다는 것보다 누군가에게 축하를 받는다는 기대조차 없었다는 사실에 할 말을 잃고 말았어요.

"앞으로는 또 같이 일하는 사람으로, 잘 부탁드리겠습니다."

하고 그가 말해서,

"당연하죠, 그건."

그러고 나는 허둥지둥 고개를 숙였습니다.

테이블에서 꽃다발을 내려놓은 다음 홍차에 설탕을 넣고, 금방 녹지 않은 것을 떠올리듯 스푼으로 젓고 있을 때, 스마 씨가 불현듯 입을 열었어요.

"같이 사는 남자가 있어서 그렇다는 말은 하지 않는군요."

나는 홍차를 젓던 손을 멈췄습니다.

"캐물을 생각은 없습니다. 다만, 내연의 남편이라는 표현이 줄곧 마음에 걸렸던 터라."

"1년 전 같으면."

그가 "네?" 하고 무슨 말이냐는 듯이 되물었어요.

"만약 1년 전이었다면 나는 주저 없이 그 사람 때문이라고 대답했을 거예요. 지금은 그렇게 대답할 수 없으니까, 나는 어쩌면 이제 곧."

마지막까지 말을 끝내지 못하고 고개를 숙이자, 떨어진 눈물이 타이츠에 배어들어, 난방 때문에 화끈해진 무릎을 싸늘하게 적셨죠.

숨을 쉬기 어려울 정도로 코가 막혀서, 냅킨 몇 장을 뽑아 얼굴을 덮으면서 자신도 깜짝 놀랄 만큼 끝없이 넘쳐흐르는 것에 흔들려, 오열이 구토처럼 끓어올랐어요.

일단 포기하자, 사랑받지 못한다는 사실을 받아들이기는 간단했지. 그러나, 그렇게 긴 시간 계속해 지녔던 악몽의 색감이 바래간다는 건 상상도 못 했어.

내가 세우 씨를 더는 사랑하지 않게 된다는 건.

그런 날을 맞느니 차라리 지금 바로 죽는 편이 낫다고 생각하면서, 스마 씨마저 홀로 남겨둔 채 나는 길 잃은 어린아이처럼 울었어요.

빨갛게 부은 눈으로 꽃다발을 안아들고 돌아오자, 식당에 있던 야마토와 구지라이가 놀란 표정으로 이쪽을 보기에,

"좋은 영화 보고 와서 그래. 오랜만에 통곡을 했네."

하고 얼른 말하자, 구지라이가 "꽃 꽂는 거 도울게요" 하면서 자리에서 일어났어요.

야마토도 "나는 리포트나 써야겠습니다" 하면서 쓱 나가버려, 언제 저런 마음 씀씀이를 익혔을까 싶어 속으로 놀랐습니다.

"둘이 사이가 좋네. 또래라서 그런가."

꽃다발의 리본을 풀면서 넌지시 말하자,

"사실 저, 요스케를 좋아했어요."

나는 꽃다발을 풀다 말고 그녀를 쳐다보았습니다.

"⋯⋯놀랐어요?"

"엄청."

하고 대꾸하자마자, 얼마 전에 야마토가 갑자기 이 집에서 나갔던 일이 떠오르더군요.

테이블에 두고 간 메모를 보고서 그녀의 얼굴이 투명하다시피 하얘졌던 일. 이성을 잃은 것도 아니고 그렇다고 감정을 내보이는 일도 없이, 그저 침묵만 지키던 옆얼굴이.

부엌 가위로 손을 내밀자, 구지라이가 그걸 쓱 집어,

"왼손잡이용이라 쓰기 불편하죠? 내가 할게요."

내 손에서 새하얀 백합을 가져가, 줄기를 비스듬히 잘랐어요. 탁 하는 소리가 싱크대에 반사되었죠.

"솔직히 지금도 요스케의 그 정직함과 천진난만함에는 마음이 끌려요. 사람을 솔직하게 칭찬할 수 있는 점도요. 그는 참 중립적인 사람인 것 같아요."

나는 "듣고 보니 그러네" 하고 맞장구를 쳤죠. 나로서는 그 중립성이 섹시함을 배제하고 있다고 단정하고 있었기 때문에, 그녀의 심리에 새삼스럽게 놀라면서 말이에요.

"그럼, 왜 그 남자랑 사귀기로 한 거야?"

그녀는 수도꼭지를 확 틀어 꽃병에 물을 받으면서, 차가운 물에 찌릿해진 손을 호호 불고서 "울었어요" 하고 중얼거렸습니다.

"울었다고?"

"김밥을 직접 만들어 먹던 날 밤에, 내가 없어졌던 일이 있잖아요. 그때 고야 선배를 만나서, 공원에서 얘기를 들었거든요."

"울었어?"

그녀는 굳은 표정으로 "네" 하면서 고개를 끄덕였죠.

"자기를 좋아하지 않아도 되니까 같이 있어줬으면 좋겠다고 했어요. 저, 너무 놀라서, 그러는 건 옳지 않다고 했어요. 그랬더니 고야 선배가 어렸을 때 얘기를 하더라고요."

"어렸을 때?"

"부모님한테 학대를 받았나 봐요. 유복한 가정이었는데 밥도 제대로 안 주거나, 시험 점수가 나쁘면 손찌검을 하기도 하고. 부모가 이혼하면서 어느 쪽도 맡겠다고 하지 않아서 센다이에 사시는 할아버지 집에 갔다고 하고. 저, 전혀 몰랐어요. 너무 가슴이 아프고, 무서웠어요. 그래서 아무 말도 못 하고 있었더니, 고야 선배가 여자와 같이 있으면서 안심한 적이 없었다고. 나만."

그러고는, 구지라이가 퍼뜩 정신을 차린 듯이,

"미안합니다. 이런 얘기를 내 입으로 하다니."

부끄러운 듯이 사과를 해서 나는 웃었어요.

"괜찮아. 그래서, 그다음은?"

"나만, 특별하다고."

그녀가 민망하다는 듯이 목소리를 죽이고, 꽃병에 꽃을 꽂기 시작했습니다.

나는 그 말을 다시 중얼거렸죠. 나도 예전에 비슷한 말을 들었던 적이 있다고 생각하면서 말이에요.

"쓰바키 씨와 야에코."

그들이 떠올라 내가 중얼거리자, 구지라이는 겸연쩍은 듯이 미소를 지었죠.

"그 두 사람은 절대 못 이기죠. 그렇게 당당하게 사귈 수 있다니."

나는 꽃병을 테이블에 놓고, 티끌 하나 없는 소녀 같은 꽃잎을 빤히 쳐다보았어요. 하얀 꽃잎 끝이 약간 벌어져, 노랗고 보송보송한 꽃가루가 형광등 불빛에 빛나고 있었죠.

"세우 씨는 여전히 일을 하고 있나 봐."

그렇게 중얼거리고서 나는 입가에 손을 댔어요.

"오늘은 아직 한 번도 못 봤는데요. 아마, 방에 있겠죠."

"그치."

구지라이가 몹시 주저하면서 "치즈루 씨"하고 말을 꺼냈습니다.

"치즈루 씨는, 언제부터 세우 씨랑 사귀었어요? 이런 거 물어서 미안해요. 계속 궁금했는데, 지금까지 물어볼 기회가 없어서."

나는 가로등 불빛만 비치는 밤의 마당을 쳐다보았어요.

"나, 그 사람에게 좋아한다는 말, 아직 한 번도 들은 적이 없어. 아마, 평생 못 듣겠지."

"네? 그럼, 두 사람은 어떻게?"

"17년 전, 태풍이 불던 날 내 방에 불쑥 그가 나타나서 나를 갑자기 쓰러뜨리고."

구지라이는 뭐라 말을 하려다, 총명하게도 그 말을 얼른 삼키는가 싶더니 오래 침묵을 지켰습니다.

"이해가 안 되지? 괜찮아, 그래도."

나는 차분하게 그녀를 일깨웠어요.

그녀는 입을 살짝 열고, 마치 대답이 다른 곳에 있는 것처럼 시선을 허공에 띄우고는,

"그건, 치즈루 씨의 마음을 세우 씨가 알았기 때문이었나요?"

나는 고개를 저었어요.

아무것도 모르는 채 복도를 걸어오는 발소리를 들으면서요. 발소리가 식당 앞까지 왔을 때, 돌아보려는 구지라이를 제지하고,

"17년 전 태풍이 오던 날 오후에, 세우 씨는 억지로 나를 안았어. 그 후로는 계속 그 사람이 나를 지켜주고 있어."

구지라이는 아무 말도 못 하고, 현실을 필사적으로 파악하려는 듯 의자 등받이를 잡고 있었습니다.

나는 "그럼, 내일" 하고는 식당에서 나왔어요.

팔짱을 끼고 복도 벽에 기대 있던 쓰바키 씨가 나를 쳐다보았죠.

나는, 잘 자라는 말만 하고 그 시선을 등졌습니다.

세우 씨가 어둠 속에서 눈을 뜨자, 거기만 불이 켜진 것 같았어요. 그 빛에 눈이 익을 때까지 몇 초 걸렸는데, 그는 어리둥절한 듯이 얼굴을 돌리려 하더군요.

그 볼에 왼손을 대고, 오른손에 쥔 팔레트 나이프를 그의 눈에 들이대면서 이 사람도 무서운 게 있구나, 하고는 안도하는 한편 실망스러운 기분이 들었을 때,

"너, 이 밤중에 이게 무슨 짓이야."

그가 평소의 말투로 말해서, 나는 천천히 숨을 깊이 들이쉬고는 말을 꺼냈습니다.

"당신에게 꼭 물어보고 싶은 게 있었어."

"뭔데?"

"17년 전, 마와타 장에 왔을 때 당신은 일을 하고 있지 않았어. 나는 집세도 식비도 안 내는 사람은 그 남자뿐이라고 생각했는데. 그런데 만약 당신도 그랬다면, 그렇다면 그건 우리 엄마와."

세우 씨는 그다음 내 입에서 나올 말을 헤아린 것처럼 미간을 찡그리며 정말 불쾌하다는 표정을 짓고는,

"난 엄마라는 족속과는 그런 짓 안 해. 가령 남의 부모라도."

그렇게 단언해서, 나는 기죽어 입을 다물고 말았습니다. 그가 숨을 길게 쉬고는 팔레트 나이프 끝을 쳐다보면서,

"넌, 내가 왜 그때 마침 등장했다고 생각하지?"

나는 "어" 하고는 말이 막혀, 팔을 내렸습니다.

"처음부터 네 엄마가 나에게 부탁했어. 너희 둘을 감시하라고. 처음에는 순수한 경계심, 그러다 헤어질 이유가 필요해진 거겠지. 나는 그 비 오는 날, 건너편 집 뒤에 숨어서 너희들을 지켜보고 있었다고."

나는 아무 말 못 한 채, 누워 있는 세우 씨를 내려다보았어요.

"비는 쏟아지는데, 유리창에 너희 둘 모습이 비치더군. 빗소리만 울렸어. 나는 때를 봐서, 하숙집 현관을 박차고 들어갔어."

나는 고개를 살살 저었어요. 지금 와서 또 엄마에게 실망하게 되다니, 생각지도 못했죠.

"하지만 그다음 일은. 그건 아무 관계도."

세우 씨는 두툼한 입술을 꾹 다물더니 "그만 자야겠어" 하고는 몸을 뒤척여 저쪽을 향하려 했습니다.

나는 그 팔을 잡고 흔들면서,

"그렇게 계속 거부할 거면, 왜 그때 그런 짓을 했던 거야.

왜 아직 여기 있는 거냐고. 당신 같으면 얼마든지 상대를."

세우 씨는 고개를 휙 돌려 이쪽을 향하더니,

"어머니가 이상해지면서, 나의 성은 파괴되었어. 반응을 하지 않는다고. 너랑 있었던 그 일은, 거의 기적이었어."

나는 어안이 벙벙한 채, 이렇게 중얼거렸죠.

"……난, 계속 생각했었어. 당신이 엄마를 멀리한 것은, 당신에게 관계를 요구해서가 아닐까 하고."

그의 표정이 바람에 날려간 것처럼 훅 사라지더니, 아주 조용하게,

"절대적으로 지배할 수 있는 입장에서 마음대로 하고 싶었던 거겠지. 돈도 그렇고, 몸도 마음까지."

하고 말했습니다.

"저주를 받은 거네. 나나 당신이나."

"그래. 그러니 나는 지켜왔던 거야. 너는, 그걸 몰라."

"지켜오다니, 뭘?"

그의 시선이 나의 왼쪽 어깨 너머를 향했습니다.

"그 태풍이 몰아치던 날의 오후는, 나로서는 잊기 어려운 색채였어. 그래서 나는, 더는 너를 안지 않겠다고 마음먹었어. 끝난 직후에, 이미 색이 바래기 시작했다는 걸 알고, 그렇게 결정했어. 거듭되면 반드시 색은 바래. 그건, 그런 행위였어. 그래서 너를 안을 수 없는 거야."

"하지만 다들 그렇게 거듭하면서, 서로에게 익숙해지고

깊어지면서 이해하게 되는 거잖아."

"내가 언제 너를, 이해하고 싶다고 했지? 언제나 내가 가장 이해할 수 없는 건 너야. 그리고 나는 그 사실에 만족하고 있어."

나는 체념하고 일어나, 세우 씨를 내려다보았습니다. 가마가 여러 개라서 굵고 꺼뭇꺼뭇한 머리칼이 복잡하게 뒤엉켜 있었지요. 그가 커다랗고 날카로운 눈을, 노려보듯 번쩍 떴어요.

"애당초 너, 내가 왜 너랑 같이 밖에 나가는 것도 싫어하는지, 한 번이라도 진지하게 생각해본 적 있어?"

생각지도 못한 질문에, 나는 당황해서,

"그거야…… 그냥, 당신이 그러고 싶지 않아서라고."

그렇게 대답하는데, 그가 그만 나가라는 식으로 왼손을 흔들었어요. 나는 말귀를 알아듣지 못하는 아이처럼 고개를 저었습니다. 참다못한 그가 이불을 박차고 나오더니, 지갑과 휴대전화기를 집어 들고 검은 코트만 걸친 채 밖으로 나가버렸어요.

아무도 없는 방에서 무릎을 꿇은 채 훌쩍거리고 있자니, 그 태풍 불던 날의 오후가 또렷하게 떠오르더군요.

오른쪽 어깨에 강한 힘을 느끼고, 돌아보는 동시에 벌렁 나자빠진 시야에 새하얀 천장이 들어왔습니다.

세우 씨의 혀는 짐승의 혀였어요. 먹고 남은 찌꺼기를 핥아먹는 것처럼 입을 쩝쩝거리고, 살을 뜯어 삼킬 것처럼 목덜미를 깨물고, 내 어설픈 젖가슴을 짓뭉개듯 움켜잡더니, 허물을 벗듯 제 손으로 옷을 벗어던졌죠. 그리고 내 바지와 팬티를 벗겨낸 다음 다리를 벌리게 하고 허리를 깊이 묻었습니다.

나는 겁에 질린 채 눈을 부릅뜨고 있었어요. 벽장 속에서 이쪽을 훔쳐보는 시선이 있다는 것도 잊은 채.

세우 씨는 그런 나를 똑똑히 내려다보고 있었어요.

그 눈동자는 까맣고 맑았습니다. 그의 움직임으로 방바닥에 허리가 닿았을 때, 순간적으로 느꼈던 아픔은 이내 멀어지고 그의 시선 하나로도 내 몸은 소스라칠 만큼 소름이 돋으면서 부드럽게 무너져 내렸어요. 세우 씨는 한마디도 하지 않고, 기교 따위에는 신경도 쓰지 않은 채 마지막까지 유일한 작업을 묵묵히 계속했습니다.

나는 정말, 이러면 아이가 생긴다는 걸 모르나 보네, 하고 생각했어요. 또는 그저 본능을 따라 움직이는 것인지. 그 정도로 그는 인간 같지 않았고, 감정이란 것도 찾아볼 수 없었습니다.

그때 자신이 느꼈던 감각을 말로 표현하려니, 왠지 걸맞지 않게 신뢰라는 단어가 떠오르네요. 거의 말 한 번 제대로 나눠본 적 없는 그와, 역시 아무 소통 없는 행위였는데 말이에요. 그런데도 그 단어 외에는 해당되는 말이 없습니다.

그때, 나는 이대로 그의 손에 목 졸려 죽을지도 모른다고 생각했어요. 또 그가 끔찍한 병을 갖고 있을 가능성도 있었고요.

세우 씨의 눈이 지금도 탁하지 않고 맑은 건 그 어떤 여분의 온정도 계산도 없기 때문이라고, 그런 결락 때문이라고 생각합니다. 그런 판도라의 상자 같은 세우 씨에게, 나는 그때 모든 것을 맡겼어요. 불행의 가능성은 물론 삶과 죽음까지요.

"왜 그렇게 내 얼굴을 보는 거지?"

내가 뭐라 대답을 못 하자, 세우 씨는 이제 흥미를 잃은 듯 옷을 끌어당겨 걸치더니 방에서 나가버렸습니다.

그게 17년 전, 태풍이 오던 날 오후의 일입니다.

다음 날 아침, 식사 준비가 다 되었다고 하는데도 쓰바키 씨는 내려오지 않았습니다. 세우 씨는 동이 틀 때야 들어왔는지, 잠이 부족한 퍼석한 얼굴로 자리에 앉았고요.

나는 말없이 식탁에 아침 식사를 차렸습니다. 계란말이, 간 무를 끼얹은 뱅어, 각종 채소와 우무 조림, 색감도 좋고 소화에도 좋은 반찬을 차리고, 밥공기에 하얗게 빛나는 밥을 뜨는 내 손을 구지라이가 무릎에 두 손을 가지런히 놓은 자세로 쳐다보았어요.

야마토는 연극 대본을 열심히 읽느라 이상을 눈치챈 기미가 없고, 내가 앞치마를 벗으려고 등 뒤로 손을 돌리자, 구지라이가 힐금 세우 씨를 쳐다보았죠. 그는 그 시선을 외면한 채, 뱅어 접시를 끌어당겼어요.

식사가 시작되고서야 2층에서 문이 열리는 소리가 들리고, 널마루를 밟는 소리가 울리더군요. 왠지는 모르지만 쓰바키 씨의 발소리는 누구와도 달라서, 가늘고 날카로운 악기 소리 같았어요. 그녀가 한 손으로 파란 포렴을 들쳐 올렸어요. 놀랍게도, 그 표정에 평소의 험악함은 어려 있지 않았습니다.

쓰바키 씨는 마치 꽃이 그 무게 때문에 고개를 숙이듯 천천히 고개를 숙였다가 들고는,

"갑작스레 말해서 죄송한데요. 나, 다다음 주에 나갈게요."

나는 젓가락을 내려놓고, 이미 들어서 알고 있는 것처럼,

"정말 갑작스럽네. 아쉽다."

고심하고 고심해서 아쉽다는 말을 덧붙이자, 그녀는 퍼뜩 정신을 차린 것처럼 어깨를 으쓱하고는 무척이나 싸늘한 시선으로 이쪽을 쳐다보았어요.

"역시 당신, 알고 있었네."

나는 고개를 약간 기울이고 "뭘?" 하고 되물었어요.

그녀가 얼굴을 가리듯 포렴에서 손을 떼더군요.

표정이 보이지 않자 꼼짝도 않는 발에서 격한 증오심이

이쪽으로 전해져, 나는 먹고 싶지도 않은 된장국을 입에 댔는데, 그때,

"같은 여자로서, 당신을 경멸해."

강경한 어투는 아니었지만, 어미가 약간 떨렸어요.

나는 된장국 그릇을 내려놓고, 분명하게 말했습니다.

"내가 왜 너에게 경멸당해야 하지? 상황은 같아도, 우리는 다른 인간인데."

"뭐가 같다는 거야?"

그녀가 그렇게 큰 소리를 지르는 건 처음 봤습니다.

"이상하잖아. 그런 짓을 당한 남자와 같이 살면서 밥까지 해먹이고. 그게 정상적인 인간이 할 짓이야? 당신도 저 인간도 머리가 어떻게 된 거지. 그렇지 않다면 병이고."

"그래서, 뭐 어쨌다는 거야?"

"당신이 유혹한 거 아니잖아. 동의하고 한 게 아니잖아. 그런 건 인간성의 박탈이지."

"그래. 그래서 난 세우 씨를 선택했어."

쓰바키 씨는 순간적으로, 얼이 빠진 것처럼 침묵했습니다. 혼자서 묵묵히 밥을 먹고 있던 세우 씨가, 기가 차다는 듯이 한숨을 쉬고는 의자에서 일어났어요. 먼저 식당에서 나가려는 그 앞을, 더는 못 참겠다는 듯이 구지라이가 가로막고 섰습니다.

"세우 씨가 나빠요."

그녀가 그렇게 타인을 비난하기는 처음인데, 그 말투가 너무도 당당하고 어른스러워, 나는 왠지 그녀가 나를 지켜주고 있는 듯한 착각마저 품었죠.

"세우 씨는, 치즈루 씨를 어떻게 생각하죠?"

"나는, 그녀를 소유하고 있을 뿐이야."

그렇게 대답하고 나가려는 세우 씨의 팔을 구지라이가 확 잡았습니다. 그는 상당히 당황한 것처럼 그녀를 내려다보았어요. 그녀는 바로 손을 놓고서,

"내가 묻고 싶은 건 사랑하고 있느냐, 하는 거예요."

세우 씨는 불쾌한 듯이 눈살을 찌푸리더니 "모르겠군" 하고 중얼거렸습니다.

"다들 언제나 사랑이라는 대의명분을 내세워서 타인을 소유하려고 하잖아. 사랑의 감정을 공유한 사람끼리는, 개인의 영역을 얼마든지 침범해도 괜찮다고 생각하고. 내 대답이 충분하지 않다면, 그걸 그대들의 언어로 바꿔보면 되겠지. 사랑이라는 말이 될 테니까."

"당신이 한 짓은 소유가 아니라 착취죠."

"똑같은 거야. 사유지에서 작물을 키워 수확하면, 내다팔거나 자기가 먹지. 그건 처음부터 끝까지 소유자의 권한이라고."

"당신이 소유자라면, 내연의 남편이라는 말을 수치스럽다거나 자기 뜻과는 다르다고 생각지 않나요?"

"나는 그녀와 결혼할 생각도 없지만, 그녀의 사회성을 부정하거나 빼앗을 마음도 없어. 우리 관계에 이름을 붙여야 살기 편하다면, 그렇게 하면 되잖아."

구지라이는 또 반론을 펴려는 듯 입을 열었다가 닫았습니다. 전혀 남남인 그녀가 눈과 귓불을 붉히며 그렇게까지 말하고 있는데 나는 역시 세우 씨가 하고 있는 말에 아무런 동요도 답답함도 느낄 수 없었어요.

"그만들 해요."

하고 쓰바키 씨가 참을 수 없다는 듯이 말했습니다.

"나, 여기서 나갈 거예요. 당신들이 어떻다 저떻다 해서가 아니라, 이제 사회로 복귀할 좋은 때이기도 하니까."

내가 "그렇네" 하고 동의하자, 그녀는 파란 포렴 뒤에서 홀연히 사라지고 말았습니다. 자기 말을 취소하는 일은 없을 거라고 생각했지만, 그 후에 쓰바키 씨는 예상을 넘어 서리만큼 신속하게 움직였습니다.

다음 날 부동산에서 서류를 들고 돌아오자, 근처 슈퍼마켓에서 얻어온 종이 상자를 조립해 짐을 꾸리기 시작했죠. 짐이라야 원래 많지도 않지만요.

야마토와 구지라이가 조심스럽게 허전하겠다느니 지금까지 신세 많이 졌다는 말을 건넬 때만 후련하다는 듯이 웃는 얼굴을 보였지만, 식사 때에도 아무 말이 없고, 목욕할 때 말고는 방에서 거의 나오지 않으면서 시간을 보냈습니다.

복도에서 얼굴을 마주치면 우리는 피차 말없이 스쳐 지나갔어요. 나는 오랜만에 하숙인이 떠나가는 감각을 반추해보았지요. 천천히 다가왔다가, 순식간에 멀어져갑니다. 어렸을 때부터 그런 일이 반복되다 보니, 타인에게 무관심해졌는지도 모르겠어요.

목욕을 하고 방에 돌아왔더니, 세우 씨가 벽장에 머리를 들이밀고 뭔가를 찾고 있었어요.

"무슨 일이야? 내 벽장에 당신 물건은."

"미안하지만, 너 여행용 가방 좀 빌려야겠다."

"어, 왜? 어디 갈 거야?"

내가 놀라서 매달리자, 그는 벽장에서 이쪽을 획 돌아보았습니다.

"무슨 일인데? 이렇게 계속 지낼 수는 없다고 한 말과 무슨 관계가 있는 거야. 최근에는 일도 많이 하고. 당신, 혹시 이 집에서 나가려고."

"일을 많이 하게 된 건, 뻔하잖아. 돈이 필요해서지."

"뭐?"

나는 뒤통수를 맞은 것처럼 멍한 채 되물었습니다.

그가 후 숨을 내쉬고서, 체념과 친절이 기묘하게 뒤섞인 표정을 띠고는,

"석 달 전에 친척한테서 연락이 왔었어. 어머니가 결핵으로 입원했다고."

"어머니가?"

나는 미간을 찡그렸습니다. 그들은 나이 차가 그렇게 많지는 않을 테니까요.

"운이 없어 그 균이 뇌까지 옮겨간 탓에, 누가 누군지도 못 알아본다고 해. 그래서."

"나한테 그렇다고 말을 해주면."

"요즘은 너도 여유가 없었잖아."

"어떻게 알아?"

그는 아주 간단히 "보면 알지"라고 대답하고는,

"상태가 어떤지 보러 가기가 무서웠어. 완전히 변해버린 어머니 모습을 보고 싶지 않았지. 그런데, 이제 그런 말이나 하고 있을 수는 없게 되었어. 모르는 척하는 것도 한계에 왔고. 면회하러 갈 거야."

"당신은 어머니를."

"굴 같은 거라고 여겼어. 먹고 한 번 탈이 나면 그 후에는 거부 반응이 생겨서 두 번 다시 먹을 수 없게 되는. 솔직히, 기억은 지금도."

"친어머니를, 굴이라고 하다니."

어이가 없어 웃음이 터져 나오는데, 그는 어째 기쁜 듯이 눈을 찡그리며 웃더군요.

"너는 별난 면에서 태평하군. 하기야 옛날부터 그랬지만."

"병원은, 규슈?"

"그래. 산속에 있는 조그만 병원인 것 같아. 불편한 곳이라 빈자리가 있었던 모양이지."

"어머니가 돌아가실 때까지 옆을 지킬 거야?"

그는 아주 잠깐, 망설이듯 눈을 깜박이고는,

"내가 떠난 다음에 어머니는 불같이 화를 내면서 자기가 아들과 인연을 끊었다고 떠들고 다녔다는군. 그 후로는 긴 편지를 주고받거나 짧은 통화를 하는 정도였어. 젊은 연인이라도 되는 것처럼 아들을 배신자라고 매도했던 어머니인데, 지금 나한테 뭘 원하는지를 어떻게 일반론으로 말할 수 있겠어."

"몰라서 가는 거구나."

내가 고개를 끄덕이자, 세우 씨는 뭔가를 깨달은 것처럼 이쪽으로 고개를 돌리고,

"너는 아직도 무슨 말이 하고 싶은가 보군. 그러면서 정작 중요한 말은 하나도 하지 않고."

"내게 중요한 건, 당신이 거기에 있다는 건데 뭐."

"없어지면, 의외로 싹 잊어버리겠지. 내가 여기 돌아왔을 때, 너는 맹하게 생긴 남자와 마당에서 사이좋게 어깨를 나란히 하고 있었어."

"그다음에 바로 헤어졌잖아. 당신은 5년 만에 돌아왔으면서, 아무 말도 없이 비어 있는 안쪽 방으로 들어갔고. 정말, 왜 없어졌던 건데?"

그는 쓸쓸한 표정으로 눈을 감더니, 말하고 싶지 않다는 식으로 고개를 저었어요. 나는 한숨을 쉬다가 문득 떠올랐습니다. 그러고 보니까 그가 없어지기 직전에 둘이 같이 우에노 미술관에 갔다는 게.

고등학교 시절의 마지막 여름 방학.

나는 어른스럽게 검은 원피스를 입고 있었죠. 서늘하고 고요한 관내. 모성이 넘치는 풍만한 르누아르. 아련한 수련이 물 위에서 멀어져가는 듯한 모네. 나는 세우 씨 안색을 살피고 있었고, 공원 안에 있는 찻집에서 흑당을 끼얹은 우무를 먹을 때는 몹시 긴장하고 있었어요. 그런데 대체 왜.

"너는 모든 걸 자각하고 있는 것처럼 여길지 모르지만, 자각이 없는 무방비함은 오히려 누구보다."

그 순간, 머릿속이 새하얘지고,

"……혹시 그거 때문에? 당신이 화장실에 간 동안, 옆대 다니는 남자가 얼굴을 스케치해줬는데. 당신이 아무 말 없이 가버려서, 내가 얼마나 놀랐는데. 설마 그런."

"너는 정말, 아무것도 모른다니까. 담당 편집자와 부담 없이 나다니질 않나, 그 소년을 방에 들이지 않나."

어떻게 할 수 없는 감정이 끓어올라, 마지막까지 말을 끝내지 못한 채 손을 내밀어 그의 셔츠 속 가슴을 만지자, 그는 불쾌한 표정을 띠고 이쪽을 내려다볼 뿐 뿌리치지는 않았어요.

검고 아른한 광택이 있는 옷감에 싸인, 칙칙하고 작은 생채기가 많은 피부가 천천히 나타났습니다. 그를 지탱하는, 굵은 철골 같은 쇄골. 어깨에는 매끄러운 근육이 붙어 있고, 두 팔은 상상했던 것 이상으로 우람하고, 복부는 금방이라도 무너져 내릴 듯 위태로운 두께고. 셔츠가 바닥으로 떨어지자, 거기에는 그늘에서 나이를 소모했다고밖에 할 수 없는 남자의 몸이 기다리고 있었죠.

나는 당장이라도 어린애처럼 도망치고 싶어지는 심정을 억누르면서 쳐다보았어요. 세우 씨도 말없이 이쪽을 쏘아보았습니다. 복부만, 희미하게 오르내리고 있었어요.

나는 결국 손을 내리고, 얼굴을 돌리고 말았습니다.

그는 천천히 셔츠를 주워들고 등으로 돌려 팔을 밀어 넣고, 상반신을 뒤덮었어요.

"난, 늘 알 수 없었어. 어떻게 하면 당신의 관심을 끌 수 있는지. 다른 사람에게는 그럴 수 있는데. 당신에게만은 그게 안 되었어."

"그건 피차 마찬가지야."

세우 씨는 셔츠 단추를 채우면서, 무심하게 말했습니다.

"게다가 너는 늘 나만 보고 있었어. 한 번도 그림에는 관심을 보인 적이 없다고."

"당신, 혹시 내 관심을 끌려고 했어?"

그렇게 중얼거린 말에 악의나 다른 뜻은 없었는데, 세우 씨는 몹시 부끄러운 것처럼 얼굴을 돌리고는,

"2주일이 지나도 돌아오지 않으면, 그때는 내 방을 비우고 다른 사람을 구해."

그리고 다시 벽장에 머리를 밀어 넣더니, 안쪽에서 낡은 가죽 보스턴백을 잡아당겼어요.

"이걸 빌려가지."

그는 그렇게 말하고 내 방에서 나갔습니다.

다음 날 아침, 체온이 고인 이불 속에서 멀어져가는 세우 씨 발소리를 똑똑히 들었어요.

눈을 감자 또 눈물이 넘쳐흐를 것 같은데, 아직은 붙잡을 수 있다는 생각을 몇 번이나 짓눌렀어요. 그는 가야 한다고, 이제 겨우 움직이기 시작했으니까, 하고 나 자신에게 거듭 말했습니다.

쓰바키 씨가 이사 하는 날 아침에는 몹시 차가운 바람이 불었어요. 이삿짐센터 직원들은 하얀 숨을 토하면서 계단을 오르내려 경트럭에 짐을 옮긴 다음 새집으로 출발했습니다.

마지막에 쓰바키 씨가 돌아와, 텅 빈 방을 청소했죠. 내가 차를 들고 상황을 보러 갔더니, 기장이 긴 헐렁한 카디건을 걸친 그녀가 구석에 쌓인 먼지를 걸레로 닦고 있었어

요. 근육이 드러난 가칠한 손등을 바라보고 있는데, 그녀가 먼지가 풀풀 이는 허공을 보면서 이렇게 말하더군요.

"당신에게는 실제로 신세를 많이 졌어요. 식사며 청소며, 많이."

"괜찮아. 오늘, 야에코는?"

"오늘도 학원 땡땡이치고, 지금쯤 새집에서 커튼을 달고 있지 않겠어요. 하숙집은 재미있어서 아쉽지만, 이제 언제든 단둘이 있을 수 있으니까 너무 좋다던데. 참 걱정이 없다니까요. 그보다."

그녀가 어깨를 으쓱하고는,

"한 가지, 영 마음에 걸리는 게 있었어요. 당신, 어떻게 나에 대해 알았어요? 나는 한 번도 말한 적이 없는데."

야에코를 사귀기 전 같으면, 하고 나는 생각했습니다. 그녀는 그런 말을 입에 담지조차 못했을 텐데.

"그런 거는 금방 알지. 막 이사 왔을 무렵에, 여기 오기 전에 남자와 같이 살았다고 했잖아. 동거가 아니라. 세우 씨도 무서워했고. 그 사람은 아무 생각이 없는데."

"당신, 아주 내 미움을 사고 싶은 모양이네요."

그래요, 그래서 나는 줄곧 쓰바키 씨가 부러웠어요.

"그럴지도 모르지. 나, 여자에게 예쁨 받는 법을 모르니까."

왜 그렇게 거리낌 없이 원망하고 미워할 수 있을까요.

"설마, 그 남자가 먼저 사라질 줄은 몰랐어요. 언제쯤, 돌아온대요?"

"글쎄, 5년 후일지 10년 후일지. 어쩌면 내가 죽을 때일지도 모르고."

쓰바키 씨는 어이가 없다 못해 짜증을 보이면서,

"왜 아직도 그런 남자를 지키려는 거죠? 당신, 사실은 상처 많이 받았잖아요."

나는 그 빗나간 지적에 피식 웃고는 "아니" 하면서 고개를 저었습니다.

"나, 어렸을 때 유괴당한 적이 있어. 엄마의 전 애인이었지. 나를 미끼로 엄마에게 다시 한 번 자기네들 관계를 생각해보자고 부탁할 속셈이었을 거야."

"뭐, 뭐예요? 그 끔찍한 얘기는."

"그렇지, 끔찍하지. 하지만 나, 그 사람을 지금도 좋아해."

쓰바키 씨는 왼손에 걸레를 움켜쥔 채, 이쪽을 보고 있었어요.

"초등학교 다닐 때였는데, 학교 가는 나를 기다리고 있다가 차에 태워서 바다로 갔어. 하얀 등대에 올라가 바다에서 불어오는 세찬 바람을 맞으면서, 무수한 빛을 품은 수평선을 봤어. 갓 구운 오징어도 먹고, 해선 덮밥도 먹고, 정말 맛있었지. 제방에 앉아서 낚시도 하고. 담아둘 데가 없어서 전부 바다로 돌려보냈지만."

"유괴라면서."

"그랬지. 성립하지 않았지만. 이쪽에서 전화를 걸었는데, 엄마는 제대로 받지도 않았어. 볼일이 있다고 나간 후로, 저녁때가 되어도 돌아오지 않았고. 그 사람은 전화를 걸다 걸다 지쳐서 결국은 포기하고, 나를 집에다 데려다주었어."

어스름한 동쪽 하늘에 뜬 달빛을 받으면서 멀어져가는 차를 보고 있을 때, 외출용 핸드백과 근처 슈퍼마켓의 장바구니를 한꺼번에 든 엄마가 모퉁이에서 나타났습니다.

엄마는 빨간 입술을 삐죽거리며 이렇게 말했죠.

"너 뭐니? 걱정했잖아."

내가 놀라서 "뭐?" 하고 되묻자,

"어차피 돌아올 거라고 생각했어. 그 남자, 소심하잖아. 드라이브, 재미있었니? 가난해서 힘들겠지만, 드라이브 가고 싶다고 했잖아, 너."

나는 눈을 깜박거리려다, 눈물이 쏟아질 것 같아서 그럴 수도 없었습니다.

"내가 말해두는데, 자기 몸은 이제 스스로 지켜야지. 언제나 부모가 지켜보고 있을 수는 없으니까."

그게, 하고 새어나온 말은 이내 체념에 짓뭉개져 바람에 날아가고 말았습니다.

"저녁 먹을 거니까 들어가자. 그 남자한테는 전화해서 말할게."

전화해서 말한다는 게 무슨 말이야. 왜 그렇게 남 일처럼 말하는데. 애당초 내가 유괴당한 건 엄마 때문이잖아. 어떻게 걱정조차 안 할 수 있어. 책임을 못 느끼는 거야?

한 발 앞서 현관 안으로 들어간 엄마의 하얀 셔츠 입은 등을 망막에 새기면서, 나는 깨달았어요.

나는, 엄마의 소유물이 아니지.

낳은 순간, 저 사람은 모든 걸 잘라낸 거야.

엄마를 쫓아가지 못한 채 낡은 문을 잡고 있을 때, 그 남자가 했던 말이 불현듯 되살아났습니다.

아저씨는 네 편이야.

내 머리와 발을 쓰다듬으면서 다정하게 나에게 말했던 그는, 내가 조금이라도 무서워하거나 마음 상해할까 봐 두려워했어요. 정말 그 사람은, 엄마보다 훨씬 내 편이었어요.

나 스스로 나를 완벽하게 지킬 수는 없다. 그러나 오늘처럼 내 편이라고 말해주는 사람이 점점 늘어나면, 세상이 내게 한결 안전한 장소가 된다. 그러려면, 내 편을 더 늘려야 한다. 사람들이 내 편이 될 수 있도록 해야 한다. 가령 엄마에게 버림받았어도, 외톨이가 되지 않기 위해서는.

"수많은 남자들과 잘 때마다 그 말을 들었어. 네 마음은 알고 있었다고. 맞는 말이지, 내 쪽에서 유혹한 거니까. 보다 많은 상대와 이어지면, 그만큼 세상을 내 편으로 만들 수 있다고 여겼으니까. 그런데 세우 씨만은, 나에게 어떤 과실도 책임도 부여하지 않았어. 그 사람 하나만, 아무 변명도 하지 않고 일방적으로 나를 빼앗아 자기 것으로 만들었어."

쓰바키 씨는, 더는 말을 하지 않았습니다.

"누구 하나, 나를 지켜주지 않았어. 친엄마조차. 나를 완벽하게 소유해주는 사람. 내가 원한 것은 딱 하나, 그거였어."

초겨울의 흐리터분한 햇살 속에서, 쓰바키 씨는 어깨에 큼지막한 보스턴백을 멘 모습으로 인사하고는, 천천히 걸어갔습니다.

야마토가 무척이나 허전한 듯이,

"쓰바키 씨, 그래도 좋은 사람이었는데."

하고 중얼거려서, 나는 솔직하게 "그래" 하고 맞장구를 치고는,

"그러니까, 이렇게 떠나는 편이 좋은 거야."

하고 단언했습니다.

"치즈루 씨는 쓰바키 씨를 싫어하는 거 아닌가요?"

"싫어할 수 있다는 건, 기대를 하기 때문이지. 쓰바키 씨는 인간에게 희망이 있는 사람이었어."

구지라이가 "무슨 말인지 알 것 같아요" 하는 동시에 야마토는 "잘 모르겠는데요" 하고 대답해서 우리는 잠시 소리 내어 웃었습니다.

두 사람의 부재가 예상외로 그들에게 큰 공백이었던 것 같았어요. 식사 시간이 되면, 빈 의자를 보면서 왠지 불편해하는 눈치여서,

　"사람을 모집해야겠네."

　내가 뿌리채소와 우무, 표고버섯, 유부를 넣어 지은 밥을 공기에 퍼 담으면서 중얼거리자, 얇은 레몬색 스웨터를 입은 구지라이가,

　"고야 선배가 반길지도 모르겠어요."

　하고 불쑥 말해서, 나와 야마토는 놀라 얼굴을 마주 보았습니다.

　"검토해볼게."

　나는 그렇게 넌지시 대답하고는, 그녀가 지나친 박애 정신을 발휘할 일은 아닌 것 같다고 마음속으로 생각하고 있는데,

　"아, 잠깐 실례할게요."

　야마토가 휴대전화를 꺼내 문자를 확인하고는,

　"지금 친구가 놀러 오겠다고 하는데요."

　우리는 얼굴을 마주하고,

　"혹시, 여자친구?"

　하고 무심결에 묻자, 그는 바로 부정하고서 말했어요.

　"남자입니다. 고향 친구인데, 지금 W대에 다녀요. 머리도 좋은 놈이 귀여운 여친과 동거까지 하고 있다니까요."

나는 내심 어떻게 그런 아이가 야마토의 친구인 걸까 하고 미심쩍어하면서,

"알았어."

하고 살갑게 대답했어요.

그리고 한 시간이 채 지나지 않아, 현관 벨이 울려서 하는 일이 없던 내가 먼저 나가보니,

"저…… 여기에 야마토 요스케라는 친구가 살고 있을 텐데요."

어둠 속에 훤칠하고 말쑥한 남자가 서 있더군요. 귀여움과 서글서글함의 중간 정도 되는 눈이 이쪽을 예의 바르게 쳐다보고 있었어요. 훤칠한 윤곽에는 지성이 배어 있고, 남색 피코트를 입고, 차분한 올리브색 목도리를 두르고, 길이가 딱 맞는 바지를 입은 차림새에서 좋은 집안에서 자란 아이라는 걸 짐작할 수 있었죠.

"잠깐 기다려요."

나는 살짝 미소 짓고는, 잠시 생각하고서,

"이름이?"

하고 묻자, 그는 왜 그런지 당황한 것처럼 한 손으로 얼굴을 비빈 다음 자세를 바로 하고,

"저는, 미도리카와 슈이치라고 합니다."

마치 나에게 자기소개를 하듯 말했어요. 나는 고개를 끄덕이고, 계단을 올라갔습니다.

방에서 뛰어나온 야마토가 현관에서 호들갑을 떨었죠.

"야, 정말 찾아왔네. 그런 설명만으로 찾아오다니, 역시 똑똑하다니까."

미도리카와는 담담하게 "요스케 너처럼 듣기는 잘 들었으면서 엉뚱하게 기억하지 않으니까" 하고 말했어요.

"그런데 요스케, 이 여자분은."

야마토는 나를 돌아보고는 거침없는 태도로,

"아, 와타누키 치즈루 씨. 우리 하숙집 주인, 밥도 해주고 청소도 해주고 계셔."

나는 고개를 살짝 숙인 후에, 미도리카와에게 저녁은 어떻게 하겠느냐고 물었죠. 자신이 야마토에게는 사람이며, 미도리카와에게는 여자라는 걸 인식하면서요.

"괜찮습니다. 신경 쓰지 않으셔도."

미도리카와는 바로 대답하고는 야마토 쪽을 돌아보며 "편의점에 가서 뭐 좀 사 올까" 하고 말하더군요.

"그러는 게 좋겠지. 우리, 방에서 적당히 먹고 마실게요. 아, 그래도 안주 정도는 있으면 좋겠는데."

나는 기꺼이 그 청을 받아들여 "알았어" 하고는 식당으로 돌아갔습니다.

저녁을 먹고 뒷정리가 끝난 다음에, 안줏거리를 몇 가지 만들고 있는데, 야마토가 계단을 우당탕탕 뛰어 내려와,

"와, 미치겠네. 슈이치 녀석이 저러는 거, 처음 봐요."

그러고는 싱크대에 빈 맥주 캔을 수북하게 내려놓았어요.

"왜? 무슨 일 있었어?"

내 질문에, 그는 와르르 말을 쏟아냈죠.

"동거하던 가호 씨가, 아, 같은 대학에 다니는 여친인데, 아르바이트 하는 곳의 점장과 양다리를 걸치고 있었대요. 그러다 차여서 쫓겨났대요. 얼마나 놀랐는지. 슈이치 녀석, 같은 고등학교 다녔지만, 인기가 엄청났거든요. 이런 말 하기 뭐하지만, 친근감이 느껴져서."

그는 빈 캔을 구석에 있는 쓰레기통에 던져 넣고는,

"나, 맥주 좀 사러 나갔다 올 테니까, 저 녀석 밥 좀 챙겨주세요. 거의 먹지도 않은 것 같습니다."

그렇게 묻지도 않은 말까지 늘어놓더니 젖은 손을 청바지에 닦고, 현관을 뛰쳐나갔습니다.

나는 할 수 없이 감자 샐러드와 닭가슴살 명란 무침을 접시에 담아 들고 천천히 계단을 올라갔어요.

노크를 하자 "네" 하고 쉰 목소리가 흘러나와,

"주인이에요. 이거, 괜찮으면 둘이 먹으라고."

문을 열자, 책상다리를 하고 앉아 있던 미도리카와가 놀란 듯이 얼굴을 들었어요. 그런데 그 무릎에 책이 펼쳐져 있더군요.

"작가시군요. 놀랐습니다. 이름, 들은 적이 있어요. 저는 이과라서 책을 별로 읽지 않지만, 문학부에 읽은 친구가 있어서요."

나는 접시를 내려놓으면서, 그가 펼쳐놓은 페이지를 내려다보았어요. 그가 입고 있는 오렌지색과 갈색 줄무늬 셔츠가 군데군데 구겨져 있고, 걷어 올린 소매 밖으로 의외로 뼈가 굵은 손목이 보였습니다.

그는 기노쿠니야 서점의 커버를 씌운 책을 가리키면서,

"저, 이런 소설은 모델이 있는 건가요?"

나는 "반반이야" 하고 늘 하는 대답을 하면서 페이지를 누르고 있는 그의 손끝을 쳐다보았어요. 마치 늘 장갑을 끼고 성장한 것처럼 손이 하얗더군요.

페이지 끝에 손을 대자, 그가 취기와 외로움이 밴 시선으로 이쪽을 쳐다봐서,

"같이 살던 여자에게, 또 사귀는 사람이 있었어?"

그가 "네" 하고 쉽게 대답해서 나는 순간적으로 눈을 내리깔았다가 물었어요.

"사실은 다 알면서 사귄 거 아니니?"

그는 "사귀는 중에 어렴풋하게는" 하고 순순히 인정하고는, 손바닥에 고인 열기를 이쪽으로 밀어붙이듯 손을 잡으려고 했습니다.

"또 놀러 와도 괜찮을까요?"

나는 얼굴을 들고 말했어요.

"그런 말은 필요 없어."

그는 "그런가요" 하면서 부끄러운 듯 고개를 숙이더니 책을 덮고 맥주를 들이켰습니다.

내가 계단을 내려가는데, 마침 돌아온 야마토가 스니커즈를 벗으면서 "슈이치 그 녀석, 완전 풀이 죽어 있죠?" 하고 물어서,

"그건 잘 모르겠는데, 앞으로도 이래저래 걱정이네."

"네? 혹시 충격이 너무 커서 자살할지도 모른다, 그런 말인가요?"

야마토의 엉뚱한 질문에 나는 아무 대답도 않고 세우 씨 방으로 향했습니다.

이부자리와 옷이 힘이 다한 생물처럼 어둠 속에 쌓여 있었어요. 무릎을 꿇고 앉자, 그의 냄새가 나서 그만 참을 수 없어 그 위에 엎드리고 말았어요.

타성적으로 끝나가는 걸 그리도 싫어한 까닭은, 내가 지금까지 진정한 사랑을 놓지 않았기 때문이다. 마음을 남긴 채 헤어지는 게 어떤 일인지 몰랐다. 그러나 이미 늦었다.

세우 씨가 있어서, 다른 상대를 보았다. 다른 상대에게 웃음을 흘렸다. 다른 상대에게 안겼다. 그를 통해 세상과 이어져 있었다. 지금은 아무것도 원하지 않고 무섭지도 않고, 그 누구도 만지고 싶지 않다. 그래 봐야, 아무것도 없는 거나 마찬가지니까.

그래도, 시간은 흘러간다.

우리를 돌이킬 수 없는 장소로 옮겨다놓듯이.

오후 카페에는 우리 외에 손님이 아무도 없어서, 트레이닝복에 청바지를 입은 가게 주인은 카운터 안에서 꾸벅꾸벅 졸고 있었습니다.

나폴리탄 스파게티 접시 옆에 원고를 펼친 스마 씨가, 스파게티가 붙는데도 아랑곳 않고 읽고 있던 문장에 고개를 끄덕이더니,

"와, 좋은데요. 정말 좋습니다. 묘사가 한결 섬세해진 것 같아요."

나는 "고맙습니다" 하고서 코코아 잔을 입으로 가져갔어요. 입술에 갈색 얼룩이 남지 않도록 냅킨으로 닦고 있는데,

"식사는 정말 안 하셔도 괜찮습니까?"

하고 물어서,

"몸이 좀 안 좋아요."

하고 솔직하게 털어놓자, 그는 예의 바른 친절함을 내보이며,

"그러면 안 되죠. 몸조리 잘하십시오."

나는 약간 고개를 숙였다가, 아직 한낮인데도 칙칙하고 싸늘한 창밖으로 시선을 돌렸습니다.

"요즘에, 우리 집에 살던 사람들이 갑자기 나가서 정말 조

용해졌어요."

내일이면 세우 씨가 떠나면서 약속한 2주가 된다. 아직 전화 한 통 없는데.

"그렇군요. 하숙집이란 게, 대가족이 모여 사는 거나 다름 없으니까 허전하겠습니다. 궁금해서 몇 번이나 물어보려고 했는데, 와타누키 선생님은 왜 글을 쓰려고 한 거죠? 하숙 만 운영해서 생활하지 않고요."

나는 아아, 하면서 살짝 웃고는,

"같이 추억을 쌓을 수 없는 사람이 옆에 있어서요. 이야기 속에서는 어디든 갈 수 있고, 어떤 말도 나눌 수 있잖아요."

스마 씨는 난감한 듯이 웃고는,

"정말 그 사람에게 빠져 있는 거군요."

나는 대꾸는 하지 않고 살며시 미소 지었습니다.

"아 참, 꽃다발 고마웠어요. 꽃다발은 태어나서 처음 받았 어요."

그렇게 말하고는 눈을 심하게 깜박거렸습니다.

마와타 장 마당에서, 금색 이파리가 불타오르듯 흔들렸 다. 마치 거대한 꽃다발 같았다. 현관으로 들어온 세우 씨 손이 그림물감에 젖어 있어, 그 멋들어진 몸에는 금색 피가 흐를 것이라고 몽상했다.

스마 씨와의 미팅을 끝내고 찻집에서 나오자, 상점가에는 징글벨 노래가 흐르고 있었죠. 빨강 초록 장식을 슬쩍슬쩍 보면서, 나는 에코다 역에서 표를 사 전철을 탔습니다.

마당에 우거진 작은 수풀 앞에, 나는 조그만 의자를 놓고 앉았습니다.

오후의 하늘에는 구름이 엷게 끼어 있고, 나는 어깨에 걸친 숄을 끌어당기면서 붓을 들었어요.

딱딱한 그림물감이 붓과 이파리의 가슬가슬한 감촉에 저항을 받으면서 퍼져 나갔죠. 물을 약간 더하자 이번에는 줄줄 흐르고, 그런 일을 몇 번 되풀이하다 보니 겨우 매끄럽게 먹어들어, 나는 책상 앞에 앉아 이야기를 빚어낼 때처럼 집중해서 작업에 몰두했습니다. 아무 소리도 들리지 않았어요. 불쑥 그림자가 어려 돌아보니, 구지라이가 서 있었어요.

"차라도 마실래요?"

나는 고개를 끄덕이고, 앞치마에 두 손을 닦고서 컵을 받아들었습니다.

구지라이는 대담하게 땅에 털퍼덕 앉더니, 모자이크 그림처럼 군데군데 금색으로 물든 이파리를 가만히 쳐다보면서,

"심정은 알겠는데, 지구에는 좋지 않은 일 같은데요. 이렇게 생생하게 살아 있는데."

나는 "그렇네" 하고 대꾸하고서,

"이랬으니까, 정말 세우 씨답지."

"이걸 전부 다 칠하다니, 엄청 끈기가 필요한 작업이었겠

어요."

나는 고개를 조그맣게 끄덕였다가, 다시 한 번 깊이 분명하게 끄덕이며 말했어요.

"그래, 고하루 씨 말이 맞아. 그만둘게. 눈도 아프고."

"아까 치즈루 씨 얘기를 듣고 놀랐어요. 세우 씨는 왜 이랬을까요?"

두 손으로 얼굴을 덮고 눈두덩을 가볍게 문지르면서 "내가 부탁했어" 하고 대답하는데, 목덜미에 차가운 것이 살짝 스쳤습니다.

"눈이, 오는데요."

놀란 구지라이가 소리를 질렀어요.

하늘을 올려다보니, 뜯겨나간 깃털처럼 하늘하늘한 눈이 천천히 날아내리고 있더군요. 따끈한 홍차 컵 안에도 한 송이, 두 송이 녹아들었어요.

"17년 전, 이 마당에 협죽도가 있었어. 그런데 어느 때, 그게 너무너무 싫어진 일이 생겼어. 엄마는 없애주지 않았고. 그래서 내가 세우 씨에게 말했지. 그 협죽도를 보면 죽고 싶어진다고."

"협죽도, 시원시원한 하얀 꽃이 피는 나무죠. 정말 안 좋은 일이 있었나 보네요."

나는 "응" 하고 살며시 웃으면서,

"그랬더니 얼마 후에 세우 씨가 그 이파리를 전부 금색으

302

로 칠해버린 거야. 마치 생일날 받은 선물 상자 같았지. 원래 모습은 흔적도 없어지고. 그런데 바로 비가 내려서 물감이 흘러내리는 바람에 엉망진창이 되었어. 엄마가 불같이 화를 내서, 우리 둘 다 복도에서 벌섰어. 어린애처럼."

그때, 그녀가 조그만 목소리로 조곤조곤,

"세우 씨, 혹시 치즈루 씨를 계속 사랑했던 거 아닐까요?"

나는 그녀를 올려다보았죠.

"세우 씨는, 애정이라는 말을 부정하는 사람이지만, 그렇다고 감정이 없다는 것과는 다르니까."

"고하루 씨."

"……네."

"그 사람, 전에도 없어진 적이 있어. 5년 후에 돌아왔지. 이번에도, 어쩌면, 오래. 나는 그를 기다리다가, 이번에야말로."

눈을 감자, 무수한 언어가 넘쳐흘러 지면으로 빨려 들어가듯 사라져갔습니다.

하고 싶은 말일수록, 두려워서 언제나 말로 하지 못한다. 한마디를 뱉는 순간, 다른 모든 말을 잃게 되니까.

그 사람은 말을 사용하지 않았다. 그래서 나는 언제까지나 꿈꿀 수 있었다. 아아, 그래. 그 사람 말이 정말 옳네. 나는 언제나 세우 씨를 알지 못해서, 그것으로 채워져 있었다.

구지라이가 내 등에, 살며시 손을 댔습니다.

나는 그녀에게 기대어 갓 태어났는데 벌써 죽어가는 눈

송이를 목덜미에 맞으면서, 하얗게 번진 경치 속에 마지막 황금색의 꿈을 그려나갔습니다.

밤사이에 그친 눈은 이파리에 묻은 물감을 씻어내지는 못하고 녹였을 뿐이었어요.

아침을 먹고, 파란 하늘 아래 마당으로 나가보니 지면 여기저기에 물이 고여 있고, 이파리에서 흐른 물감이 무수한 뱀처럼 꿈틀거리고 있었지요.

나는 하얀 코트를 걸친 채, 숨을 내쉬면서 땅에 쪼그리고 앉았어요. 이대로 돌이 되어버리고 싶다고 생각하면서, 하염없이 그렇게 앉아 있었는데.

"너, 그런 데서 뭐하는 거야."

머리 위에서 당연한 일인 것처럼 그런 목소리가 들려, 나는 고개를 들었습니다.

울타리 너머에, 세우 씨가 여느 때의 언짢은 표정을 짓고 서 있었어요. 나는 정말 안도하고서,

"어서 와요."

하고 눈부신 것을 보듯 눈을 깜박거리면서 말했습니다.

"응."

그도 나지막하게 대답하고 고개를 끄덕였죠.

"너, 어째 막 세수한 듯한 얼굴이군. 무슨 일 있었나?"

세우 씨는 다소 피곤한 말투로 말했어요.

"이제, 당신을 기다리지 않아도 되니까 그렇지."

"그렇군."

그렇게 중얼거리는 그의 눈가가 나이를 가리지 못해 거뭇 거뭇하게 물들어 있었습니다. 좀처럼 웃지 않는 입가에도 고루 주름이 새겨져 있어, 나는 그 하나하나를 발견하면서 내가 얼마나 과거를 통해 그를 보고 있었는지를 실감했죠.

그가 문으로 돌아와 마당으로 들어왔습니다.

나는 일어나면서 물었어요.

"어머니는 어땠어?"

"역시 나를 못 알아보더군. 한동안 계속 열이 높아서 위험했던 것 같은데, 지금은 일단 진정되었어. 퇴원하게 되면, 그쪽에 있는 친척들과 의논을 해야겠지. 그보다 좋아했던 병아리 만주를 잘라서 입에 넣어주려 했더니 어찌나 화를 내던지. 병아리 머리를 먼저 꺾은 게 거슬렸던 거겠지."

"당신과 병아리 만주, 진짜 안 어울리네."

하얀 숨을 토하면서 희미하게 웃자, 그는 눈가를 갚작거리고는 짓무른 것처럼 금색을 떨어뜨리고 있는 이파리를 보면서,

"이거, 네가 한 거야?"

"물감은 내가 산 거니까. 핸즈에 있는 화구 매장은 당신과 한두 번밖에 가본 적이 없어서 많이 헤맸어."

그는 고개를 젓더니,

"너는 돌보는 게 어울리지."

하고 단언했습니다.

"이제 당신은 어떻게 할 건데?"

그토록 오래 물을 수 없었던 질문이 아주 자연스럽게 입에서 나왔습니다. 그는 눈을 꾹 감더니, 왜 그런지 몹시 긴장한 것처럼 숨을 깊이 내쉬었죠.

"어머니는 그냥 어린애였어. 난 이제 누구의 아이도 아니라는 걸 깨달았지."

나는 고개를 끄덕이고서, 그가 오랜 속박에서 겨우 해방되었다는 것을 알았어요.

"그럼, 이제 어디든 갈 수 있겠네."

"그렇지. 그래서 새로운 속박을 만들려고."

"응?"

그가 몸을 구부려 발치에 놓인 가방의 지퍼를 죽 잡아당기더니, 구청 이름이 적힌 봉투를 꺼냈습니다.

"너는 대등한 건, 안 좋아하지?"

나는 눈으로 거기에 적힌 글자를 얼른 확인했어요.

무슨 말인지 몰라 얼굴을 들자,

"법적으로는 네가 나를 돌볼 수 없지. 그러니까, 이렇게 하는 게 최선일 거야. 네 꿈을 이루자고."

그 눈동자는 17년 전에 나를 안았을 때와 똑같이 까맣고 맑았습니다.

나는 추워서 몸을 옹그린 채 서류를 껴안고 '이 사람 정말 바보네' 하고 생각했습니다. 언제나 제멋대로이고 일방적이고 엉뚱한 짓만 하고. 지금까지 이렇듯 상식에서 벗어난 일이 있었을까요.

세우 씨가 가져온 것은 양자 입양을 위해 필요한 서류였습니다.

내가 딸이 되고, 그가 아버지가 된다. 죽음이 둘을 갈라놓을 때까지, 이 세상에서 가장 견고하고 강력한 속박으로 서로를 묶는다.

그가 굳은 표정을 한 채 사뭇 한심한 말이라도 하듯,

"넌 이제 아무 데도 못 가. 죽을 때까지."

하고 단정했습니다.

나는 "마치 악몽 같네" 하면서 미소 짓고는, 그 커다란 왼손을 향해 떨리는 오른손을 내밀었습니다.

여섯 가지 빛깔이 모여 비로소 완성되는 이야기

나오키상 수상 작가 시마모토 리오의 신간 『바다로 향하는 물고기들』은 여섯 편의 이야기를 모은 작품으로 단편소설집인 동시에 연작 장편소설이기도 하다.

첫 번째 이야기 「청소년을 위한 길잡이」는 야마토 요스케가 화자로 대학 진학과 함께 홋카이도에서 도쿄로 올라와 마와타 장이라는 하숙집에서 지내게 되는 이야기이다. 프롤로그 역할을 하는 이 작품을 필두로 각각의 이야기는 쓰바키, 고하루, 치즈루 등으로 화자를 달리하며 점차 결이 풍성해지고 깊어지면서 인간관계의 다양한 면모를 보여준다. 그러다 마침내 껍질을 다 벗겨낸 양파 속 같은 핵심에 다다르면 시작과는 완전히 다른 세계를 드러낸다.

순박하지만, 때로는 눈치가 없어 미련스럽기까지 한 야마토 요스케, 그는 물설고 낯선 도시 생활에서, '마와타 장'과 대학 생활을 통해 새로운 사람과 교류하고 인간관계의 엇갈림을 경험한다. 그런 와중에 사랑에 눈뜨고 자신을 인식하기에 이르는 낭만적이고 전형적인 성장 스토리로 보이던 「청결한 시선」과 「시스터」, 「바다로 향하는 물고기들」의 맥락이 「벽장 속 방관자」에 와서는 새로운 인물의 등장으로 전혀 다른 방향으로 물꼬를 튼다. 소설의 무대는 17년 전 사건으로 옮겨지고, 더불어 '마와타 장'이라는 공간이 지닌 은밀한 역사와 관계성의 비밀이 수면 위로 부상하는 것이다.

물론 이 은밀한 역사와 관계성을 암시하는 복선은 '마와타 장'의 주인인 치즈루가 역시 하숙하며 함께 살고 있는 세우 씨를 '내연의 남편'이라고 소개하는 말 속에 수수께끼처럼 깔려 있다. 남편이란 법적이거나 실질적인 부부 관계에서 남자 쪽을 일컫는 말인 반면, 내연이란 그렇지는 못하면서 밀접한 남녀 관계를 뜻하는 말이다. 따라서 '내연의 남편'이라는 말은 상당한 모순과 숙명적인 요소를 함께 품고 있다. 이렇게 모순과 숙명을 함께 품은 말로 세우 씨를 규정하게 된 치즈루는 과연 어떤 남모를 역사를 껴안고 있는 것일까?

이 소설집의 마지막 이야기 「마와타 장의 연인」에서 마지마 세우와 와타누키 치즈루가 다다른 관계성은 우리에게는 무척이나 생경하고, 또 받아들이기 어렵다. 하지만 당사자인 치즈루와 세우에게는 더없이 행복하고 완벽한 것이다.

세상의 상식과 맞지 않으며 사회적 질서와도 모순되지만, 서로를 완벽하게 독점하고 소유하며 거기에서 벗어날 수 없는 관계, 즉 모순과 숙명을 동시에 아우르는 '내연의 남편'을 현실화한 관계이기 때문이다.

2020년 4월
김난주

바다로 향하는 물고기들

초판 1쇄 2020년 4월 22일

지은이 | 시마모토 리오
옮긴이 | 김난주
펴낸이 | 송영석

주간 | 이혜진
기획편집 | 박신애 · 김단비 · 심슬기
외서기획편집 | 정혜경
디자인 | 박윤정
마케팅 | 이종우 · 김유종 · 한승민
관리 | 송우석 · 황규성 · 전지연 · 채경민

펴낸곳 | (株)해냄출판사
등록번호 | 제10-229호
등록일자 | 1988년 5월 11일(설립일자) | 1983년 6월 24일)

04042 서울시 마포구 잔다리로 30 해냄빌딩 5·6층
대표전화 | 326-1600 **팩스** | 326-1624
홈페이지 | www.hainaim.com

ISBN 978-89-6574-996-7

파본은 본사나 구입하신 서점에서 교환하여 드립니다.

이 도서의 국립중앙도서관 출판예정도서목록(CIP)은 서지정보유통지원시스템 홈페이지
(http://seoji.nl.go.kr)와 국가자료공동목록시스템(http://www.nl.go.kr/kolisnet)에서 이용
하실 수 있습니다.(CIP제어번호: CIP2020011212)